Vorrat
FUSSEL
FUSSEL
GEHEIM * NICHT AUFMACHEN * WEGLEGEN * SUCH DIR EIN ANDERES BUCH! * STOPP
Neueste Nummer
Liebes Tagebuch,

Für Oma und Opa ♥

Nina Elisabeth Grøntvedt

Ich bin's, Oda!

Aus dem Norwegischen von Gabriele Haefs

GERSTENBERG

PROLOG

(Also ein Vorwort oder ein Hinweis darauf, was passieren wird.)

↓

Liebes Tagebuch,

WAS HABE ICH GETAN?!! Wie konnte das nur passieren? In nicht mal einer Woche habe ich absolut ALLES ruiniert. Ich habe meine ALLERBESTE FREUNDIN AUF DER GANZEN WELT verloren. KEIN MENSCH kann mich leiden. Nicht in der Schule, nicht zu Hause, nirgendwo! Und alles ist nur meine Schuld. (Oder, vielleicht, nicht NUR meine Schuld.) Aber egal, ich weiß nicht, wie ich das alles wiedergutmachen soll ....

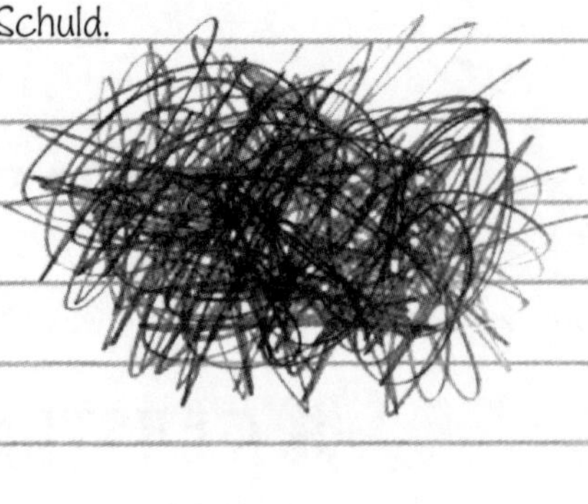

Am Anfang

(ehe alles schiefging.)

ICH

Ich heiße Oda Andrea Stokkheim und wohne in der Krokkleiva 5. Ich habe graublaue Augen und halblange braune, furchtbar struppige Haare. (Ich wünschte, ich hätte Locken oder wenigstens Wellen!) Ich habe eine beste Freundin, die Helle heißt, und eine kleine Schwester, die so blöd, leichtgläubig und kindisch ist, wie man das nur sein kann. Und dann habe ich Mama und Papa und meinen Goldfisch, er heißt Theodor. Er – oder sie? Man weiß nie so richtig, ob Goldfische Jungen oder Mädchen sind, wenn sie keine Goldfischjunge kriegen, und unsere haben noch keine gekriegt ... aber egal. Theodor ist jedenfalls der CHEF in unserem Goldfischglas.

HELLE

Meine beste Freundin, Helle Henriksen, wohnt in der Krokkleiva 2, also fast nebenan. Sie hat ziemlich helle, ziemlich lange Haare mit Wellen (aber meine sind ein ganz klein wenig länger als ihre). Helle ist eine Klasse unter mir auf der Schule, aber sie ist richtig erwachsen für ihr Alter. Statt auf andere Leute wütend zu werden, zum Beispiel, macht sie einfach die Augen zu und zählt bis 10. (Sie könnte wirklich auch in meine Klasse gehen. SO intelligent ist sie!) Sie ist super in Ordnung und cool und wir mögen fast immer dasselbe. Helle wohnt mit ihrem Bruder Stian, dem Nerd, mit ihrer Mutter und drei großen Hunden zusammen. Früher hatte sie auch noch Lasse und Geir, aber die sind beide im vergangenen Winter gestorben. Da war Helle viele Wochen lang traurig.

Erlend 

Erlend (oder Erle, EIGENTLICH) ist meine kleine Schwester. Ich nenne sie Erlend, auch wenn sie das nicht will. Wenn wir uns streiten, sage ich zu ihr, dass sie eigentlich gar nicht auf der Welt sein dürfte, dass sie eigentlich ein Junge hätte werden sollen und dass Mama und Papa sich einen JUNGEN gewünscht hatten, und der hätte Erlend heißen sollen. Ich erzähle ihr, dass Mama und Papa geweint haben, als Erle geboren wurde (und dass sie versucht haben, sie im Krankenhaus zu vergessen und überhaupt). Dann wird sie schrecklich böse und knallrot im Gesicht und dann rennt sie hinter mir her und heult. Zum Glück bin ich schneller als sie. An dem Tag, an dem sie mich einholt, werde ich mir VIELLEICHT überlegen, ob ich sie Erle nenne.

Oder vielleicht auch nicht.

(Außerdem wird sie mich NIE IM LEBEN einholen.)

HELLE
+
ODA
=
FRIENDS!!

Januarhobby

„Gib das her, das gehört MIR!“, sage ich zu Erlend und strecke den Handschuh aus. „Ich hab doch gesagt, dass ich alle blauen haben will. Also her damit!“

„Aber Oda, das hab doch ich gefunden“, quengelt Erlend. „Ich will auch blaues Licht an meinem Baum.“

Erlend will das blaue Feuerwerkshütchen nicht hergeben. Die blauen sind die seltensten und schönsten. ALLE wollen sie. Aber ich habe es wirklich zuerst gesagt, also habe ich so eine Art Vorkaufsrecht.

„Na gut, Erlend, wollen wir eine Abmachung treffen?“, frage ich. (Ab und zu muss ich einfach durchgreifen und Erlend zeigen, wer hier die Chefin ist. Ich bin ja immerhin die Ältere. Und die Klügere. Und *ich* will eben die blauen Dinger haben. Schluss, aus.)

„Was denn?“, fragt Erlend misstrauisch.

„Wenn ich alle blauen kriege, kriegst du alle goldenen, die wir finden“, sage ich und lächele. „Okay?“

„Nöhöh, goldene gibt’s doch gar nicht“, ruft Erlend.

„Dohohoch, die sind dieses Jahr ganz neu und sie sind supertoll“, sage ich. „Und du kriegst alle, wenn ich alle blauen kriege. Alles klar?“

„Aber wenn die so supertoll sind, warum willst du die denn nicht?“, fragt Erlend.

„Ich wollte ja nur nett zu dir sein. Ist das jetzt auch schon verboten? Du bist doch meine kleine Schwester, oder was?“, sage ich.

Erlend überlegt ziemlich lange. Ich halte den Atem an und warte. Lächele sie so süß an, wie ich nur kann. Ich höre, wie Helle ein Stück weiter oben am Hang kichert.

„Na gut“, sagt Erlend endlich.

Sie wirkt zufrieden und ein wenig überrascht. Sie sieht richtig froh aus. (PS: Kann sein, dass Erlend später nicht mehr so froh ist. Sie hatte nämlich ganz recht, es gibt keine goldenen Feuerwerkshütchen. Aber das ist dann ihr Problem.)

„Dann gib das her“, sage ich.

Ich will das blaue Hütchen jetzt haben. Aber plötzlich scheint Erlend es doch nicht mehr hergeben zu wollen. Sie schaut am Hang zu Helle hoch und die steht da oben und versucht, ernst auszusehen.

„HIER!“, ruft Erlend plötzlich und wirft mir das Hütchen zu.

Es trifft mich an der Schulter und fällt in den Schnee. (Nicht, dass das wehgetan hätte oder so, aber diese FRECHE LAUS! Das hat sie extra gemacht.)

„Danke, du Dussel“, sage ich und hebe das Hütchen auf.

Dann halte ich es gen Himmel und bewundere *mein* schöööönes blaues Feuerwerkshütchen, ehe ich es zu den anderen in die Jackentasche stecke. Erlend versetzt einem Eisklumpen einen Tritt und der schießt über die Straße, dann sucht sie weiter nach Hütchen.

„Arsch“, sagt sie leise und dreht sich von mir weg.

„Was hast du gesagt, BRÜLLAFFE?“, rufe ich und will mich schon auf sie stürzen, aber da werden wir unterbrochen.

„He, ihr, seht euch das mal an!“

Das war Helle. Also rennen Erlend und ich um die Wette los zu ihr, um zu sehen, was sie meint.

Helle hat eine Menge Feuerwerkshütchen gefunden. Und das wirklich im letzten Moment, denn nun bricht ein wilder Schneeregen los, deshalb gehen wir zu uns nach Hause. Jetzt müssen wir warten, bis der Schnee schmilzt, ehe wir wieder suchen gehen können. Aber zusammen haben wir so viele gefunden, dass wir auf jede Kerze an meinem, Helles und Erlends Miniweihnachtsbaum eins setzen können. Wir haben sogar noch welche übrig.

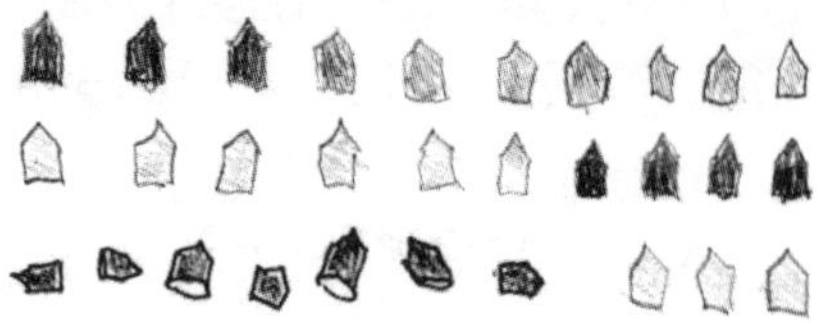

Mein Baum wird ganz blau, Helles ganz rot und Erlend kriegt alle grünen Hütchen. (Wir haben zu Erlend gesagt, es sei WAHNSINNIG schade, dass wir keine goldenen gefunden haben und dass sie natürlich alle kriegt, die wir finden, wenn der Schnee schmilzt. Und da war sie trotz allem mit den grünen zufrieden.)

Eigentlich ist Erlends Baum vielleicht sogar ein bisschen schöner als meiner. Ich frage, ob sie die Farbe tauschen will, aber das will sie nicht. Also sage ich, das wird sie noch bereuen und blaues Licht ist tausendmal schöner als grünes. Ich sage, das hier ist ihre allerletzte Chance und NIE UND NIMMER werde ich später noch mit ihr tauschen. Es heißt also jetzt oder nie. Da sagt sie, das sei schon in Ordnung und sie will nicht tauschen, egal, was ich sage.

Mist. Blöde Heulsuse. Ich sage ihr, dass ich im nächsten Jahr die grünen Hütchen kriege und dass ich das schon in mein Tagebuch geschrieben habe, *mit Datum*, damit ich beweisen kann, dass ich das zuerst gesagt habe. Da kommt sie also nicht gegen an. Aaach, Erlend ist einfach so unglaublich blöd und KINDISCH!

Neuigkeit

Es ist Sonntag, der Abend vor dem ersten Schultag im neuen Jahr. Als Erlend und ich zum Abendessen nach unten kommen, sitzen Mama und Papa am Küchentisch. Sie sitzen da und sagen nichts. Sie sehen nicht anders aus als sonst, aber es kommt mir irgendwie nicht ganz normal vor. Es kommt mir vor, als ob etwas nicht stimmt. Ich bleibe mitten in der Küche stehen und sehe sie an.

„Papa hat seine Arbeit verloren", sagt Mama und legt ihre Hand auf die von Papa.

„Hä?", frage ich.

„Yess! Dann kannst du doch POLIZIST werden!", ruft Erlend und rennt in der Küche hin und her und tut so, als ob sie in beiden Händen Pistolen hätte. „Geld oder Leben!", heult sie und erschießt überall unsichtbare Schurken. (Hier wimmelt es offenbar nur so von denen, so, wie sie sich aufführt, und außerdem müssten ihr schon längst die Kugeln ausgegangen sein.)

„*Geld oder Leben?* Du Dussel, das sagen doch die Diebe", sage ich.

„Sag nicht Dussel zu deiner Schwester, Oda", sagt Mama.

„Die Polizei sagt aber nicht *Geld oder Leben*", sage ich. „Erlend ist so blöd."

„Nenn deine Schwester nicht Erlend, Oda, und nenn sie nicht blöd", sagt Mama. „Erle ist überhaupt nicht blöd."

Ich stehe noch immer mitten in der Küche.

„Hast du denn was angestellt?“, frage ich Papa. „Machst du deine Arbeit nicht gut?“

„Es sind schlechte Zeiten“, sagt Papa. „Sie brauchen mich nicht mehr. Ich bin als Letzter eingestellt worden, also muss ich als Erster gehen. So ist das eben. Das findet sich schon“, sagt er und lächelt ein seltsames Lächeln.

„Du hast also keine Arbeit mehr?“, frage ich.

„Nein“, antwortet Papa. „Gerade jetzt habe ich keine. Aber ich finde sicher bald etwas Neues, du wirst schon sehen.“

„Das findet sich“, sagt Mama.

Ist das der einzige Satz, den sie können, oder was?

„Papa ist arbeitslos“, sage ich so vor mich hin – vor allem, um zu hören, wie das klingt, wenn ich es laut sage. „Mein Vater ist *arbeitslos!*“

Ich weiß nicht so ganz, was ich davon halten soll. Ich mustere Papa. Sieht er anders aus? Ist er traurig? Was wird er jetzt machen?

„Das findet sich, Herzchen“, sagt Mama SCHON WIEDER und dann streichelt sie Papas Hand.

„PENG–PENG–PENG!“, ruft Erlend und nickt zufrieden vor sich hin. Sie bläst sich unsichtbaren Rauch von den Zeigefingern und steckt sie in die Tasche. Wie Pistolen. Dann setzt sie sich auf Papas Schoß und isst ein Butterbrot. Ich setze mich auch an den Tisch und wir essen zu Abend. Es ist viel stiller als sonst.

Erlend legt beide Arme um Papas Hals und drückt ihn an sich.

„Bist du traurig?“, fragt sie.

„Nicht doch, Herzchen“, sagt Papa und streichelt Erlends Wange. „Aber ein bisschen seltsam ist es schon“, sagt er dann, „so ganz plötzlich keinen Job mehr zu haben. Was mache ich jetzt bloß …“

Papa schaut vor sich hin. Er scheint an etwas zu denken. Und er sieht eigentlich doch ein bisschen traurig aus.

„Aber Papa“, sagt Erlend verdutzt. „Du kannst doch machen, *was du willst.* Du kannst doch ALLES!“

Erlend lächelt Papa an und umarmt ihn wieder. Ganz doll fest.

Erlend ist noch so klein, dass sie wirklich glaubt, dass Papa alles kann …

„Ja, das stimmt schon“, sagt Papa und lächelt auf seine normale liebe Papaweise. „Papa kann *alles*“, sagt er und zwinkert mir zu (und ich verdrehe die Augen, aber ich sage nichts).

★

Gedanken

Ich liege schon im Bett, kann aber nicht schlafen. Ich höre Mama und Papa unten im Wohnzimmer leise und ernst reden. Und Erlend schnarcht im Nebenzimmer. Sie schnarcht genau wie Opa. Ich denke an Goldfeuerwerkshütchen und an Papa, der arbeitslos ist, und daran, was die anderen in der Schule wohl sagen werden. Und dann denke ich an Lasse und Geir, die tot sind, und an Opa.

Bis ich schließlich einschlafe.

★

MORGENMUFFEL

Liebes Tagebuch,

das hier ist eine Dokumentation für alle Zukunft darüber, was sich gerade jetzt hier in der Krokkleiva 5 abspielt, damit ALLE FÜR IMMER wissen und nicht wieder vergessen, wie ungeheuer KINDISCH meine kleine Schwester Erle(nd) Beate Stokkheim ist:

„Hol meine Kleider!“, heult Erlend draußen auf dem Flur.

(Sie ist **STOCKSAUER**.)

„Hol deine Sachen selbst, Herzchen“, sagt Mama.

(Sie hat eine ganz ruhige, ganz normale Stimme.)

„NEIN! Hol du meine Sachen!“, brüllt Erlend-Brüllaffe noch lauter.

Und dann ist ein Knall zu hören. Erlend hat sich auf den Boden fallen lassen (wie üblich) und liegt da und heult und schmollt wie ein BABY.

„Wenn du genug geheult und dich angezogen hast, kannst du runterkommen und mit uns anderen frühstücken, mein kleines Feuerwerk“, sagt Mama. Ihre Stimme ist noch immer ganz ruhig.

(Ich kapiere ja nicht, wie Mama es ertragen kann, so eine fiese Schreigöre zu haben. Aber das kann sie.)

Es ist Montagmorgen und heute geht die Schule los. Erster Schultag im Januar. Ich wüsste ja gern, was die anderen aus meiner Klasse zu Weihnachten bekommen haben und ob in der Schule alles ist wie vor den Ferien. Oder ob irgendwas anders ist. Wir haben uns ja seit fast *zwei* Wochen nicht mehr gesehen!

Erlend hat sich jedenfalls nicht verändert. Sie ist noch genau so ein Morgenmuffel wie immer. Auf der ganzen Welt gibt es keinen zweiten so schlimmen Morgenmuffel wie Erlend. Und heute weigert sie sich bei allem. Gerade jetzt weigert sie sich, selbst ihre Kleider zusammen zu suchen. Beim Frühstück wird sie sich weigern, zu sagen, was sie auf ihr Brot haben möchte.

Statt zu sagen, was sie haben will, wird sie zu Papa nur „MMMMH!!!" sagen und auf Wurst oder Käse zeigen. Und er wird erst richtig raten, wenn er mindestens vier verschiedene Möglichkeiten aufgezählt hat. Und dann wird Papa mir zuzwinkern und sagen: „Und so läuft es bei uns zu Hause die ganze Zeit." (Das sagt er *immer.)*

Mama und Papa sind ganz bestimmt die allergeduldigsten Eltern auf der ganzen Welt. Ich schließe mein Tagebuch ab und verstecke den Schlüssel in meinem geheimen Versteck, von dem kein anderer Mensch auf der ganzen Welt weiß, dann gehe ich zum Frühstück nach unten.

„Erleeeend", sage ich, als ich aus meinem Zimmer auf den Flur komme.

Sie liegt noch immer auf dem Boden und schmollt.

Noch immer im Schlafanzug.

„Ich habe *alles*, was du heute morgen gesagt und getan hast, in mein Tagebuch geschrieben", sage ich.

Ich lächele sie an. Sie wird immer stocksauer, wenn ich über sie in meinem Tagebuch schreibe.

„Ooooh, du ARSCH!“, ruft Erlend mir hinterher, während ich die Treppe hinunterlaufe.

Unten setze ich mich zu Mama und Papa an den Küchentisch. Oben hören wir Erlend über den Boden trampeln, auf dem Weg zu ihrem Kleiderschrank.

Nach einer Weile kommt sie herunter und setzt sich an den Küchentisch. Sie hat ihren Pullover falsch rum (von hinten nach vorn) angezogen, um Mama zu ärgern. Erlend schaut an ihrem Pullover herunter und fischt den Waschzettel heraus, der jetzt vorne sitzt statt hinten.

„Ui“, sagt sie und schaut zu Mama hoch.

Mama sieht Erlend an, sagt aber nichts. Sie isst einfach weiter. Sie sieht überhaupt nicht verärgert aus. Nun holt Erlend Socken aus ihrer Hosentasche und zieht sie gaaaanz langsam an. Zuerst eine normale dunkelblaue Socke an den einen Fuß, dann einen rosa Spitzenkniestrumpf an den anderen. Sie sieht Mama dabei die ganze Zeit an. Sie wartet darauf, dass Mama sich ärgert, aber Mama ärgert sich nicht.

„Du bist aber fein, mein Kind“, sagt Mama nur und streichelt Erlends Wange. „Du schaffst es wirklich gut, dich selbst anzuziehen.“

„Hm“, sagt Erlend und schmollt.

„Was möchtest du auf dein Brot haben, Erle?“, fragt Papa und lächelt Erlend an.

„MMMH!“, sagt Erlend und zeigt auf Wurst und Käse. Und Papa kann nur raten.

„Ja, so läuft es bei uns zu Hause immer“, sagt Papa und zwinkert mir zu.

Das ist verdammt nervig.

„Hast du einen Fussel ins Auge gekriegt, oder was?“, frage ich ihn vergrätzt.

ERSTER SCHULTAG

Ich und Erlend sagen „Tschüss“ zu Mama und Papa und laufen die Krokkleiva hoch. Es schneit. Unterwegs treffen wir Helle und Stian. Wir werden mit dem Bus zum ERSTEN SCHULTAG DES JAHRES fahren. Ich habe im ganzen Körper ein Prickeln. Ich bin ja so gespannt. Wir waren doch seit vorigem Jahr nicht mehr in der Schule! Seit *vor* den Weihnachtsferien. Und mir kommt es hundert Jahre her vor, dass ich zuletzt in der Schule war. Ich freue mich und mir graust auch.

Ich und Helle und Erlend steigen vor Stian aus dem Bus, denn er geht nicht auf dieselbe Schule wie wir. (Zum Glück.)

UMZIEHEN?

Liebes Tagebuch,

heute war in der Schule alles ganz normal. Alle haben erzählt, was sie zu Weihnachten bekommen und was sie gemacht haben und so. Alle sahen ganz normal aus und waren wie immer. Sondre hat geprahlt und sein neues Handy herumgezeigt. Anita ist megabraun, dafür, dass Januar ist. Sie war mit ihren Großeltern in Indien. Und Iselin hat einen schweineteuren Laptop und einen saufeinen gelben Mantel bekommen. Anniken hat gesagt:

„Ach, was für ein schööööner Mantel, Iselin!"

Sie hat das mindestens TAUSEND Mal oder so gesagt.

Anniken schleimt immer wie blöd bei Iselin. Den ganzen Tag hat sie nur noch über diesen Mantel geredet. (Ich hätte auch gern so einen Mantel, aber ich habe in der Schule jedenfalls nichts darüber gesagt.) Und Iselin hat sich auch in diesen Ferien natürlich nicht die Haare schneiden lassen. Sie hat noch immer die längsten, schönsten Haare der ganzen Schule. Beim Sport und wenn es draußen regnet, locken Iselins Haare sich und sie hat so winzig kleine Engelkorkenzieher in der Stirn und im Nacken.

Alle Jungs sind verliebt in sie und alle Mädchen möchten gern wie Iselin sein (oder wenigstens ihre beste Freundin). In den Pausen durfte Iselin wie immer die Mannschaften wählen und alle wollten in ihrer sein. (Ich auch, ihre Mannschaft gewinnt natürlich immer.)

Ich habe übrigens niemandem in der Schule erzählt, dass Papa seine Arbeit verloren hat. Aber nach der Schule habe ich es Helle gesagt. Sie meinte zuerst, das sei doch gut, dann würde ich Papa ja viel mehr sehen. Aber dann sagte sie, es kann vielleicht auch passieren, dass Papa nach Bergen oder so umziehen und sich da einen Job suchen muss, und dann sehe ich ihn fast nie mehr! (Helle sieht ihren Vater auch fast nie, denn der wohnt in Bergen und arbeitet auf einer Bohrinsel.) Und danach fiel Helle plötzlich etwas anderes ein: Was, wenn wir nicht mehr hier wohnen können, wo nur noch Mama Arbeit hat! Müssen wir dann alle umziehen? Daran hatte ich noch gar nicht gedacht.

Was soll dann aus mir und Helle werden? Wenn ich umziehen muss? Was, wenn ein ANDERES MÄDCHEN in unser Haus zieht und Helles beste Freundin wird!!!

ICH WILL NICHT UMZIEHEN!!!!!!!!

Ich gehe nach unten. Mama sitzt am Küchentisch und löst Sudokus.

„Müssen wir jetzt umziehen?“, frage ich.

Mama sieht mich an.

„Warum willst du das wissen, Herzchen?“, fragt sie.

„Helle sagt, dass wir vielleicht nicht mehr hier wohnen können, jetzt, wo Papa arbeitslos ist, und dass wir vielleicht alle nach Bergen umziehen müssen“, sage ich.

„Nach Bergen …?“, sagt Mama und macht ein überraschtes Gesicht.

Ich schlucke und schlucke, aber der Kloß in meinem Hals will nicht verschwinden. Mama legt ihren Kugelschreiber hin.

„Nein, aber Oda, das wird doch alles gut gehen“, sagt sie mit ihrer sanften Stimme. „Wir können uns das auch von meinem Gehalt allein leisten. Und bestimmt findet Papa bald eine neue Arbeit. Da brauchst du dir keine Sorgen zu machen, mein Kind. Das findet sich.“

Und dann kommt Mama zu mir und umarmt mich ganz fest.

Liebes Tagebuch,

wir müssen nicht nach Bergen umziehen!

Ein Glück!

PS: Mama ist lieb.

Ich schicke Helle eine SMS. „Bohrinsel in 2 Min.“, schreibe ich. Dann ziehe ich meinen Mantel an und stürze los.

DIE BOHRINSEL

Oberhalb der Häuser in der Krokkleiva (zwischen meinem und Helles Haus) gibt es ein Wäldchen, das bis zur Hauptstraße reicht. Wir nennen es auch nur das Wäldchen. Im Wäldchen hat Helles Vater eine Holzhütte gebaut, die genauso aussieht wie eine Bohrinsel. (Es ist eine viereckige Plattform mit einem Geländer, zwischen vier hohen Bäumen, mit einer Leiter.) Er hat sie vor ewigen Zeiten gebaut, ehe er nach Bergen umgezogen ist. Da spielen Helle und ich (und Erlend) oft. Stian war früher auch oft dabei, aber jetzt kommt er nicht mehr so oft (zum Glück, er ist so ein NERD).

Helle und ich sitzen dann auf der Bohrinsel und reden. Ich erzähle ihr, was Mama gesagt hat, dass wir nicht umziehen müssen und dass sich alles finden wird. Und Helle freut sich darüber. Ich auch. Dann lesen wir mit der Taschenlampe Zeitschriften und warten darauf, dass unten auf dem Weg ein paar Spionageopfer vorübergehen. (Auf der Bohrinsel haben wir einen Holzkasten mit allerlei notwendigen Dingen wie Taschenlampe, Zeitschriften, Zeichen- und Schreibsachen und eine Spionageausrüstung.)

★

OLEVIK

Wir sitzen eine ganze Stunde auf der Bohrinsel. Aber kein Mensch kommt, den wir bespionieren können. Am Ende frieren wir so sehr, dass wir nach Hause gehen. Man kann ja nicht immer Glück haben. Außerdem wohnt im Moment niemand auf der linken Seite im Grünhaus. (Die in den anderen drei Wohnungen im Grünhaus arbeiten in der Station und sind grausam langweilig. Es macht keinen Spaß, sie zu bespionieren. Sie machen ja doch nie etwas Spannendes.)

Olevik, der früher unten links gewohnt hat, den haben wir dauernd bespinxt. Er war total unnormal. So ein Eremit, der am liebsten allein war. Er hatte NIE Besuch. Er saß nur in seiner Wohnung und las und aß Rentierfrikadellen. Manchmal hat er zweimal am selben Tag Rentierfrikadellen gegessen. Wer isst denn wohl zweimal an einem Tag Rentierfrikadellen? (Normale Menschen ja wohl nicht!)

Wir haben ihn von der Bohrinsel aus mit dem Fernglas bespioniert. Wir konnten genau in seine Küche und sein Wohnzimmer gucken. Es hat Spaß gemacht, Olevik zu bespionieren. Manchmal schnitt er Sachen aus Zeitungen aus und klebte sie in ein Fotoalbum. Das fanden wir ungeheuer geheimnisvoll. Warum hat er das wohl gemacht?!

Aber eines Tages war Oleviks Leimtube leer und danach hat er nie wieder etwas in das Album geklebt …

Eines Morgens, als er die Tür öffnete, um die Zeitung hereinzuholen, standen ich und Helle hinter den Mülltonnen und bespionierten ihn. Das war kurz bevor der Schulbus kam.

Und dann rief ich plötzlich, so laut ich konnte:

„OLEVIK, HAST DU KEINEN LEIM MEHR?“

Olevik schaute sich ganz schnell um, entdeckte uns aber nicht. Dann murmelte er etwas über „unverschämte Gören“, schnappte sich seine Zeitung und schloss die Tür. Mama ging gerade zum Auto, um zur Arbeit zu fahren.

„Jetzt müsst ihr aber aufhören, Ole Vik zu schikanieren, Mädels“, sagte sie und ihre Stimme klang ein bisschen resigniert.

Und eines Tages zog Olevik weg. Und jetzt wohnt niemand mehr in der linken Wohnung unten im Grünhaus.

★

UNSERE STRASSE

Um in unsere Straße zu kommen, die Krokkleiva, fährst du auf der Hauptstraße aus der Stadt heraus in Richtung Norden. Die Straße schlängelt sich an einem Hügelzug am Fjord entlang, deshalb wird man wahnsinnig schnell autokrank. Nach ungefähr einer Viertelstunde, in der Erlend immer heult, dass ihr schlecht ist und dass sie STERBEN wird, wenn wir nicht bald da sind, ist man dann bei uns.

Dann biegst du nach rechts ab und auf halbem Weg unten an dem langen kurvenreichen Hang wohnen Helle und die anderen.

Zu Hause bei Helle und den anderen

Helle und die anderen wohnen in einem gelben Holzhaus. Man braucht nur 27 Sekunden, um von unserer Terrassentür zu ihrer Terrassentür zu laufen. (Wir haben die Zeit gestoppt.) Vor dem Haus ist ein großer Hundezwinger. (Helles Mutter hat drei GROSSE Hunde.) Man muss durch den Hundezwinger gehen, um zur Haustür zu kommen. Aber man kann auch die Terrassentür nehmen. Das macht Mama immer, wenn sie Helles Mutter besucht. Mama hat nämlich Angst vor Hunden. Ich nehme auch meistens die Terrassentür. (Aber nicht, weil ich Angst vor Hunden habe. Das habe ich NICHT! Ich habe vor gar nichts Angst. Nur ist es durch die Terrassentür VIEL KÜRZER.)

Da, wo der Krokkleiva-Hang flacher wird, steht das große heruntergekommene Grünhaus, ein grünes Holzhaus, von dem die Farbe abblättert. Weiter nach links, vorbei am Grünhaus, am Ende der Straße, wohnen wir.

Bei uns zu Hause

Ich, Mama und Papa (und Erlend) wohnen in einem roten, ziemlich alten Holzhaus mit einem großen Garten, ganz unten am Fjord. Wir hatten nie andere Tiere als Goldfische. Eigentlich haben wir immer vier Goldfische gleichzeitig, für jedes Familienmitglied einen. Wenn wir zufällig keine vier Goldfische haben, dann nur, weil einer gestorben ist. (Goldfische sind Haustiere, die ziemlich leicht sterben, es bringt also nichts, zu sehr an ihnen zu hängen.) Und dann haben wir eine neue Terrasse, die Papa im vorigen Sommer gebaut hat. Da sonnt Mama sich manchmal GANZ NACKT!!! „Hier sind doch nur wir", sagt sie dann. „Und es ist doch einfach schön, ein bisschen Sonne auf den weißen Hintern zu kriegen."

(PS!!!!! Ich finde es GAR NICHT toll, wenn Mama über ihren Hintern redet. Ich KAPIER das einfach nicht. Was, wenn JEMAND KOMMT! Was, wenn jemand aus meiner KLASSE kommt und MAMAS HINTERN SIEHT!!! Dann STERBE ich.)

Wenn du nicht zu uns fährst, sondern am Grünhaus rechts abbiegst, kommst du zur Station.

Station

Die Station ist kein Bahnhof, falls du das geglaubt haben solltest. Sie ist ein Haus mit Laboren und Büros.
Es liegt unten am Hafen, gleich beim Fjord. Da wird über Fische und Umweltverschmutzung und so was geforscht.
In der Eingangshalle zur Station gibt es einen Fahrstuhl und gleich hinter dem Eingang steht ein Rollstuhl. Der ist nur für Gäste. GÄSTE steht in weißen Buchstaben über dem Rollstuhl. (Ich möchte ja wissen, wie oft Gäste zur Station kommen, die einen Rollstuhl brauchen und keinen eigenen bei sich haben. Ich habe jedenfalls noch nie einen einzigen solchen Gast gesehen, bis heute nicht.)

Papa meint, dass ich, Helle und Erlend KEINE Gäste der Station sind. Aber wir spielen da trotzdem. Mit dem Rollstuhl und im Fahrstuhl. Einmal haben wir so oft auf die Knöpfe im Fahrstuhl gedrückt, dass der mitten zwischen zwei Etagen stehen blieb. Und wir mussten auf den Alarmknopf drücken und dann kam Papa und holte uns heraus. Er war ziemlich böse. Wir mussten versprechen, nie wieder im Fahrstuhl zu spielen. Das versprachen wir also. Mit Lügenkreuz hinter dem Rücken. Damit wir weiter da spielen können, aber nur manchmal, wenn uns gar nichts anderes einfällt. Das ist aber ein Geheimnis. Uns begegnen da unten fast NIE Leute, wir sind also bereit, dieses Risiko einzugehen.

Bis vor ganz kurzer Zeit hat Papa in der Station gearbeitet. Er hat darauf aufgepasst, dass immer alles in Ordnung war. Hat Glühbirnen ausgewechselt und nachgesehen, ob abends alle Türen abgeschlossen waren und so. Helles Mutter arbeitet noch immer da. Sie hat ihre Arbeit nicht verloren, weil sie schon länger da arbeitet als Papa. Sie ist Fischforscherin. (Und jetzt müssen sie und die anderen Fischforscher selbst Glühbirnen auswechseln und Türen abschließen.)

Wenn du bei der Krokkleiva nicht abbiegst, sondern immer weiter aus der Stadt hinausfährst, kommst du zu einem Fähranleger. Da nehmen wir die Fähre über den Fjord, wenn wir Oma besuchen wollen. Unsere Familie ist eigentlich nicht sonderlich fromm. Mama kann nur einen Satz aus einem einzigen Choral, soviel ich weiß. Und den singt sie immer zur selben Zeit und am selben Ort:

Im Auto
auf dem Weg zur Großmutter,
wenn Papa fährt
und wir zur Fähre müssen.

Dann packt Mama die Klinke auf der Innenseite der Autotür und singt „Näher, mein Gott, zu dir“. Und dann fährt Papa langsamer und wir verpassen die Fähre dann doch … Aber das macht nichts. Denn dann können ich und Erlend Eis essen, während wir auf die nächste warten (auch im Winter, manchmal).

PS: Mach nicht mir Vorwürfe, wenn die Noten hier nicht stimmen, sondern Mama, sie hat mir beim Aufschreiben geholfen.

Oma

Meine Oma hat eine Batterie. Die durfte ich mal anfassen.
Sie fühlt sich an wie ein rundes, ziemlich großes Seeräuber-
geldstück und liegt unter der Haut oben bei der Schulter
auf ihrer linken Seite. (Der Seite, wo das Herz sitzt.)
„Pehsmehker“ nennt Oma die Batterie. Oma sagt, dass
die ihr Herz wieder anspringen lässt, wenn es stehen bleibt.
Ich habe zu ihr gesagt, dass sie dann ja ewig leben kann!
Aber sie hat geantwortet, das könne sie wohl nicht, denn ihr
Körper sei schon so alt und verschlissen. Ich finde, Omas
Körper wirkt total in Ordnung. Sie sieht doch aus wie immer.
Nein, es wird schon noch lange dauern, ehe sie Gott oder
Opa oder sonst wem Guten Tag sagen kann.

HAUSMANNSPAPA

Liebes Tagebuch,

als ich heute aus der Schule kam, hatte Papa alle Glühbirnen im Haus durch solche stromsparenden Dinger ersetzt, wie sie sie in der Station haben. Und jetzt haben wir im ganzen Haus so ein bläuliches, superscharfes Licht.

Und dann hat Papa plötzlich den ganzen Staub viel besser gesehen, deshalb hat er für den Rest des Tages Staub gewischt. Und Mama war superfroh darüber, als sie von der Arbeit kam. Mamas sind so komisch. Man braucht nur ein bisschen Staub zu wischen und schon freuen sie sich wie BLÖD! Ich würde mich freuen wie blöd, wenn ich ein neues Fahrrad oder einen gelben Mantel, wie Iselin ihn hat, oder so was kriegen würde. Ich wäre nicht gerade vor Glück gestorben, wenn jemand ein bisschen Staub gewischt hätte.

Und dann hat Papa „Papas Spezialtopf“ gekocht. Der schmeckt meistens gut. (Es ist ein Eintopf aus den Resten, die wir noch von anderen Essen im Kühlschrank haben. Heute gab es Reis mit Würfeln aus Frikadellen, Würstchen, Kartoffeln, Zwiebeln und Möhren in brauner Bratensoße. Und dazu Erbspüree.) Und dann gab es Nachtisch, obwohl es mitten in der Woche ist. Papa hatte sogar mein und Erlends LIEBLINGSDESSERT gemacht: selbst gekochten Schokoladenpudding mit gekaufter Vanillesoße. (Ich liebe die Haut oben auf selbst gemachtem Schokoladenpudding.)

Eigentlich ist es ganz schön gut, dass Papa jetzt zu Hause ist.

Nach dem Essen war ich wie so oft mit Helle auf der Bohrinsel. Es war ein bisschen dunkel und ziemlich kalt und es gab niemanden zum Bespionieren. Also sind wir zu Helle gegangen, um ihren Bruder zu bespionieren. Aber dann mussten sie essen. Zum Glück hatte ich schon gegessen und musste nicht am selben Tisch sitzen wie Stian.

★

Krach

Bei Helle streiten sie sich viel mehr als bei uns. Das liegt vor allem daran, dass Stian der Doofe auf seinem Zimmer immer so laute Musik hört.

Stian lässt immer eine Band laufen, die heißen DumDum Boys oder so. Das ist eine Rockband aus alten Zeiten, aus den 80er-Jahren. Stian hat so einen miesen Musikgeschmack. Ich meine – ALSO ECHT – aus den 80er-Jahren. Steinzeitmusik! Wie wäre es, mal was Neues auszuprobieren? Was Modernes? Von Leuten, die vielleicht noch leben? Aber nix da! Nicht Stian-Pian. Der will immer nur in seinem Zimmer sitzen und sich diese Opamusik reinziehen.

Als Helle vorhin auf dem Klo war, habe ich bei Stian vorbeigeschaut.

„Hallo, Stian! Hörst du dir wieder diese blöden, blöden Knaben an?“, habe ich ihn gefragt. „Hast du einen Sprung in der Platte, oder was?“

Stian sagte nichts. (Mir doch egal.)

„Auch noch taub“, sagte ich, weil er keine Antwort gab. „Dann musst du ein bisschen lauter drehen, weißt du.“

„Komm, Oda“, sagte Helle plötzlich und packte meinen Arm. „Kümmer dich nicht um den.“

Helle zog mich durch den Flur zu ihrem Zimmer.

„Bis dann, du Dumm-Dumm-Dummian“, rief ich durch den Flur, ehe Helle ihre Zimmertür hinter uns zuknallte.

„Was machen wir jetzt?“, frage ich Helle.

STIAN

Stian, Helles überdusseliger großer Bruder, ist zwei Jahre, vier Monate und einige Tage älter als ich. Aber er ist VIEL kindischer und außerdem der totale Nerd! Er tut fast nichts, außer in seinem Zimmer zu sitzen und Aufgaben zu machen. Manchmal übt er auch auf seiner Gitarre, die er im vorigen Jahr zu Weihnachten bekommen hat. Und dann geht er jede Woche zum Gitarrenunterricht. Aber besonders gut ist er nicht. Und das sage ich ihm dann. (Ehrlich währt nämlich am längsten.) Außerdem spielt er ab und zu mit UNS! Ich kenne sonst keine von der Mittelstufe, die mit Leuten spielen, die jünger sind als sie selbst. Vielleicht hat er keine anderen Freunde? Vielleicht kann ihn auf seiner Schule niemand leiden?

Wir hören noch immer Dussel-Stians Steinzeitband in seinem Zimmer aus voller Kehle herumgrölen. „Ich brauche eine Antwort, also rufe ich einen Beantworter an“, singt der Heini. Bescheuert. Von einem Anrufbeantworter kriegt man doch gar keine Antwort! Man kann mit einem Anrufbeantworter schließlich nicht reden.

„Weiß nicht“, sagt Helle. „Zeichnen vielleicht?“

„Nein“, sage ich. „Hab jetzt keinen Bock zum Zeichnen.“

„Schlitten fahren?“, sagt sie.

„Neheeee …“, sage ich. „Spionieren wir eine Runde? Bei deinem Dusselbruder?“

„Wir können fragen, ob wir Muffins backen dürfen“, sagt Helle.

„Jetzt komm schon“, sage ich. „Backen können wir nachher noch. Komm, wir nerven Stian ein bisschen. Er kehrt uns doch den Rücken zu und hat die Musik volle Kanne aufgedreht und überhaupt. Er will es doch gar nicht anders!“

„Ja, okay, von mir aus. Aber danach fragen wir, ob wir backen dürfen. Mama hat Schokoknöpfe gekauft und da können wir Schokomuffins mit Schokostücken backen!“, sagt Helle.

10 Dinge, die ich mag:

1. spionieren
2. mit Helle zusammen sein
3. Schokomuffins backen

4. die Teigschlüssel auslecken, wenn wir Schokomuffins backen

5. den Rührlöffel ablecken, wenn wir Schokomuffins backen
6. gelbe Gummibärchen (und dann die roten, als Nr. 2, und ganz zuletzt die weißen. Die weißen esse ich nur, wenn es sein muss, wenn kein einziger andersfarbiger Gummibär mehr übrig ist.)

7. Krabbensalat OHNE Krabben
8. Zeichnen
9. das Grünhaus mit Schneebällen bewerfen

10. ... (mir fällt gerade nichts mehr ein, das schreibe ich dann später.)

Helle will heute unbedingt backen. Das machen wir dann also nachher. Wenn wir dürfen. Jetzt schleichen wir uns durch den Gang zum Zimmer des Opfers. Vor seiner Tür bleiben wir eine Weile stehen und beobachten ihn. Er sitzt wie üblich am Schreibtisch auf der anderen Seite des Zimmers. Die Musik ist so laut, dass er uns nicht hört. Wir könnten gerade jetzt den perfekten Hinterhaltsangriff durchziehen. Aber wir wollen ihn nicht angreifen. Wir wollen nur ein bisschen spinxen und er wird hoffentlich nie herausfinden, dass wir hier gewesen sind.

Plötzlich kichert Helle. Wir springen von der Türöffnung zurück. Wir bleiben ganz still stehen und warten einige Sekunden, vielleicht hat er uns ja gehört. Dann schauen wir wieder ins Zimmer. Es kitzelt mir im Bauch. Es ist so spannend, Leute zu bespionieren. Stian ist so vertieft in seine Musik wie vorher. Er hat uns überhaupt nicht gehört. „Warum alle so happy sind, geht über meinen Verstand“, brüllt der Kerl im Lautsprecher.

Helle schleicht sich in Stians Zimmer. Da bleibt sie in der Mitte stehen, nur vier Meter oder so von ihrem Bruder entfernt, und wackelt zur Musik mit dem Hintern und schneidet Grimassen. Ich halte mir mit beiden Händen den Mund zu und gebe mir alle Mühe, um nicht loszuprusten.

Helle geht langsam zur Tür zurück, schaut sich aber immer wieder um, ob Stian sie auch nicht entdeckt hat. Sie grinst mich stolz an, weil sie nicht erwischt werden wird. Stian wird sich jetzt nicht umdrehen! (Nur, wenn Helle stolpert oder niest oder so. Aber das ist wohl eher unwahrscheinlich.)

Ich sehe plötzlich, dass Stian im Takt der Musik nickt. Das habe ich noch nie gesehen. Es ist nur so ein winziges, fast unsichtbares Nicken. Helle ist fast aus dem Zimmer heraus und ich weiß nicht, was da in mich fährt.

„STIAN, DU HAST KEINEN RHYTHMUS!", rufe ich, so laut ich kann, dann renne ich über den Flur. Ich stürze in Helles Zimmer und knalle die Tür zu.

Gleich darauf kommt auch Helle angerannt. Sie sieht ziemlich sauer aus.

„DRECKSGÖREN!", ruft Stian und dann hören wir, wie er mit der Tür knallt und die Musik noch lauter dreht.

„Warum hast du das gemacht?", fragt Helle.

Ich hebe die Schultern und die Augenbrauen, um zu zeigen, wie schnurz mir das alles ist.

„Weiß nicht", sage ich, während ich zur Tür gehe und sie aufmache.

„AUCH EGAL – WIR HABEN IMMERHIN RHYTHMUS!", rufe ich zu Stians Zimmer hinüber. „UND MUSIKGESCHMACK!"

Und dann knalle ich auch mit der Tür.

„Ich hätte es geschafft, wenn du das nicht gemacht hättest", sagt Helle und schmollt.

„Ja, ich weiß, du warst super", antworte ich und lächele ihr zu.

Aber sie ist noch immer sauer.

„Ist Helle eine Schmollbirne?", frage ich neckend und lächele sie an.

Ich stupse sie an. Aber sie will mich nicht anschauen.

„Bist du das?", frage ich und stupse sie wieder an.
„Eine Schmooooollbirne?"

„Nö", sagt Helle. „Doooch", sage ich.

„Nööhööö", sagt Helle.

„Doohoooch", sage ich.

Und dann sehe ich sie an, bis sie mich ansieht, und dann muss sie am Ende eben doch lächeln.

„Nöhö", sagt Helle und lächelt und schubst mich im Bett um.

„Doohoooch", sage ich.

Und dann sind wir wieder Freundinnen.

„Los, dann fragen wir, ob wir backen dürfen? Deine Mutter hat doch Schokoknöpfe gekauft, oder was?", frage ich und springe vom Bett.

„Ja! Komm schon", sagt Helle fröhlich und springt ebenfalls vom Bett.

Es ist leicht, Helle fröhlich zu machen. Sie ist nie nachtragend. Helle ist meine beste Freundin.

★

Muffins

„Das war ja heute arg viel Türenknallen“, sagt Helles Mutter und schaut von ihrem Buch auf, als wir nach unten ins Wohnzimmer kommen.

„Das war Stian“, sagt Helle.

„Der ist in der Pubertät“, sage ich und sehe, dass Helles Mutter versucht, nicht zu lächeln.

„Mamaaaaaaa“, sagt Helle mit zuckersüßer Stimme.

„Jaaaaa …?“, fragt ihre Mutter zurück.

„Bitte, Mama, dürfen wir so lieb sein und Schokolademuffins backen?“, fragt Helle.

„Ob *ihr* so lieb sein dürft?“, sagt Helles Mutter und lächelt. „Ja, das dürft ihr. Aber ihr dürft jede nur einen essen, wenn ihr gebacken habt. Der Rest muss bis nach dem Abendessen warten. Okay?“

„Yess! Danke, Mama“, sagt Helle, wirft ihrer Mutter eine Kusshand zu und wir laufen in die Küche und legen los.

Als der Duft von frisch gebackenen Schokomuffins durch das ganze Haus zieht, kommt Stian der Dussel die Treppe herunter und in die Küche geschlurft.

„Nur einen vor dem Essen!“, sage ich streng zu ihm und schwenke den Zeigefinger.

Stian glotzt mich nur blöd an – und nimmt sich *vier* Muffins!

„HE!“, rufe ich.

Aber ehe ich mehr sagen kann, hat er die Hunde in den Flur gelassen und jedem einen Muffin gegeben und den vierten selbst gefressen. Mit einem einzigen Haps!

„Das darfst du nicht!“, ruft Helle.

„Na, wie geht’s da draußen, Kinder?“, ruft Helles Mutter aus dem Wohnzimmer. „Das riecht gut.“

„Für jeden einen“, sagt Stian zufrieden.

Er schaut mir ins Gesicht und lächelt ein idiotisches Lächeln. Ich merke plötzlich, dass es hier viel zu warm ist (weil wir gerade Muffins gebacken haben), also laufe ich zum Küchenfenster und reiße es auf. Verflixt, echt. Stian ist ein Dussel!

Liebes Tagebuch,

Stian ist ein Superidiot und ein Dussel und ein Nerd und einfach strohdoof!!!!! Und er hat einen miesen Musikgeschmack! Und er hat ganz fiese Haare und er kann überhaupt nix. Er kann nur sauschlecht Gitarren spielen und hat nicht mal Rhythmus. Und er hat keine Freunde (soviel ich weiß) und auch keine Mädchen, die in ihn verliebt sind. Und keine wird sich je in ihn verlieben! Stian wird nie eine Freundin finden. Weil er so tragisch ist. So ist das.

Zettel

Ich muss durch Erlends Zimmer gehen, um in mein Zimmer zu kommen. Ein Glück, dass es nicht umgekehrt ist! Wenn Erlend immer durch mein Zimmer müsste, um in ihr Zimmer zu kommen, würde ich wahnsinnig werden!

Ich gehe rauf, weil ich schlafen will, und da sehe ich, dass Erlend die Seilbahn zwischen unseren Betten wieder angebracht hat. (Das ist ein Korb an einer langen Schnur, die an den Bettpfosten und unseren Schreibtischstühlen befestigt ist, und wir können in unseren Betten liegen, jede in ihrem Zimmer, und einander Zettel schicken.) Wir haben das früher oft gemacht. Unser Haus ist nämlich so hellhörig, dass Mama und Papa uns unten im Wohnzimmer hören können, wenn wir vom Bett aus reden oder flüstern.

„Erlend! Wer hat gesagt, dass du mein Zimmer betreten darfst?“, weise ich sie streng zurecht. „Und was willst du noch mit diesem kindischen Zettelkram?“

Ich will die Seilbahn runterreißen, aber das tu ich dann doch nicht. Ich lege mich einfach hin. Dann höre ich das Geräusch der Schnur, die um den

Bettpfosten schnurrt, und gleich darauf kommt ein kleiner Korb um die Ecke und durch die offene Zimmertür gehuscht. Eigentlich interessiert mich das überhaupt nicht, aber um ein bisschen nett zu Erlend zu sein, nehme ich den Zettel aus dem Korb und falte ihn auseinander.

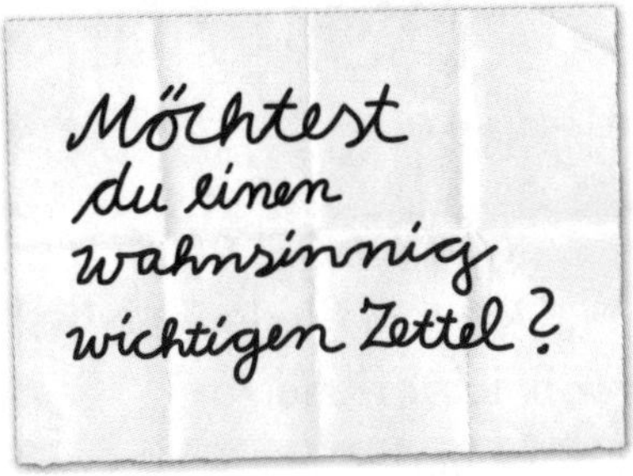

steht darauf, in Erlends schönster Schreibschrift.

(Erlends Lehrer sagt, dass sie die schönste Schrift in der ganzen Klasse hat, vielleicht sogar von allen Parallelklassen. Erlend ist stolz auf ihre Schlingenschrift. Ich habe eine Sauklaue. „Ich begreife das nicht, Oda“, sagt Mama oft. „Du zeichnest so gut, wieso schreibst du dann so scheußlich?“ So scheußlich schreibe ich nämlich. Dass meine eigene Mutter nicht begreift, wie das möglich ist … Erlend schreibt viel schöner als ich. Aber das ist das Einzige, was sie besser macht als ich.)

Obwohl ich das mit den Zetteln wahnsinnig kindisch finde und schon lange damit aufgehört habe, möchte ich ja doch wissen, was auf dem „wahnsinnig wichtigen Zettel“ steht. Also schreibe ich

auf die Rückseite des Zettels, falte ihn zusammen und lege ihn wieder in den Korb. Dann ziehe ich an der Schnur und merke, dass Erlend auch eifrig anfängt, an der Schnur zu ziehen, sodass der Korb zu ihrem Zimmer zurückhopst. Bald darauf kommt er dann wieder zu mir, mit einem neuen Zettel. Jetzt bin ich gespannt, was so wichtig ist. Ich falte den Zettel auseinander.

steht darauf.

„Oooooo, du doofe Nuss!“, rufe ich Erlend zu.

Ich höre, wie sie unter ihrer Decke kichert.

Und dann kommt natürlich Papa die Treppe hoch. Erlend stellt sich schlafend. Sie schnarcht sogar! Was für eine Lügnerin! Papa sieht *mich* an und hebt die Augenbrauen.

„Schläfst du noch immer nicht?“, fragt er leicht gereizt und runzelt die Stirn. „Und macht ihr noch immer diesen Zettelkram, Oda? Halt deine Schwester nicht wach!“

„Ich war das nicht, das war Erlend“, sage ich.

Papa sieht lange zu Erlends Bett hinüber. (Sie schnarcht noch immer.)

„Die tut nur so!“, sage ich.

„Mach jetzt das Licht aus und leg dich hin. Ihr müsst morgen früh raus“, sagt Papa.

Dann schließt er die Tür.

„Ungerecht!“, rufe ich der geschlossenen Tür zu.

Immer soll ich es gewesen sein.

Erlend schnarcht nicht mehr. Sie liegt unter ihrer Decke und kichert.

„Das gilt auch für dich, Erle“, hören wir Papa schon auf der Treppe sagen und nun wird es in Erlends Zimmer mäuschenstill.

pasta

Liebes Tagebuch,

seit Papa seine Arbeit verloren hat, ist es zu Hause besser und FIESER zugleich. Mama und Papa sind die ganze Zeit unheimlich munter und zufrieden und das ist gut. Aber deshalb umarmen und küssen sie sich auch die ganze Zeit und das ist ganz schön fies.

Aber Papa kocht auch dauernd neues spannendes Essen, was er früher nicht getan hat! Und das ist gut. (Jedenfalls zu Anfang.) Er ist total scharf auf italienische Küche.

„Dass wir die ganze Zeit so einen Spitzenkoch im Haus hatten und das nicht wussten!", sagt Mama und KÜSST Papa. (IGITT!)

Papa macht zum Frühstück kleine Brote, die er zuerst toastet, und dann legt er darauf Tomaten, Knoblauch, Mozzarellakäse und Rucolasalat. „Bruschetta" nennt er diese Brote und behauptet, dass die in Italien alle essen.

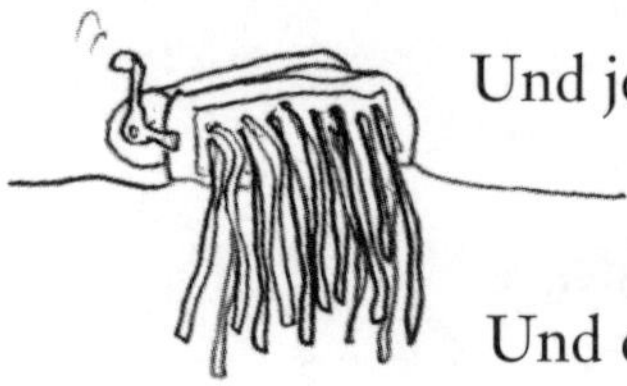

Und jeden Tag gibt es selbst gemachte Pasta.
JEDEN TAG seit fast einer ganzen Woche!
(Abgesehen vom Samstag, da gab es Brei.)
Und damit meine ich, dass die *Pasta* selbst gemacht ist!
Papa kam eines Tages mit einer Nudelmühle aus der Stadt zurück! Und jetzt macht er einen Teig aus Mehl und Wasser und Öl und quetscht ihn durch die Nudelmühle, sodass der Teig immer platter und platter wird (fast wie wenn man einen Pfefferkuchenteig glättet). Am Ende schiebt er den platten Teig durch die Mühle und auf der anderen Seite kommen richtige Spaghettistreifen heraus!
Das sieht ganz schön cool aus. Und dann hängen überall in der Küche die Spaghettistreifen herum, um zu trocknen, ehe er sie kocht. Er wird jeden Tag geschickter. Aber ich möchte jetzt bald mal was anderes zu essen kriegen. Ich wusste gar nicht, dass das möglich ist, aber jetzt hab ich Pasta einfach WAHNSINNIG satt.

Lieber Gott, bitte mach, dass es morgen etwas anderes gibt als Pasta!!!

★

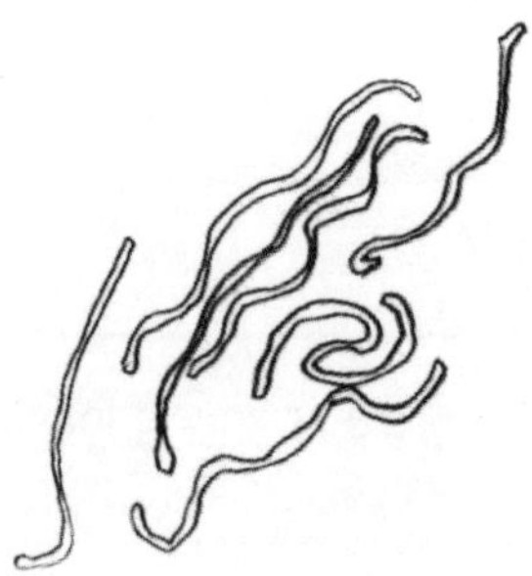

Ausflug

Ich stehe in der Terrassentür von Helle und warte. Wir wollen mit den Hunden spazieren gehen.

Ich bin gleich nach der Schule mit Helle zu ihr nach Hause gegangen, um dort zu essen und mir ausnahmsweise mal die Pasta zu ersparen. Aber bei Helle gab es Spaghetti mit Hackfleisch! Mir blieb die Pasta also nicht erspart und außerdem musste ich am selben Tisch sitzen wie Stian. (Doppelstrafe. Womit hab ich das nur verdient?)

Während ich noch in der Tür stehe, kommt Stian ins Wohnzimmer und schaltet den Fernseher ein.

„Bist du fertig damit, die Türen zu knallen und die Steinzeittypen anzuhören, die über Schneeengel und so niedlichen Kram singen?", frage ich so leise, dass ich weiß, dass seine Mutter das im Nebenzimmer nicht hören kann.

Stian stellt sich taub. Aber ich kann ihm ansehen, dass er das gehört hat. (Ich bin viel härter als Stian. Auch wenn er schon in der Mittelstufe ist, ist er so feige, dass er sich nie wehrt.)

„Okay, komm schon!", ruft Helle.

Sie kommt mit den Hunden an der Leine um die Hausecke.

Als wir gerade durch das Wäldchen laufen und die eifrigen Hunde vor uns herumspringen, kommt Erlend angerannt.

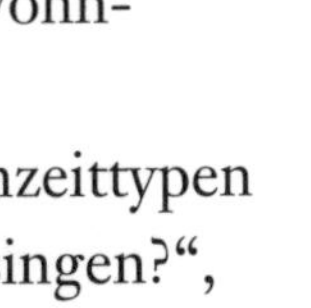

„Waaaartet", ruft sie und zieht sich dabei Mütze und Fäustlinge an.

„Papa hat gesagt, dass ich mit euch gehen darf. Er und Mama wollen einkaufen!“

„Uääāh! Na gut, dann komm schon. Aber beeil dich ein bisschen!“, antworte ich.

Typisch. Immer muss sie dabei sein.

Ich drehe mich nur sozusagen zufällig zu Helles Haus um und da sehe ich, dass Stian im Fenster steht.

„Was ist eigentlich mit deinem Bruder los?“, frage ich Helle. „Der steht ja da am Fenster und GLOTZT uns an!“

„Himmel, kümmer dich nicht um den“, sagt Helle. „Der benimmt sich im Moment einfach total komisch. Absolut weggetreten.“

„Ach, alles klar“, sage ich und nicke. „Pubertät.“

★

Der Traum vom Schreiben

Liebes Tagebuch,

heute in der Schule haben wir Buchrezensionen durchgenommen. Das ist, wenn du ein Buch liest und danach schreibst du auf, wovon es handelt und wie du es findest und so. (Also, wir haben schon in der DRITTEN KLASSE oder so gelernt, wie man Rezensionen schreibt. Das konnte ich also schon. Aber jetzt werden wir viel dickere und schwierigere Bücher lesen als bisher und darüber schreiben.) Nächste Woche kommt ein ECHTER Schriftsteller zu Besuch.

Ich glaube, ich werde Schriftstellerin, wenn ich groß bin. Stell dir vor, einfach rumzusitzen und zu schreiben und dafür Geld zu kriegen und überhaupt. Klingt doch fast perfekt. Und einfach. Ich kann eigentlich ziemlich gut schreiben. Ich habe schon eine Geschichte geschrieben, die ganz bestimmt als Buch herauskommen wird. Helle findet, es ist die beste Geschichte, die sie je gelesen hat. Hier ist sie:

Lasse und Geir

von Oda Andrea Stokkheim

Lasse und Geir sind Kumpel und wohnen zusammen. Einmal, vor langer Zeit, sind sie einfach zusammengezogen. Sie kannten sich vorher nicht oder so. Weder Lasse noch Geir weiß so genau, WIE es dazu gekommen ist. Aber es kam eben so. Es ist schön, dass Lasse und Geir zusammengezogen sind, denn jetzt sind sie die besten Freunde. Fast immer jedenfalls.

„Wir haben uns früher viel mehr gestritten, nicht wahr, Geir?", sagt Lasse manchmal zu Geir.

„Ja, da hast du recht, Lasse", antwortet dann Geir.

Die Freunde wohnen in einem wunderschönen zweistöckigen Haus mit Dachterrasse. Oben auf der Dachterrasse fühlen sie sich wohl. Es macht Spaß, da oben zu sitzen und auf die Landschaft hinauszuschauen. Sie haben eine gute Aussicht von der Dachterrasse. Lasses und Geirs Haus steht an einer warmen Stelle. Es ist sehr angenehm, wenn die Sonne nachmittags durch das Wohnzimmerfenster scheint. Unten im Erdgeschoss gibt es Klo und Küche. Im ersten Stock haben sie ihre Schlafzimmer. Geirs Schlafzimmer ist grau. Lasses Schlafzimmer ist grün. Aber Lasse findet Geirs Schlafzimmer schöner als sein eigenes. Wenn Lasse in sein Zimmer geht, um aufzuräumen oder um eine Runde zu schlafen, will Lasse oft mit hinein. Aber das Zimmer ist doch so klein. Für alle beide ist da kein Platz.

„Mach, dass du aus meinem Zimmer kommst, Lasse!“, muss Geir oft zu seinem Kumpel sagen. „Siehst du nicht, dass hier nicht genug Platz für zwei ist?“

Lasse kapiert nicht, dass da nicht genug Platz für zwei ist. Oder vielleicht WILL er das nicht kapieren.

Oben im ersten Stock haben sie auch so was wie einen Stuhl, der an einem Seil von der Decke hängt. Der Stuhl sieht aus wie eine hohle Kokosnuss. In der Kokosnuss zu sitzen ist genauso, wie in einer kleinen runden Höhle zu sitzen. Die Kokosnusshöhle ist ganz schön toll. Lasse und Geir kennen sonst niemanden mit so einer Kokosnusshöhle, die in der Luft pendelt. Aber die ALLERBESTE STELLE im Haus von Lasse und Geir ist die Hängematte. Sie haben eine riesengroße Hängematte mit Platz für zwei. Da liegen Lasse und Geir oft und faulenzen. Alle beide.

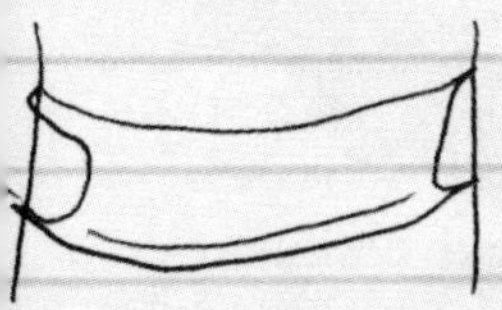

„Wo willst du hin?“, fragt Lasse und schaut über den Rand der Hängematte.

„Ich will auf Abenteuer ausziehen“, antwortet Geir kühn.

„Ach nein, lass das lieber“, sagt Lasse ängstlich. „Es ist gefährlich draußen in der Welt. Hier zu Hause ist es viel sicherer und gemütlicher. Und wir haben hier doch alles, was wir brauchen!“

Aber Geir ist eben ein echter Abenteurer. Er wandert gern los, um neue Dinge zu erleben und neue Orte zu erforschen. Oft bringt er dann →

reiche Beute an interessantem Essen oder weichem Papier mit. Und dann ist er ganz schön stolz.

„Was, hast du das alles GEFUNDEN? Du bist ja vielleicht tüchtig und tapfer“, sagt dann Lasse und schaut seinen Kumpel voller Bewunderung an.

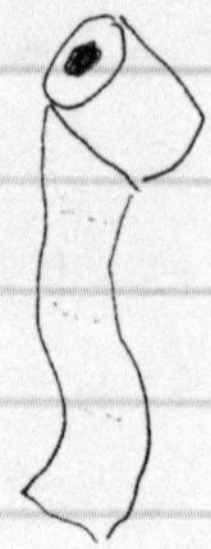

Lasse und Geir müssen nie zum Einkaufen in den Laden gehen. Sie haben es so klug eingerichtet, dass sie ihr Essen GEBRACHT BEKOMMEN. Wirklich jeden Tag. Sie brauchen dafür nicht einmal zu bezahlen. Manchmal fragen sie sich, ob alle anderen auf der Welt auch solches Glück haben wie sie. Ob alle anderen auf der Welt auch einfach alles Essen KRIEGEN, das sie haben wollen. Ohne weiter darüber nachzudenken. Meistens bekommen sie Nüsse, Maiskörner und Samen. Manchmal gibt es auch spannende exotische Früchte, Joghurt und Käsechips oben auf der Dachterrasse. Das macht ihnen besonderen Spaß.

„Das ist das wahre Leben, Geir“, sagt Lasse dann und dabei drückt er sein ganzes Gesicht in ein großes süßes Mangostück.

Das Essen für Lasse und Geir bringen zwei riesengroße Hände. Diese riesigen Hände sind VIEL größer als die von Lasse und Geir. Ja, sie sind sogar viel größer als der ganze Lasse und der ganze Geir. Und die Hände REDEN mit ihnen. Weder Lasse noch Geir haben Angst vor diesen großen Händen. Denn es sind LIEBE Hände. Ohne spitze Krallen. Außerdem waren diese Hände immer schon da. Solange Lasse und Geir sich erinnern können. Mehrmals an jedem Tag kommen die riesigen Hände und heben Lasse oder Geir hoch. Dann dürfen sie auf einer weichen und feinen Unterlage sitzen. Die Unterlage ist meistens aus Jeansstoff oder Baumwolle. Immer mit Heizung unter dem Stoff. Da werden sie von den großen Händen gestreichelt und geknuffelt. Das gefällt Lasse und Geir gut.

So ein Rattenleben ist doch was Feines, was, Geir?“, sagt Lasse, als sie auf dem warmen Jeansstoff liegen und hinter den Ohren gekrault werden.

„Ja, nichts geht über ein Rattenleben. Das ist besser, als ich es je für möglich gehalten hätte“, antwortet Geir und lächelt das allergrößte Lächeln der Welt für seinen allerbesten Freund.

ENDE

„Genauso waren sie“, sagt Helle und sieht froh und traurig zugleich aus, wie immer, wenn sie meine Geschichte gelesen hat.

Die Geschichte habe ich in die dicke Kladde geschrieben, die im Holzkasten auf der Bohrinsel liegt, damit ich sie jederzeit lesen kann. Ich habe die Geschichte geschrieben, als Lasse und Geir gerade gestorben waren. Helle war so traurig und ich wusste nicht, wie ich sie wieder froh machen sollte. Und da habe ich diese Geschichte für sie geschrieben. Und Helle war nicht mehr ganz so traurig.

Ich wünschte, irgendwer könnte über Opa so eine Geschichte schreiben und ich könnte sie dann lesen.

★

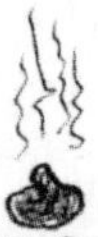

Kacke

Es ist Samstagvormittag und Helle steckt den Kopf durch meine Zimmertür.

„Hallo, kommst du mit raus?“, fragt sie.

„Muss nur erst aufs Klo“, sage ich und laufe zum Badezimmer.

Helle kommt hinterher. Ich öffne die Badezimmertür und da hockt Erlend auf dem Boden und KACKT!

„Uääāh! Was *machst* du denn da?!“, rufe ich.

„Raus!“, brüllt Erlend.

Helle kommt hinter mir her und steckt den Kopf durch die Tür.

„Uääääääh“, ruft auch sie.

„Pfui Spinne, wissen Mama und Papa, dass du auf unseren Boden kackst, oder was?“, rufe ich. „Du Schwein!“

Helle hält sich die Nase zu und kichert hinter mir.

„Ich kacke auf *Papier!!* Ich hab Klopapier auf den Boden gelegt. Geht weg! Ich wollte nur sehen, wie das aussieht!“, ruft Erlend mit wütender Stimme. Sie hockt noch immer auf dem Badezimmerboden, mit einem riesigen Kackeklumpen auf dem Papier unter sich.

„Ich sag es Mama, wenn sie nach Hause kommt“, rufe ich, während ich und Helle vor Erlend und der Kacke und dem Gestank im Badezimmer weglaufen.

„TÜR ZU!“, ruft Erlend hinter uns her.

„Meine Güte, was hast du für eine kranke Schwester“, sagt Helle.

„Ja, ich weiß. Die ist total verrückt“, sage ich.

„Kann man jetzt wieder durch die Nase atmen?“, fragt Helle.

FIESE SACHEN

10 Dinge, die ich fies finde:

1. wenn Erlend auf den Boden kackt oder furzt oder andere fiese kindische Sachen macht!

2. wenn in Liedern gestöhnt und von fiesen Sachen gesungen wird

3. STIAN!!!!!

4. den Geruch von nassem Hund

5. wenn Erlend mir voll ins Gesicht rülpst

6. Haare aus dem Duschabfluss fischen

7. wenn Mama und Papa knutschen

8. Milch aus demselben Glas trinken, aus dem schon andere getrunken haben (vor allem bei lauwarmer Milch)

9. die Spülmaschine einräumen

10. Hundekacke aufheben (auch wenn ich die Hand in einer Hundekacketüte habe)

„Räumst du die Maschine ein, Oda?“, fragt Papa nach dem Essen. (Eigentlich ist das gar keine Frage, denn wenn Papa fragt, ob du die Waschmaschine einräumen kannst oder so, dann darfst du nicht Nein sagen.)

Nein, nein, NEIIIINN!!!

Es ist so unglaublich fies, Essensreste an den Fingern zu haben! Ich kapiere nicht, wie die Erwachsenen es über sich bringen, die ganze Zeit solche fiesen Dinge zu tun, ohne zu jammern oder so.

„Kann Erlend das nicht machen?“, sage ich.

„Erlend hat heute den Brei umgerührt“, sagt Papa.

Das Zweitfieseste, was ich kenne, ist, den Brei umzurühren.

(PS: „Den Brei umrühren“ steht nicht auf meiner Fiese-Sachen-Liste, denn ich finde das doch nicht fies. Es ist nur saudoof, den Brei umzurühren. Wenn ich eine Liste über „10 Sachen, die ich saudoof finde“ schreiben sollte, dann würde „den Brei umrühren“ ganz oben stehen.)

An diesem Samstag blieb mir das zum Glück erspart. Jeden Samstag um fünf gibt es bei uns Reisbrei. Und dann sollte man so gegen vier Uhr besser nicht in der Nähe der Küche sein. Wenn Mama oder Papa gerade den Brei aufgesetzt haben und dich dann sehen, wirst du nämlich gebeten, den Brei umzurühren. Und dann musst du fünfzig LANGE Minuten da stehen und rühren.

Mama will unbedingt immer so echten langsamen Reis nehmen. Sie sagt, dann wird der Brei am besten. Sie kann „solchen Schnellreis“ nicht leiden. Das wird dann nicht dasselbe, sagt sie. Und Papa sieht das auch so. Manchmal sind sie unglaublich altmodisch. Helle und die anderen machen immer Schnellreisbrei. Ich esse Schnellreisbrei auch gern, so ist das.

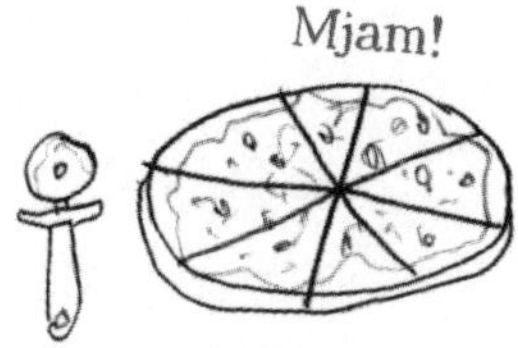

Später am Samstagabend haben wir meistens Pizza oder Fondue oder Tacos oder so was.

(Nur jetzt nicht, jetzt essen wir nur Pasta …)

Und dann sehen wir zusammen einen Film, die ganze Familie. Papa will immer solche Filme sehen wie „Die Familie im Wilden Westen“ und „Der Bär“, über Cowboys und Indianer und die Wildnis und Tiere, die Abenteuer erleben. Erlend sieht am liebsten Zeichentrickfilme. (Sie ist ja so kindisch.)

Der beste Film, den ich je gesehen habe, ist „Die unendliche Geschichte“. Mama hat den an einem Samstag ausgeliehen. (Ich habe das Buch zweimal gelesen und auch als Hörbuch gehört.) Ein deutscher Schriftsteller, der Michael Ende heißt, hat das Buch geschrieben. Mama hat es irgendwann in den 80er-Jahren gelesen und fand es unglaublich gut! (Mama hat einen echt guten Geschmack.)

Ich und Helle sind verliebt in Atréju, das ist der mit dem weißen Pferd, der die Tore durchqueren muss, ohne von Laserstrahlen getroffen zu werden. Atréju ist so klug und mutig! Ich und Helle haben sogar den Film auf Pause gestellt und ihn auf dem Bildschirm geküsst. (Aber das weiß NIEMAND!) Wir haben das an einem Sonntagmorgen gemacht, als Mama, Papa und Erlend nicht zu Hause waren.

★

Stian-der-Dussel

Liebes Tagebuch,

als ich heute bei Helle war und aufs Klo musste, bin ich zu Stians Zimmer gegangen und hab ihn ein wenig bespioniert. Er saß an seinem Schreibtisch und war wie üblich nerdig und hörte sich wie üblich diese Band an. Aber dann hat er mich entdeckt und da habe ich gesagt, er sei ein DUSSEL – und dann habe ich ihn gefragt, warum er nie Freunde bei sich zu Hause hat und ob das daran liegt, dass er keine Freunde hat, weil er so blöd aussieht. Und dann habe ich gesagt, dass er ein saumieser Gitarrespieler ist. Echt. Ich sah, dass er wahnsinnig wütend wurde, also habe ich gefragt, ob er wütend ist, und ich habe ihn WEICHEI genannt und dann habe ich ihn gefragt, ob er BEHINDERT IST ODER SO WAS. (Das ist mir einfach so rausgerutscht.) Und dann hat er mich aus der Tür gestoßen und sie vor meiner Nase zugeknallt. Ich hoffe, er erzählt das niemandem.

(PS: Ich habe es Helle nicht erzählt.)

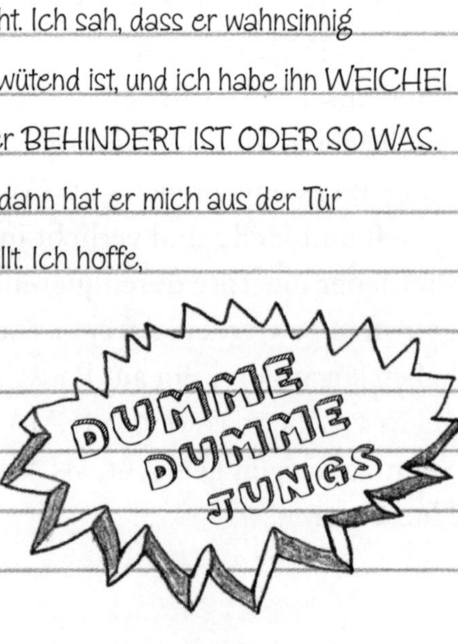

Jetzt, wo Papa arbeitslos ist und wir jeden Tag Pasta essen und das ganze Haus grell und hellblau leuchtet, wie so ein Treibhaus, und nirgendwo auch nur ein Staubkorn zu sehen ist und der ganze Hofplatz geharkt ist und Papa sich wahnsinnig dafür interessiert, ob Erlend und ich unsere Hausaufgaben gemacht haben, ehe wir spielen gehen, haben wir ein bisschen zu viel Papa am Hals. Also habe ich ihn gefragt, ob er sich nicht bald eine neue Arbeitsstelle oder wenigstens ein neues Hobby zulegen könnte.

„Ein Hobby, ja", sagte Papa übereifrig. „Ein neues Hobby ist genau, was ich brauche. Hmmm, was mache ich denn gern in den Ferien … ANGELN! Da haben wir's. Das wird jetzt mein Hobby – Angeln die ganze Zeit."

„Aber Odd Arild, es ist doch Januar", sagte Mama und schaute von ihrem Sudoku auf.

„Na und?", fragte Papa. „Die Fische schwimmen im Winter ja wohl nicht in den Süden."

★

I'M IN LOVE!

Liebes Tagebuch,

ICH LIEBE ARNE SVINGEN!

A + O = VERLOBT.

ARNE I LOVE YOU

Heute war Arne Svingen in unserer Klasse zu Besuch. Er hat eine blaue Jeans und ein schwarzes Hemd mit langen Ärmeln angehabt und er ist sehr groß und total kahl auf dem Kopf. (Er war nicht so altmännerkahl wie Opa, mit Haaren auf der Seite, sondern total kahl und das war cool.) Er ist einfach SUPER. Arne Svingen ist Schriftsteller. Er schreibt Bücher für Kinder und Jugendliche. Er hat über dreißig Bücher geschrieben. Er hat vor allem von einer Trilogie über einen gewissen Adrian erzählt. Adrian erwacht eines Morgens und seine ganze Familie ist spurlos verschwunden!!! Die Bücher hören sich supercool und spannend an. Morgen leihe ich sie mir aus der Bücherei aus. Als er erzählt hat, hat er mich ganz oft angesehen. Und nach der Stunde habe ich draußen auf dem Gang Helle getroffen und wir standen vor meinem Klassenzimmer, während er (Arne Svingen, meine ich)

mit dem Kaldestad redete, und dann kam er heraus und nahm meinen
Arm und fragte:

„Entschuldigung, wo ist die Toilette?"

Ich zeigte auf das Jungenklo und sagte „da".
Da lächelte Arne Svingen mich an und sagte
„danke" und ich lächelte ihn auch an und sagte „ja"
oder „kein Problem" oder so. Helle stand neben mir.
Aber er hat mit MIR gesprochen. Ich glaube, ich STERBE!!!

Arne Svingen hat meinen Arm ANGEFASST
und ich habe mit ihm GESPROCHEN!

Das war die coolste Norwegischstunde,
die wir jemals hatten. Ich wünschte,
Arne Svingen könnte JEDE Woche
zu Besuch kommen!

♡♡♡♡♡

Als ich heute meine Aufgaben machen wollte, schaffte ich gar nichts, weil ich nur an Arne Svingen denken musste. Also habe ich ein geheimes Gedicht über ihn geschrieben. Ich habe es so geschrieben, dass sonst niemand begreift, von wem es handelt. Nur ich. Das Gedicht ist am Ende wahnsinnig lang geworden. Hier ist es:

Du kamst um die Ecke wie auf Schwingen,
worauf zwei Leben neu anfingen!

Ich sah dich, als du um die Ecke kamst
und Kurs auf unseren Schulhof nahmst.
Stell dir vor, da nahm ich noch an,
du seist einfach nur so ein kahler Mann.

Dichtest du wohl mit Bleistift auf Papier
oder sitzt du am Computer zu Hause bei dir?
Ich finde dich jedenfalls total brillant
und dein Vortrag bei uns war einfach rasant.

Durch dich habe ich noch mehr Lust zu schreiben und zu lesen!
Das sind schon immer meine Hobbys gewesen.
Nach der Schule muss ich nur ganz schnell essen,
dann nehm ich dein Buch und die Welt ist vergessen.

Ich lese jede Zeile von dir,
das stimmt wirklich, glaub es mir.
Wenn ich dir Post schicke, wird die beantwortet werden?
Das ist mein innigster Wunsch hier auf Erden.

Und wenn wir uns auf der Straße sehen
Oder du noch mal unsere Schule besuchst,
wirst du dann wissen, wer ich bin?
Wirst dann mit mir Äpfel klauen gehen?

Das hoffe ich.

1 x 7 = 7
2 x 7 = 14
3 x 7 = 21
4 x 7 = 28
5 x 7 = 35 (?)
6 x 7 = 42 (?)
7 x 7 = 49 (?)
8 x 7 = 56
9 x 7 = 63
10 x 7 = 70

Aaaah, seufze, mein Herz … ARNE!

★

Fanblog

Liebes Tagebuch,

heute habe ich ein Buch von Arne Svingen ausgelesen und das ist genau wie ein Comic. Es ist sehr gut! Es handelt von den Freunden Daniel und Tom, die in ein Mädchen verliebt sind. Unsterblich verliebt, wirklich. Ich und Helle sind in Arne Svingen verliebt. Er ist nicht so ein blöder, langweiliger Erwachsener. Er ist cool ~~und sieht gut aus~~. Ich und Helle waren in der Bücherei und haben ALLE Bücher von ihm ausgeliehen. Jedenfalls alle, die sie dahatten. Sogar die über Hubert, obwohl die für kleine Kinder sind. Wir wollen einen Blog über ihn anfangen und da wollen wir alle seine Bücher rezensieren, wollen Bilder von ihm reinstellen und wichtige Infos, wie sein Lieblingsessen, seine Lieblingsfarbe, seine Lieblingszahl, seinen Lieblingsfilm, seine Lieblingsfernsehserie, sein Lieblingsbuch und überhaupt. Und was bei Mädchen seine Lieblingshaarfarbe ist. (Ich hoffe, er mag braune Haare am liebsten.) Wir wollen ihm einen Brief schreiben und nach allem fragen, was wir im Internet nicht finden können. Aber heute geht das nicht, weil Helle mit ihrer Mutter in der Stadt ist. (Sie will kommen, sobald sie wieder zu Hause sind. Aber das dauert noch so laaaange!!!!)

ICH LANGWEILE MICH!!!

Ich sehe mal nach, ob Helle vielleicht schon zu Hause ist und vergessen hat, dass sie herüberkommen wollte. Schreibe später mehr.

Nein, Helle und die anderen sind noch nicht zu Hause … ich gehe wieder und frage, ob Erlend etwas unternehmen möchte.

Sie sitzt vor dem Computer.

„Erlend, wollen wir auf der Terrasse eine Schneelaterne bauen?"

„Hab keine Zeit", antwortet Erlend, ohne sich umzudrehen. (Sie starrt nur den Bildschirm an.)

„Spielst du?", frage ich.

„Nix", sagt sie.

„Auch nicht online?", frage ich.

„Nix", sagt Erlend wieder.

„Ich *bring* dich um, wenn du dir ohne zu fragen eins von meinen Spielen geholt hast", sage ich ziemlich streng.

„Ich spiele nicht", antwortet Erlend, übertrieben ruhig. (So ruhig, dass es mich ärgert.)

Es kommt mir ein bisschen so vor, als ob sie sich vor dem Bildschirm ganz breit macht, damit ich ihn nicht sehen kann. Warum tut sie das? Was soll ich da nicht sehen?

„Aber was machst du da denn eigentlich?", frage ich und versuche, eine Ecke vom Bildschirm zu sehen.

„Einen Blog", antwortet Erlend, als ob das die größte Selbstverständlichkeit auf der Welt wäre.

„Ach? Worüber denn?", frage ich. „Nehehe, das tust du ja gar nicht, da musst du doch erst eine Blogdomain kaufen!"

„Das hat Mama für mich gemacht", sagt Erlend.

„Dann lass mal sehen! Sag, wie die heißt! Ich hol Mama, wenn du das nicht sagst!", rufe ich.

Erlend kann wirklich unglaublich kindisch und blöd sein.

„Die heißt Odaliebtarne.com."

„Was? Woher weißt du …"

„Hör mal: *Liebes Tagebuch, Arne Svingen ist soooo cool und klasse. Und er hat mit mir GESPROCHEN! Oda + Arne = verlobt! Gruß, Oda Andrea Stokkheim.* Ha-ha. Gut, was?“, fragt Erlend und lacht.

„OOOOOOOO! Hast du etwa mein Tage… DU DRECKS-GÖRE!!! Warte nur! Ich bring Paula um! Wo steckt sie?“, heule ich.

„NEEEEIN“, heult Erlend zurück. „Du darfst Paula Entbertine von Quack nicht anfassen! MAMAAAAA!“

Ich renne mit Erlend an den Hacken die Treppe hinunter. Die arme Paula. Sie sitzt auf Erlends Kopfkissen und denkt an nichts Böses …

★

PAULA ENTBERTINE VON QUACK

Paula Entbertine von Quack ist die Schmuseente, die Erlend schon seit ihrer Geburt hat. Sie hat sie überall mit hingenommen, bis sie zu alt für so was war. (Erlend ist zu alt, meine ich.) Also sitzt Paula jetzt meistens den ganzen Tag auf Erlends Bett und wartet darauf, dass Erlend kommt und mit ihr redet.

Wenn du Paulas linke Hand drückst, etwas zu ihr sagst und dann die Hand noch einmal drückst, sagt sie dasselbe zu dir. Deshalb kann sie Geheimnisse nicht immer für sich behalten. Sie hat im Bauch Batterien und ein Tonbandgerät.

Paula Entbertine von Quack hat alles Zubehör, was du dir vorstellen kannst. Sie hat einen roten Marienkäferregenmantel mit passendem Südwester, einen blauen Rucksack mit winzigen Büchern, Bleistiften, Radiergummis und Filzstiften, Schal und einen gestreiften

Wollpullover (den hat Mama gestrickt), Windeln (die hat sie aber eher früher benutzt) und auch sonst noch alles Mögliche.

Paula hat sogar ein eigenes Schmusetier, einen kleinen gelben Hund mit einem grünen und einem rosa Ohr, er heißt Kåre.

Erlend dreht total durch, wenn ich gemein zu Kåre oder Paula Entbertine von Quack bin. Deshalb bin ich das ziemlich oft. Ich mache zum Beispiel Zeichnungen von Paula und Kåre. Zum Beispiel, dass sie sich streiten, sodass Kåre wegläuft und Paula einsam und allein sitzen bleibt. Und dass Paulas Batterie leer ist. Und dann zeige ich Erlend die Zeichnungen.

★

DIE FAN-MAIL

Print message https://mail:ic=hbi=nso=da=&mei=nz

Hallo von einer, die deine Bücher gut findet :-)

From: Oda Andrea Stokkheim (oda.stokkheim@gmail.com)
Sent: Saturday, Jan 23, 10:02 AM
To: Schriftsteller@online.no

Lieber Arne Svingen,
ich und meine beste Freundin Helle finden, dass du ein supertoller Schriftsteller bist. Wir werden alle deine Bücher lesen (sogar die über Hubert). Wir haben eben *Tage, die ich vergessen habe* gelesen und das war megaspitze. Es war cool, dass es genau wie ein Comic war, fanden wir.

Und jetzt haben wir ein paar Fragen:

1. Was ist dein Lieblingsfilm?
2. Was ist dein Lieblingsbuch?
3. Und was war dein Lieblingsbuch, als du klein warst?
4. Was ist deine Lieblingsfarbe?
5. Und welche Haarfarbe gefällt dir am besten?
6. Wie alt bist du eigentlich?
7. Wann wirst du dein nächstes Buch schreiben?
8. Wie viele Bücher hast du schon geschrieben?
9. Wann hast du dein allererstes Buch geschrieben?
10. Wie alt warst du (also, als du dein allererstes Buch geschrieben hast)?
11. Wann hast du gewusst, dass du Schriftsteller werden wolltest?

12. Und wolltest du davor etwas anderes werden?
13. Findest du es witzig, Kinderbücher zu schreiben?
14. Oder findest du das manchmal langweilig, wo du doch selbst kein Kind bist?
15. Schreibst du über Dinge, die du erlebt hast, oder denkst du dir alles aus?
16. Spielst du ein Instrument? (Mein Nachbar kriegt Gitarrenunterricht.)
17. Aber was gefällt dir besser? Gitarre oder Schlagzeug?
18. Wo in Norwegen wohnst du?
19. Was ist dein Lieblingsessen?
20. Und deine Lieblingssüßigkeiten?
21. Was magst du lieber? Hunde, Katzen oder Goldfische? (Ich habe einen Goldfisch, der Theodor heißt.)
22. Magst du lieber lange oder kurze Haare?
23. Und struwwelige oder lockige?
24. Und braune oder grüne oder blaue oder graublaue Augen? (Nur so eine Frage.)
25. Hast du *Sophiechen und der Riese* gelesen?
26. Findest du das gut?

Ich hoffe, dass du antwortest. :-)

Gruß von Oda Andrea Stokkheim

PS: Du warst bei uns in der Schule zu Besuch und das war die beste Norwegischstunde, die wir je hatten!!!

★

2 of 2 01.23 at 10:02 AM

Gemeiner Klatsch

„Wie geht es übrigens deinem Vater?“, fragt Helle.

Wir sitzen in meinem Zimmer und zeichnen, nachdem wir die E-Mail an Arne Svingen abgeschickt haben. Ich bin so gespannt, ob er antwortet. Und *wann* er antwortet und *was* er antwortet. (Und was, wenn er NICHT antwortet!!!) Ich kann fast an nichts anderes denken. *Lieber Gott, mach, dass Arne Svingen Goldfische am liebsten mag, und braune struwwelige halblange Haare und graublaue Augen!*

„Hat er schon eine neue Arbeit?“, fragt Helle.

„Hä? Arne Svingen?“, frage ich und begreife nicht so ganz, was sie meint. (Arne Svingen arbeitet doch als Schriftsteller!)

„Dein Vater!“, sagt Helle und verdreht die Augen.

„Ach“, sage ich. „Nein … aber er hat so viele neue Hobbys. Jetzt will er unten am Anleger unser Essen angeln. Im Januar, stell dir vor. Aber du, wie findest du eigentlich diese Anniken aus meiner Klasse?“

„Weiß nicht“, antwortet Helle. „So gut kenne ich sie ja nicht.“

„Eigentlich ist sie nicht so in Ordnung und sie will immer alles Mögliche bestimmen.“

„Ach“, sagt Helle.

„Ja“, sage ich. „Und dann schleimt sie sich die ganze Zeit bei Iselin ein und versucht so auszusehen wie sie und alles mit ihr zusammen zu machen und so.“

„Echt?“, fragt Helle.

„Ja, Anniken ist eigentlich ziemlich doof. Eigentlich kann ich sie nicht so gut leiden", sage ich. „Du etwa?"

„Weiß nicht … nein, ich vielleicht auch nicht", sagt Helle.

„Nein, ganz meine Meinung."

„Aber dein Vater?", fragt Helle.

„Was denn?"

„Kriegt der eine neue Arbeit?"

„Weiß nicht", sage ich. „Hoffe ich. Es ist ganz schön nervig, dass er die ganze Zeit hier ist und …"

Dann kommt plötzlich Erlend zur Tür herein.

„Darf ich mit euch zeichnen?", fragt sie und lächelt.

„Nein! Mach, dass du aus meinem Zimmer kommst", sage ich.

Aber Erlend bleibt einfach stehen und lächelt noch immer. Sie glaubt vielleicht, dass sie damit durchkommt. Aber da liegt sie total SCHIEF!

„Bist du taub, oder was?", frage ich. „Mach, dass du aus meinem Zimmer kommst, habe ich gesagt. MACH, DASS DU AUS MEINEM ZIMMER KOMMST – MACH, DASS DU AUS MEINEM ZIMMER KOMMST – MACH, DASS DU AUS MEINEM ZIMMER KOMMMMMMMMST!!!", rufe ich und stoße Erlend aus der Tür und knalle die Tür zu. (Helle sitzt an meinem Schreibtisch und sieht zu. Sie hat aufgehört zu zeichnen.)

Dann hören wir Erlend hinter der Tür. Sie weint jetzt und läuft die Treppe runter, um bei Papa zu petzen, Klatschbase. IMMER muss sie uns nerven. Ich und Helle lauschen eine Weile, aber diesmal kommt niemand die Treppe hoch. Also zeichnen wir weiter.

„Ich wünschte, es würde bald Frühling, damit wir uns ans Schaukelseil hängen können", sagt Helle.

„Ach ja!", sage ich. „Schade, dass es bis zum Frühling noch so lange dauert. Im Frühling kann man so viel mehr unternehmen …"

„Schau mal!", sagt Helle plötzlich und zeigt aus dem Fenster. „Ein Möbelwagen!"

★

NEUE NACHBARN

(und etwas braut sich zusammen.)

Die Neuen

Ins Grünhaus sind neue Leute eingezogen!

DAS GRÜNHAUS

Im Grünhaus gibt es vier Wohnungen und die ganze Zeit ziehen Leute ein und aus. Manche sind nett, manche sind komisch, manche machen Krach, manche sehen wir nie, manche sind unheimlich, manche sind unheimlich und gefährlich und manche hassen Kinder ... (Was da jetzt wohl für Leute eingezogen sind? Wenn das nun Kinder-hasser sind!)

Ein Mann und eine Frau sind im Grünhaus eingezogen, unten links. Sie sind etwas jünger als Mama und Papa, glaube ich. Ich und Helle lagen auf der Bohrinsel im Wäldchen und haben sie gestern den

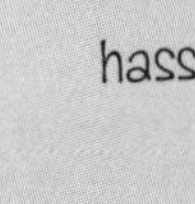

ganzen Tag lang bespioniert. Die Bohrinsel ist perfekt, um das Grünhaus zu bespionieren. Vor allem mit dem Fernglas. Da können wir sogar sehen, was sie im Fernsehen sehen

(falls sie den Fernseher dahin stellen, wo Olevik seinen hatte) und was sie zu Abend essen, während wir sicher versteckt hier oben in der Dunkelheit zwischen den Bäumen liegen.

Das neue Paar im Grünhaus sieht irgendwie aus wie eine Mischung aus Jugendlichen und Erwachsenen. Sie tragen so eine Art Jugendklamotten aus den alten Zeiten, aus den 80er-Jahren oder so. Aber im Gesicht sieht man, dass sie erwachsen sind.

Und sie haben einen Hund. Der ist weiß und bellt fast die ganze Zeit. Er sieht schrecklich wütend und gefährlich aus. (Das findet Helle auch, und sie hat ja selbst Hunde, deshalb weiß sie, wovon sie redet.) Sie haben den Hund vor dem Haus angeleint und deshalb können wir uns nicht mal auf die Schaukel setzen. Denn die Hundeleine scheint so lang zu sein, dass der Hund bis zu den Schaukeln laufen kann …

(PS: Arne Svingen hat meine Mail noch nicht beantwortet …)

★

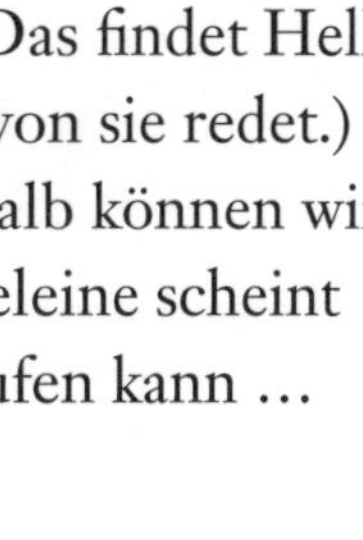

Die Antwort!

Liebes Tagebuch,

ICH HABE EINE E-MAIL VON ARNE SVINGEN BEKOMMEN!!!!!

Es ist einfach unfassbar, naja, fast. Er hat wirklich an MICH geschrieben!!! (Aber er hat Helle grüßen lassen.) Und er findet, ich hätte gute Fragen gestellt. Super. Aber er hat so viel Arbeit mit der Schriftstellerei, dass er keine Zeit hatte, alle Fragen zu beantworten ... Aber ich und Helle werden die Antworten auf seiner Website finden!

Re: Hallo von einer, der deine Bücher gefallen :–)

From: Arne Svingen (schriftsteller@online.no)
Sent: Sunday, Jan 24, 9:48 AM
To: Oda Andrea Stokkheim (oda.stokkheim@gmailcom)

Hallo Oda,

danke für deine nette Mail. Wie schön, dass euch meine Bücher gefallen. Im Moment arbeite ich an einem Buch, das im Frühjahr erscheinen soll (hab schrecklich viel zu tun, muss sogar sonntags arbeiten), deshalb kann ich nicht alle deine Fragen beantworten (es waren sehr viele und sehr gute), aber einige Antworten kannst du auf meiner Website finden. Hab einen schönen Tag. Grüß Helle von mir.

Gruß
Arne

★

Die Zeichnung

Helle klettert zur Bohrinsel hoch. Wir wollen die neuen Nachbarn bespionieren. Ich bin schon da und habe etwas entdeckt!

„Schau mal!!!", sage ich zu Helle und halte ihr ein Blatt Papier hin. „Eine geheimnisvolle Zeichnung!"

Es ist eine Zeichnung von UNS! Eine Zeichnung von mir und Helle. Ich habe sie gefunden, als ich das Fernglas aus dem Kasten nehmen wollte.

„Aber woher kommt die?", fragt Helle und sieht sich die Zeichnung an.

„Das MÜSSEN die neuen Nachbarn sein", sage ich.

„Aber was bedeutet das?", fragt Helle.

„Weiß nicht. Es muss ein Zeichen oder so was sein. Sie wollen uns sagen, dass sie wissen, was wir machen. Eine Drohung, vielleicht … eine Drohzeichnung!"

„Ja, eine Drohzeichnung!", sagt Helle. „Schurken finden Spioninnen ja nicht so toll … hu, wie scheußlich!"

„Ja, megascheußlich! Und wie hässlich die ist!", sage ich. (Aber ich habe dabei ein komisches Gefühl, denn eigentlich finde ich die Drohzeichnung ziemlich schön.) „Aber so leicht lassen wir uns keine Angst einjagen! Wir werden sie im Auge behalten, ALLES über sie herausfinden!"

„Ja!", sagt Helle. „Wir müssen unsere Feinde kennen."

★

Kinderhasser

„Sicher sind das Kinderhasser“,
sage ich zu Helle. „Ich sehe es ihnen an.“

„Ja“, sagt Helle und reicht mir das Fernglas.

„Und sieh dir die Haare an!“, sage ich.

Wir liegen auf der Bohrinsel und sehen zu, wie die neuen Nachbarn sich schrecklich damit abmühen, ein großes Sofa durch die Haustür zu bugsieren. Sie könnten Hilfe brauchen, aber niemand hilft ihnen. Und der fiese Hund steht an der Leine und bellt und bellt.

Wir richten in unserer Kladde auf der Bohrinsel ein neues Ermittlungslogbuch ein und geben den neuen Nachbarn den Codenamen „Slumpaar“.

★

Das Slumpaar

Ich und Helle fahren nach der Schule mit dem Bus nach Hause, wie immer. Heute Morgen haben wir unsere Rodelbretter mitgenommen und hinter dem Streusandkasten versteckt (wo der Sand aufbewahrt wird, um die Krokkleiva zu streuen, wenn es im Winter zu eisig ist). Der Streusandkasten steht fast ganz oben in der Krokkleiva, oben bei der Hauptstraße. Wir finden es besser, wenn nicht gestreut ist, denn dann ist das Rodeln leichter. Wir fahren immer ein bisschen auf der Seite der Straße, nicht ganz in der Mitte. Denn unsere Eltern schimpfen so, wenn wir mitten auf der Straße fahren. Das könnte ja gefährlich sein. Aber hier kommt fast nie ein Auto vorbei, bisher ist es also gut gegangen.

Wir steigen aus dem Bus, laufen nach unten, ziehen unsere Rodelbretter hervor, hängen uns den Rucksack nach vorn vor den Bauch und fahren los. Wir sausen johlend und in wildem Tempo den kurvenreichen Hang hinunter. Vorbei an Helles Haus, den ganzen Weg nach unten jagen wir. Denn Helle wird mit mir nach Hause gehen. Wir werden zusammen Hausaufgaben machen.

Unten am Hang stehen wir auf und gehen zu meinem Haus. Wir denken ans nichts Böses. Aber dann wird plötzlich die Tür des Grünhauses aufgerissen! Der Slumpaarmann und die Slumpaarfrau kommen mit ihrem Hund heraus und wir MÜSSEN AN IHNEN VORBEIGEHEN, um zu mir nach Hause zu kommen!

Ich packe Helles Arm und sie drückt sich enger an mich. Wir machen einen so großen Bogen um die beiden, wie es nur möglich ist, ohne dass sie glauben, wir hätten Angst vor ihnen oder so.

Wir sehen sie an und sie STARREN uns an. Der Hund bellt megalaut und wütend und wir fahren zusammen.

„Ach, meine Herren die Lerche!“, flüstere ich Helle zu. „Das Slumpaar!“

Das Slumpaar und der Slumpaarhund gehen die Krokkleiva hoch.

„Die wollen sicher in den Großen Wald“, flüstert Helle.

Wir versuchen, ganz normal und ruhig zu gehen und uns nichts anmerken zu lassen. Wir können doch jetzt nicht RENNEN. Dann würden sie uns ja für Angsthasen halten! ENDLICH kommen wir bei unserer Terrasse an. Wir springen die Terrassentreppe in zwei Sprüngen hoch und lassen uns hinter das Geländer fallen. Wir heulen und lachen, irgendwie ein bisschen erleichtert. Erleichtert, weil wir überlebt haben.

„Hast du gesehen, wie die uns ANGESTARRT haben, oder was?“, fragt Helle. „Glaubst du, die wissen, dass wir die fiese Drohzeichnung gefunden haben?“

„Ja“, sagte ich. „Was sind die FIES!!! Hoffentlich verirren die sich oben im Wald.“

„Hoffentlich verpesten sie den Gipfel nicht. Das ist UNSER Gipfel“, sagt Helle. „Und wir wollen denen da ja nicht begegnen – ganz allein im Wald!“

★

Wartezeit

An den nächsten Tagen musste Helles Mutter allein mit den Hunden losgehen. Und einige Male schickte sie Stian mit ihnen los. (Aber meistens sitzt der ja nur in seinem Zimmer und macht Aufgaben oder womit er sich nun die Zeit vertreibt.)

Wegen des Slumpaars, das uns mit der Drohzeichnung bedroht hat, waren auch Helle und ich in letzter Zeit viel im Haus. Wir warten darauf, dass sie etwas unternehmen oder uns noch mehr bedrohen. (Aber wir wollen ja nicht draußen sein und ihnen die Sache megaleicht machen!) Wir haben uns die Drohzeichnung sehr genau angesehen und finden es eigentlich seltsam, dass sie so gut zeichnen. (Und wir kriegen eine Gänsehaut, weil wir die Drohzeichnung ja auch schön finden. Das Slumpaar ist doch der Feind!!!)

Also sind wir im Moment im Haus und denken uns allerlei Im-Haus-Beschäftigungen aus.

Liebes Tagebuch,

weil wir in dieser Woche so viel im Haus waren, hatten wir zum Beispiel jede Menge Zeit, um die Antworten auf alle unsere Arne-Svingen-Fragen zu finden. In der E-Mail hat er nur die Frage beantwortet, wann er ein neues Buch schreiben wird: Er ist gerade dabei, im Frühling kommt es heraus. (Wir hoffen, dass es gut wird!) Und dann haben wir seine GANZE Website gelesen. Total gründlich.

Das haben wir herausgefunden:

- Arne Svingen ist über 40 (wie Helles Mama).
- Er hat über 30 Bücher geschrieben. (Das wussten wir schon.)
- Er hat 1997 mit dem Schreiben angefangen und seine ersten beiden Bücher sind 1999 erschienen.
- Das heißt, er war über 30, als er mit dem Bücherschreiben angefangen hat. (Das ist viel älter als ich war, als ich mit dem Schreiben angefangen habe.)
- Und dann wollte er offenbar russisch werden, ehe er Schriftsteller werden wollte.
- Er erfindet einfach das meiste, was er schreibt.
- Er wohnt in Oslo.
- Und er spielt Gitarre. **(PS:** Arne Svingen ist sicher TAUSENDMAL besser als Stian.)

Hier sind die Fragen, auf die wir auf Arne Svingens Website keine Antwort gefunden haben:

Lieblingsfilm, Lieblingsbuch, Lieblingsbuch, als er klein war, Lieblingsfarbe, welche Haarfarbe ihm am besten gefällt, wann er gewusst hat, dass er Schriftsteller werden wollte, ob er es witzig findet, Kinderbücher zu schreiben, oder ob er es manchmal auch langweilig findet, weil er selbst kein Kind ist, was ihm besser gefällt: Gitarre oder Schlagzeug, sein Lieblingsessen, seine Lieblingssüßigkeiten, ob er Hunde, Katzen oder Goldfische lieber hat, ob er lieber lange oder kurze Haare mag, struwwelige oder lockige, grüne, braune, blaue oder graublaue Augen, ob er *Sophiechen und der Riese* gelesen und ob es ihm gefallen hat.

(**PS:** Wir finden, dass Arne Svingen seine Website ein bisschen aktualisieren sollte, da fehlt doch eine ganze Menge.)

Helle sagt, dass Stian sich im Moment reichlich seltsam aufführt. Die ganze Zeit summt er diese Dum-Dum-Lieder und früher hat er doch nie gesummt. Und er macht seine Zimmertür zu und dreht total durch, wenn Helle hereinkommt und fragt, was er da macht. Er versteckt seine Bücher sogar vor ihr. (Wozu soll das denn gut sein, falls er nicht ein geheimes Tagebuch hat, so wie ich.)

Und dann spielt er auf seiner Gitarre. Ich begreife nicht, dass Helles Mutter Geld für diesen Gitarrenunterricht ausgeben mag. Der lernt doch REIN GAR NICHTS!

Jeden Tag in dieser Woche haben Helle und ich uns zur Bohrinsel geschlichen und im Holzkasten nachgesehen, ob das Slumpaar eine neue Drohzeichnung reingelegt hat. Aber das haben sie nicht (noch nicht). Und weder Stian noch seine Mutter sind jemals im Großen Wald dem Slumpaar begegnet, wenn sie mit den Hunden dort waren …

★

Spionage

Liebes Tagebuch,

ich und Helle sind nach der Schule jetzt Spionageermittlerinnen in Vollzeit. Wir sind richtig gute Spioninnen und wissen schon eine MENGE über das Slumpaar!

Das haben wir herausgefunden:

1. Ihr Hund, der Killerhund, heißt Diesel.
2. Diesel steht viel draußen an der Leine und bellt die ganze Zeit. Höchstwahrscheinlich ist er wahnsinnig gefährlich.
3. Wir haben Angst, dass Diesel uns frisst, wenn er uns erwischt.
4. Das Slumpaar sieht sehr viel fern. (Es ist langweilig, Leute zu bespionieren, die nur vor dem Fernseher sitzen!!!)
5. Die Slumpaarfrau isst manchmal Butter, gleich aus der Butterdose!!!
6. Und dann essen sie Süßigkeiten, MITTEN IN DER WOCHE!!! (Oder eigentlich isst vor allem die Slumpaarfrau die Süßigkeiten).
7. Wir freuen uns darauf, 18 zu werden und mitten in der Woche Süßigkeiten essen zu dürfen, wenn wir wollen (und nicht nur samstags).
8. Das Slumpaar geht nie zur Station, da arbeiten sie also nicht.
9. Das Slumpaar schläft nicht. Sie machen die Drohzeichnungen nämlich bestimmt mitten in der Nacht, wir haben tagsüber jedenfalls noch nicht gesehen, dass sie irgendetwas gezeichnet haben. (Falls sie das nicht machen, während wir in der Schule sind.)

Ergebnis der Ermittlungen:

Das Slumpaar ist eine Mischung aus öden und geheimnisvollen Butter und Süßigkeiten fressenden Fernsehsklaven, die einen gemeinen Wachhund haben und außerdem Kinder hassen. Wir müssen uns vor ihnen in Acht nehmen, denn *ein* Zeichen haben sie uns schon gegeben. Und VIELLEICHT sind sie ja auch Vampire, die nie schlafen. Wir wohnen mitten in der Hochrisikozone. Morgen werden wir Schneebälle auf das Grünhaus werfen. Wir müssen ...

„Oda, machst du Hausaufgaben?“, ruft Mama von unten vor der Treppe.

Liebes Tagebuch,

eben hat Mama gerufen. Ich muss meinen Spionagebericht später weiterschreiben. Jetzt muss ich meine Matheaufgaben machen. Mist. Ich hasse ... (Nein, man soll das Wort „hassen“ ja ein bisschen vorsichtig benutzen. Es ist ein sehr hässliches Wort. Man soll lieber sagen, dass man etwas „durchaus nicht gut findet“.) Ich finde Hausaufgaben durchaus nicht gut. Vor allem Mathe. Das ist so öde! Und ich schaffe es auch nicht immer so richtig gut. Ich würde Mathe ja aus dem Ärmel schütteln, wenn ich nur wollte. Norwegisch macht viel mehr Spaß. Und Werken. Ich habe eben Mamas Mathegene nicht geerbt. Ich wüsste ja gern, wessen Schreib- und Zeichengene ich geerbt habe, denn ...

„Oda! Bist du fertig mit den Hausaufgaben? Es gibt gleich Essen!“, ruft Mama jetzt.

„Kooooommme schoooooon!“, rufe ich zurück.

★

Schreckhaft

Mama arbeitet in der Stadt und ist Buchhalterin. Deshalb ist sie richtig gut in Mathe. Und sie löst so gern Sudokus! Sie schafft das jedes Mal. Zu Weihnachten hat sie ein wahnsinnig dickes Buch von mir (und Erlend) gekriegt, das *1001 Sudoku-Aufgaben, die du lösen musst, bevor du stirbst* heißt. Blöder Titel eigentlich, es dauert doch noch soooo lange, bis Mama stirbt, aber das Sudoku-Buch wird nicht mal bis zu den Sommerferien reichen. Sie hat nämlich schon wahnsinnig viele von den Aufgaben gelöst.

SUDOKU (nicht ganz einfach)

	4		2				6	
		1	8			3		7
	3	7					8	
6				5			4	
5			1	3		2		6
				2		5	9	
		9				6		4
			3	8	9			
7	1	2				9		

Mama zuckt außerdem bei ALLEM zusammen und sie flucht nie. „Oh, Himalaja – entschuldige den Ausdruck“, ruft Mama und geht bei allen möglichen Sachen an die Decke. (Wir pöbeln Mama ganz oft an, weil sie das sagt, es ist ja wohl kein Grund, um *Entschuldigung* zu bitten.) Helles Mutter findet es total witzig, dass Mama bei allem zusammenzuckt. Also versucht sie, Mama, so oft sie kann, zu erschrecken, und lacht sich dann kaputt.

Einige der Sachen, bei denen Mama zusammenzuckt:

1. wenn ein Hund auf sie zukommt!
2. wenn das Brot aus dem Toaster springt
3. sogar, wenn das Popkorn im Topf losknallt – und auch, wenn sie es selbst aufgesetzt hat!
4. wenn jemand ein Buch zuschlägt
5. wenn Erlend mir voll ins Gesicht rülpst
6. wenn jemand PLÖTZLICH ins Zimmer kommt und sie nicht gewusst hat, dass jemand kommen würde

Zu Silvester ist es viel witziger, Mama anzusehen als das tolle Feuerwerk, sagt Papa immer. Ich glaube, ich habe von Papa viel mehr Gene gerbt als von Mama. Ich und Papa zucken nicht so oft zusammen und wir sind auch nicht so eitel wie Mama. (Mama tuscht sich die Wimpern, wenn sie nur in den Laden gehen und Milch kaufen will!) Und ich und Papa können beide ganz schön viel. Eigentlich fast alles. Außer Sudoku lösen, natürlich. Aber das zählt nicht.

WarNunG

Da Papa gerade keine Arbeit und ganz viel Zeit hat, versucht er es mit Mamas Sudoku. Aber er kann das nicht so gut wie sie. Und dann wird er sauer und schlägt das Buch zu.

„Oh, HIMALAJA – entschuldige den Ausdruck!", ruft Mama und fährt vom Sofa hoch.

„Möchte jemand mit zum Angeln an den Anleger kommen?", fragt Papa.

„Jetzt?", fragt Mama und schaut aus dem Fenster. (Es schneit ganz schön wild.)

„Ich will, ich will!", heult Erlend und springt mitten im Zimmer auf und ab.

„Sehr schön. Dann zieh Mantel und Rettungsweste an und los geht's, Erle", sagt Papa. „Was ist mit dir, Oda?", fragt er und geht auf den Flur hinaus, um sich anzuziehen.

„Keine Zeit", antworte ich. „Ich und Helle müssen für irgend so eine Sammlung in der Schule Lose verkaufen. Willst du eins?"

Papa kauft vier Lose.

„Für jedes Familienmitglied eins", sagt er und lächelt. „Vielleicht wird jemand von uns Millionär. Das wäre doch was, jetzt, wo ich arbeitslos bin."

Papa zwinkert mir zu. Dann setzt er seine Anglermütze auf. Damit sieht er doof aus. Und es ist auch gar keine echte Anglermütze, sondern eine von Mamas alten Topfmützen. Elegant, was?

Nie im Leben will ich mit ihm zusammen gesehen werden, wenn er diese Mütze aufhat.

„Oooooh, jetzt zwinker mir doch nicht die ganze Zeit zu. Das ist so DOOF!", sage ich. (PS: Wir wurden leider keine Millionäre, nur, um das mal klarzustellen.)

„Wie schön", sagt Mama. „Dann können wir ja morgen Lachs als Sonntagsessen haben! Was glaubst du, wie viele werdet ihr fangen?"

Mama lächelt Papa zu. (Ich kapier nicht, warum sie die ganze Zeit so lächeln müssen!)

„Wie viele hätte die Gnädige denn gern?", fragt Papa und spielt sich vor Mama auf.

„Tja, drei oder vier mittelgroße?", sagt Mama.

„Wird gemacht", sagt Papa. „Erle und ich sorgen für den Lachs. Ihr braucht im Grünhaus keine Lose zu verkaufen", sagt er zu mir, als er aus der Tür geht (und er und Mama wechseln ganz schnell einen Blick).

„Warum nicht?", frage ich, aber er hört mich nicht.

„Viel Glück beim Loseverkaufen", ruft er nur und geht in Richtung Anleger los, während Erlend in oranger Schwimmweste wie ein eifriges Hundebaby um seine Beine herumspringt.

„Petri Heil!", ruft Mama hinter ihnen her.

„Warum brauchen wir im Grünhaus keine Lose zu verkaufen?", frage ich Mama.

„Ach, es gibt doch so viele andere Häuser, zu denen ihr gehen könnt, mit Leuten, die sich über Besuch freuen", sagt Mama. „Leuten, die sich nicht rund um die Uhr überwacht vorkommen."

„Hä?“, frage ich. „Wird das Grünhaus überwacht?“

„Du, Oda …“, sagt Mama und mustert mich mit so einem *langen* Blick. Und da spüre ich im Herzen vielleicht einen winzig kleinen Stich und beschließe, nicht mehr deshalb herumzunerven. (Typisch Erwachsene übrigens, nicht zu antworten und einfach zu entscheiden, wann das Gespräch zu Ende ist.)

„Dann werden du und ich wohl zum Laden müssen und Lachs kaufen, ehe die heute dichtmachen, Herzchen“, sagt Mama. „Bei der Station werden sie heute nicht viel fangen.“

Klar will ich mit zum Laden kommen! Es ist nämlich Samstag und da darf ich aussuchen, welche Süßigkeiten wir zum Samstagskinderfernsehen haben wollen. Wir fahren, wenn Helle und ich die Lose verkauft haben.

Ich und Helle treffen uns auf der Bohrinsel, mit den Losen und Plastiktüten für das Geld. (Auch heute liegt da keine neue Drohzeichnung.) Ich erzähle, was Papa gesagt hat, ehe er zum Angeln gegangen ist, und was Mama danach gesagt hat.

„*Nicht zum Grünhaus gehen*“, wiederholt Helle. „Warum hat er das wohl gesagt?“

Wir schauen zum Grünhaus hinüber und kriegen eine Gänsehaut. Weiß Papa etwas, das wir nicht wissen? Warum ist es so wichtig für ihn, dass wir nicht hingehen? Sind sie wirklich ECHTE Kinderhasser? Und dann hat Mama gesagt, dass sie überwacht werden. Sind sie ins Grünhaus gezogen, weil sie nach einem grauenhaften Verbrechen auf der Flucht sind? Sogar Mama und Papa haben Angst vor dem Slumpaar. Und dann *müssen* die beiden doch furchtbar gemein und böse sein!

Plötzlich zuckt Helle zusammen und da zucke ich auch zusammen. Sie zeigt mit ihrem Handschuh auf das Grünhaus. Die Tür des Slumpaars geht auf und der Slumpaarmann kommt auf die Treppe. Wir sitzen ganz mäuschenstill auf der Bohrinsel und halten den Atem an. Er sieht uns hier oben nicht. Der Slumpaarmann bindet Diesel an und dann geht er wieder ins Haus.

Wir bleiben eine Weile sitzen und sehen den grausigen Hund an. Dann klettern wir, so leise wir können, die Leiter zur Bohrinsel hinunter, aber Diesel hört uns dort und fängt an zu bellen – und dann kommt er auf uns zugestürzt. Wir heulen und rennen, so schnell wir können, durch das Wäldchen und auf die Straße und zu Helles Haus. Diesel kommt nicht sehr weit, dann reißt die Leine ihn zurück. Zu unserem Glück.

Helles Mutter kauft auch einige Lose. Dann gehen wir zu den Häusern, die näher am Anlieger liegen. Da wohnen richtig nette Leute, die immer Lose kaufen.

★

rigor mortis

Liebes Tagebuch,

heute haben Papa und Erlend unten am Steg keinen einzigen Fisch erwischt. Aber das war nicht so schlimm, denn Mama und ich hatten inzwischen im Laden Lachs gekauft.

Ich habe lange vor der Kühltruhe gestanden und mir die toten Fische angesehen. Es ist eigentlich ein bisschen krank, dass sie da liegen. Ein Haufen aus GANZEN TOTEN Tieren, meine ich. Mit Augen und Mund und Fischflügeln und allem! (Ja, klar, ich weiß ja auch, dass das FLOSSEN heißt.) Aber ... sind Fische überhaupt Tiere? Seetiere? Was, wenn da GANZE gefrorene Kühe und Schafe im Kühltresen lägen! Mit Haut und Fell und Horn und allem. Das wäre doch einfach unvorstellbar widerlich!

Die Fische in der Kühltruhe stanken ganz schrecklich. Vielleicht sind sie eingefroren worden, ehe sie in RIGOR MORTIS übergegangen sind. Rigor mortis ist, wenn die Totenstarre einsetzt. Das gilt für alle Tiere (und auch für Menschen). Wenn man eine Weile tot war, wird man immer steifer am Leib. Genauso, als ob man ausgestopft würde. Deshalb ist es super, dass GANZ, GANZ alte Menschen sterben, während sie in ihrem Bett liegen. Dann erstarren sie so, wie sich das gehört, und passen genau in den Sarg. Für mich wäre es viel schlimmer, nachts in meinem Bett zu sterben. Ich schlafe nämlich so unruhig. Wenn ich aufwache, liege ich immer mit dem Kopf am Fußende, zu einem Klumpen zusammengerollt, mit der Decke auf dem Boden. Was, wenn ich also SO sterbe, WIE ich mich hingedreht habe, und wenn Mama und Papa mich erst am nächsten Morgen finden – wenn die rigor mortis sich voll entwickelt hat!!! Dann würden sie Probleme kriegen, wenn sie mich in den Sarg legen wollten. Dann würden sie einen SPEZIALSARG brauchen, nur für mich. Zum Beispiel einen runden Sarg mit einem großen runden Seidenkissen – und darauf könnten sie dann den Oda-Andrea-Klumpen legen. (Und ich würde Mamas rosa Seidennachthemd anziehen.)

Was aber tote Fische angeht, so macht man sie am besten gleich nach dem Fang sauber, damit man feine Fischfilets in die Tiefkühltruhe legen kann. Du musst alle stinkenden Innereien und die Galle herausnehmen. Und die Gallenblase darf dabei auf keinen Fall platzen, sonst sickert der grüne giftige Gallensaft in den Fisch ein. Und dann kann es LEBENSGEFÄHRLICH sein, den Fisch zu essen. Oder vielleicht nicht direkt lebensgefährlich, aber garantiert nicht gerade lecker. Aber eigentlich esse ich gern Fisch. Vor allem rosa Fisch.

Es ist eigentlich komisch, dass Fisch so gut schmeckt, wo er so richtig fies und so schleimig und schuppig und voller Innereien ist. Und es ist auch seltsam, dass man an Fische eigentlich nicht wie an lebende Tiere mit Gefühlen denkt, wenn man sie tötet und ausnimmt und so. Morgen gibt es zum Essen überbackenenen Lachs. Mit süßem Rahm, Gurkensalat und gekochten Kartoffeln. Ich und Erlend machen immer hohe Fischtorten auf unseren Tellern. Die bauen wir schichtweise, so:

- Gurkenscheibe
- süßer Rahm
- rosa Fisch
- Gurkenscheibe
- zerdrückte Kartoffel
- süßer Rahm
- rosa Fisch
- süßer Rahm
- zerdrückte Kartoffel
- Gurkenscheibe

… und so weiter, so hoch es geht, ohne dass der Fischturm auf den Teller kippt. (So wie eine Sahnetorte mit vielen Schichten.)

★

Ein FREMDER steht vor der Tür …

Es ist Sonntagvormittag. Ich sitze in meinem Zimmer und zeichne und schreibe geheime Dinge in mein Tagebuch.

Da geht die Türklingel. Aber ich habe keine Lust, zum Öffnen runterzugehen, ich weiß ja, dass es nicht Helle ist. Die ist nämlich nicht zu Hause.

„Ich mach auf!“, ruft Erlend und poltert die Treppe hinunter.

Wenig später schaut sie in mein Zimmer.

„Haben wir Mehl?“, fragt sie.

Ich schaue vom Tagebuch auf.

„Wieso das?“

„Ein Mann will welches leihen.“

„Wer denn? Der Slumpaarmann?“, frage ich.

„Hä?“, fragt Erlend. Und dann fällt mir ein, dass wir allein zu Hause sind!

„Der Slumpaarmann“, sage ich noch einmal. „Ist er das? Hat er braune Haare? Wirkt er gefährlich?“

„Weiß nicht“, sagt Erlend und scheint das nicht so wichtig zu nehmen. „Er ist vielleicht ein bisschen dünn …“

„Aber hat er braune Haare?“, frage ich wieder. „Ist das der Neue aus dem Grünhaus?“

„Haben wir jetzt Mehl oder nicht?“, fragt Erlend ungeduldig.

Ich blicke sie fragend an. Aber sie glotzt nur blöd zurück.

„Meine Güte, hast du nicht nachgesehen?“, fragte ich genervt.

„Wo denn?“, fragt Erlend.

„Im Eckschrank. Los, ich komm mit nach unten“, sage ich.

Wir laufen beide die Treppe hinunter. Im Eckschrank steht das Mehl an derselben Stelle wie immer und Erlend geht mit der Mehltüte zur Tür. Ich bleibe in der Küche und schaue heimlich aus dem Küchenfenster, hinter dem Vorhang versteckt.

Es ist wirklich der Slumpaarmann! Er steht auf unserer Treppe! Und Erlend gibt ihm Mehl! Ich sehe, dass der Slumpaarmann die Mehltüte nimmt und kurz nickt, dann geht er. Ich springe von der Anrichte und laufe zu Erlend in den Gang.

„Komm! Hinterher!“, sage ich und ziehe Jacke, Mütze und Fäustlinge an.

Wir schleichen uns ums Haus und ins Wäldchen, damit der Slumpaarmann uns von der Straße aus nicht sehen kann.

„Warum nennst du ihn Slumpaarmann?“, fragt Erlend. „Er heißt doch Andreas.“

„Red nicht so laut! Das ist ein Deckname – sieh mal, jetzt geht er zu HELLE“, flüstere ich Erlend zu.

„Vielleicht braucht er noch mehr Mehl?“, flüstert Erlend. „Vielleicht hatten wir nicht genug, vielleicht will er eine Mehlbombe machen!“

„Helle und die anderen sind nicht zu Hause, ich hoffe, er will da nicht einbrechen! Was sollen wir tun – man kann doch wohl aus *Mehl* keine Bomben machen“, sagte ich. „Aus *Backpulver* kann man Bomben machen, aber nicht aus Mehl. Dussel.“

Worauf Erlend trotzig antwortet: „Dohohoch, man steckt das in ein Überraschungsei und gießt
Wasser darauf und dann schüttelt man es und wirft es und dann …“

„Baaackpullllverrrr, Erlend“, sage ich. „Ach, du bist so – RUNTER!“

Wir lassen uns fallen und pressen uns in den Schnee zwischen den Bäumen. Wir bleiben lange liegen und versuchen, den Atem anzuhalten.

„Hat er uns gesehen?“, flüstert Erlend nach einer Weile.

„Weiß nicht“, flüstere ich zurück.

„Glaubst du, er kommt vielleicht und holt uns?“, fragt Erlend. (Jetzt klingt sie doch ein bisschen ängstlich.)

„Weiß nicht“, flüstere ich. „Vielleicht …“

„Gut, dass wir zusammen sind“, sagt Erlend.

„Ja“, sage ich.

★

Nach der Beinah-Katastrophe

Wir blieben an dem Vormittag lange dort liegen. Bis Mama und Papa nach Hause kamen. Aber der Slumpaarmann wollte uns nichts tun. Zum Glück war Helle nicht zu Hause, deswegen kam auch sie mit heiler Haut davon.

Nachdem der Slumpaarmann bei Helle und den anderen geklingelt hatte, ging er weiter die Krokkleiva hoch und verschwand hinter einer Kurve. Ich und Erlend sahen ihn an diesem Tag nicht mehr (und die Slumpaarfrau und Diesel auch nicht).

Abends rief ich bei Helle an und erzählte ihr alles, was passiert war. Dass Erlend mit dem Slumpaarmann allein gewesen war und ihm Mehl gegeben hatte und überhaupt. Wir haben darüber gesprochen, dass Erlend vielleicht Gastmitglied in unserem Spionageklub werden könnte. Ab und zu jedenfalls. Jede zweite Woche einmal möglicherweise. Aber wir müssen uns später über die Details einigen, denn Helle musste auflegen.

„Grüß deinen Bruder bloß nicht von mir“, konnte ich noch sagen, ehe sie auflegte.

Liebes Tagebuch,

es ist wahnsinnig spät und ich kann nicht schlafen. Erlend wird immer wieder wach und ruft nach Mama und Papa. Sie träumt wieder von Hexen und Wölfen. IMMER hat sie Albträume von Hexen und Wölfen. Das kommt von Tante Hexe und ihrem ausgestopften Wolf. Meine Albträume sind immer VIEL unheimlicher als Erlends. Meine handeln von fiesen dunklen Kellern und grauenhaften Gespenstern ... aber daran will ich jetzt NICHT denken!!!!

Ich versuche, an schöne Dinge zu denken, wie Sonne und Sommerferien und Baden und so, aber jetzt denke ich doch nur noch an scheußlichen Kram ...

★

Quälgeister

Beim Frühstück redeten Erlend und ich noch immer über diesen Andreas (also den Slumpaarmann) und das Mehl. Aber Mama und Papa lachten nur und verdrehten die Augen. (Wenn die wüssten!)

„Ja, die wollten sicher selbstgemachte Pasta kochen“, sagte Papa. (O nein! Da kam er wieder mit seiner Pasta. Jetzt gibt es sicher bis zu den Winterferien jeden Tag Pasta …)

„Jetzt müsst ihr aber endlich aufhören, die neuen Nachbarn zu quälen, Mädchen“, sagte Mama.

Manchmal kapieren die Erwachsenen rein gar nichts. Wir quälen das Slumpaar doch nicht – die quälen uns. Mama und Papa haben auch immer solchen Stuss geredet, als Olevik noch im Grünhaus gewohnt hat, und den haben wir schließlich auch nicht gequält.

★

Eins plus zwei sind ...

Liebes Tagebuch,

ich und Helle waren heute im Schulbus die besten Kriminalermittlerinnen auf der Welt! Der Slumpaarmann hatte bei uns doch Mehl geliehen. Und im Bus haben wir von Karianne aus der 3 gehört, dass gestern ein Mann bei ihnen war und Milch leihen wollte! Und da hat Hans Otto aus der B erzählt, dass auch bei ihnen jemand gewesen war. Um Eier zu leihen! Und Helle und ich konnten einfach eins plus zwei zusammenzählen, also das Mehl, das der Slumpaarmann von uns geliehen hatte, und dann die Milch und die Eier von Karianne und Hans Otto. Und da wussten wir es: Das Slumpaar wollte Pfannkuchen backen!

Alle anderen im Bus fanden, dass wir ganz schön kluge Ermittlerinnen wären. Wir erzählten auch von den Drohzeichnungen und der Überwachung und sie hatten eine Wahnsinnsangst. Viel mehr als wir. Und sie fanden uns mutig und stark, weil wir es wagten, neben Leuten zu wohnen, die Drohzeichnungen machen und überwacht werden ...

Drohzeichnung Nummer ZWEI!

Wir haben auf der Bohrinsel noch eine Drohzeichnung gefunden!!!

Die ist von mir und Helle, wie wir das Slumpaar bespionieren. Es ist ganz klar, dass wir das tun! Wir haben das Fernglas in der Hand und überhaupt. Das Slumpaar weiß, wer wir sind, und sie wissen, dass wir sie bespionieren. Und sie bespionieren zurück! Wie ist es möglich, dass wir nicht gesehen haben, dass sie uns gesehen haben?

Ich und Helle sitzen unter der Bettdecke in Helles Zimmer und halten eine Krisensitzung ab. Heute darf Erlend auch beim Spionageklub dabei sein. Sie steht vor Helles Tür Schmiere. Wir haben alle nur möglichen Sicherheitsmaßnahmen ergriffen, wir dürfen jetzt kein Risiko eingehen.

Was das Slumpaar uns wohl antun will? Warum geben sie uns diese Zeichnungen? Was wollen sie uns damit sagen? Wir wagen fast nicht, daran zu denken.

★

Bären

Ich und Helle gehen wieder mit den Hunden durch den Wald. Wir haben uns ein wenig beruhigt, seit wir die zweite Drohzeichnung gefunden haben. Denn das Slumpaar hat uns noch nichts getan. Wir sehen sie auch fast nie draußen. Und wenn die Hunde dabei sind, fühlen wir uns ziemlich sicher. Die Hunde von Helle und den anderen sind nämlich so groß wie Bären, jedenfalls fast. Sie haben einen langen schwarzen Pelz und heißen Neufundländer. (Und wir haben ja drei große Hunde und das Slumpaar hat nur Diesel.)

Der Wald und der TROLLSTEIN

Oberhalb der Hauptstraße ist der große Wald, wo wir mit den Hunden spazieren gehen. Auf dem Weg liegt ein Trollstein, auf den man so treten muss, dass er wippt. Dann wissen alle Waldwichtel und Waldtrolle, dass wir jetzt in ihren Wald kommen. Sie gehen neben uns her und passen darauf auf, dass wir ihren Wald gut behandeln, wenn wir dort sind, und keinen Müll wegwerfen oder Zweige abbrechen oder so. Nicht auf den Trollstein zu treten ist so, wie zu anderen ins Haus zu gehen, ohne zu klingeln. Wir treten IMMER auf den Trollstein. Seit unserer Geburt. Das muss man eben.

Es geht fast die ganze Zeit bergauf und es ist anstrengend, durch den Schnee zu gehen. Deshalb ist es gut, dass die Hunde so stark sind. Vor allem Foreman, der jüngste. Er kann an der Leine eine von uns den ganzen Weg nach oben ziehen, ohne müde zu werden.

Immer, wenn ich mit spazieren gehe, werde ich von Foreman gezogen. Denn ich will nicht mitkommen, wenn ich nicht nach oben gezogen werde. Und wenn keiner von den Hunden will, müssen eben Helle oder Erlend mich an der Leine ziehen. Das geht genauso gut. (Denn im Winter haben die Hunde oft mit sich selbst genug zu tun. Dann sammelt der Schnee sich nämlich unter ihren Pfoten zu dicken Schneebällen, die so groß werden, dass sie am Ende die Beine nicht mehr heben können! Und wir müssen immer wieder stehen bleiben und den Schnee abwischen, damit wir weitergehen können.)

Auf dem Gipfel haben wir eine unglaublich schöne Aussicht über den Wald, den Fjord und die Dörfer mit all den winzigen Häusern auf dem anderen Ufer. Und sonntags, im Sommer, wimmelt es auf dem Fjord von weißen Segelbooten. (Ich und Helle haben gefragt, ob wir im Frühling einen Segelkurs für so eine A-Jolle machen dürfen. Ich hoffe, wir dürfen.)

★

HUNDEPULLOVER

Helles Mutter liebt Hunde. Sie hatte immer schon solche Neufundlandhunde. Sie hat Hunde so gern, dass sie sich einen Pullover aus den Haaren ihrer Hunde gestrickt hat. (Erst fand ich das ein bisschen eklig. Aber der Pullover riecht überhaupt nicht nach nassem Hund! Er ist nur groß und warm und riecht nach Helles Mutter!)

Ich habe sie gefragt, wie sie einen ganzen Pullover aus Hundefell stricken konnte. Da erzählte sie, dass Neufundlandhunde arg viel haaren. Sie verlieren die ganze Zeit Haare und die ganze Zeit wachsen neue nach. (Das passiert natürlich gleichzeitig, es ist nicht so, dass der Hund am ganzen Leib kahl wird und dann lauter neue Haare kriegt.)

Auch wir Menschen haaren. Wir verlieren an jedem einzelnen Tag an die hundert Haare. In weniger als anderthalb Wochen macht das TAUSEND. Ich wusste nicht mal, dass wir so viele Haare auf dem Kopf haben! (Pech für Erlend, denn sie hat ohnehin schon so dünne und strähnige Haare. Sie wird bestimmt bald eine Glatze kriegen.)

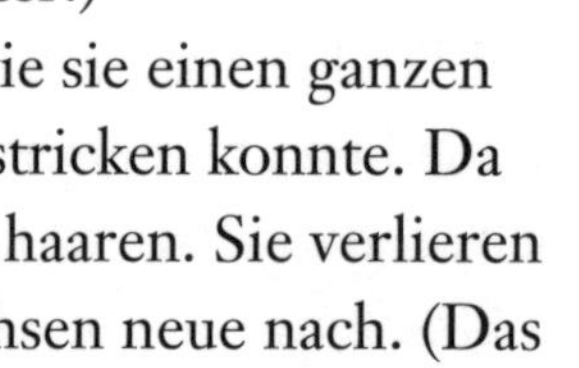

Helles Mutter hat jedenfalls die Haare, die nach dem Kämmen in der Hundebürste hängen, sehr lange gesammelt. All diese Haare hat sie in einen riesigen schwarzen Müllsack gestopft und mit dem ist sie dann irgendwohin gegangen, wo die Haare gewaschen und gereinigt und zu Garn gezwirbelt wurden. Und dann ist Helles Mutter mit dem Hundehaargarn wieder nach Hause gekommen und hat einen Pullover gestrickt.

Aber der Pullover wurde beim Stricken immer fusseliger und am Ende riesig und haarig und deshalb sah Helles Mutter fast aus wie einer von ihren Hunden, wenn sie ihn anhatte. Und der Pullover musste außerdem gefüttert werden, weil er so schrecklich kratzte.

Deshalb hängt er jetzt meistens auf dem Dachboden.

★

GOLDFISCHE

Wir hatten noch nie Hunde (und auch keine Katzen), aber wir haben ja die Goldfische. Goldfische leben nicht so lange wie Hunde und Katzen und andere Tiere. Aber das macht nichts, denn wenn sie sterben, lösen sie sich im Wasser auf und vermischen sich mit den Steinen unten im Aquarium. So, wie Meerjungfrauen zu Schaum auf den Wellen werden, wenn sie sterben. Das tut nicht weh oder so. Das ist einfach ganz natürlich.

Es ist wirklich wahr, denn Papa hat es einmal vor langer Zeit gesagt (als ein Goldfisch, den ich hatte, gestorben ist). Der Goldfisch, Ariel, war verschwunden, als ich eines Morgens aufstand. Sie war den Meerjungfrauentod gestorben und hatte sich über Nacht aufgelöst. Ich hatte gehört, dass Papa nachts auf dem Klo gewesen war, ich war davon geweckt worden, dass er abzog. Und dabei hatte er entdeckt, dass Ariel verschwunden war.

Im Moment haben wir auch nur drei Goldfische. Wir hatten vier, aber Mamas ist fast sofort gestorben. Mein Goldfisch, Theodor, ist winzig und niedlich und silberfarben, fast durchsichtig. Erlends ist auch reichlich klein, aber viel fetter als meiner und außerdem ist er knallorange und hat einen viel zu großen Schwanz. Er heißt Nachwackler, weil er immer hinter den anderen Fischen herwackelt. Papas Fisch ist schwarz und heißt Onkel Torleif. Er ist ein Ninjagoldfisch. Mamas Fisch, der fast sofort gestorben ist, hieß Klipp Richard.

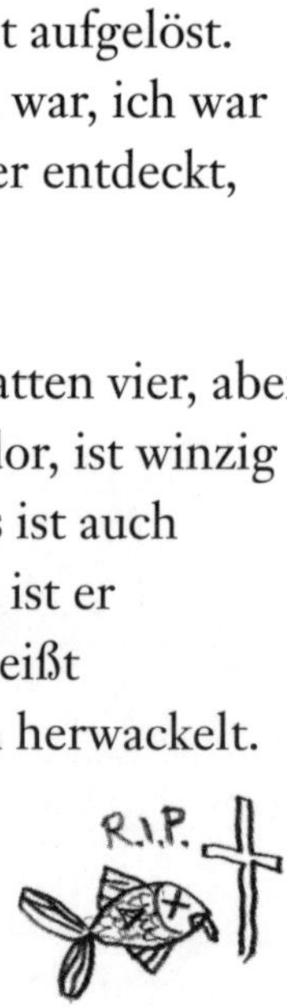

R.I.P. Ariel und Klipp Richard (und alle anderen oben im Goldfischhimmel).

PS: Falls du das nicht schon weißt, R. I. P. bedeutet „Ruhe in Frieden“ und ist Latein. Das steht in anderen Ländern oft auf Grabsteinen.

★

Wissenswertes über Hunde

Pax, der erste Hund, den Helles Mutter hatte, ist auch schon tot. Er ist vor sehr langer Zeit gestorben, vor Helles Geburt. Adam und Aegir sind die Söhne von Pax. Adam ist schon als Welpe gestorben, der Arme, aber Aegir lebt noch und ist jetzt richtig alt.

Als Pax noch lebte, ist er immer wieder mit Aegir durchgebrannt. Fast jede Woche riefen Leute bei Helles Mutter an und sagten, sie hätten die Hunde am Fähranleger gesehen. Sie wurden da oben auf der Hauptstraße schon fast kleine Promis. Pax und Aegir. Mitten auf dem gelben Streifen gingen sie. Der alte Pax vorweg, ein wenig humpelnd, und sein Sohn, Aegir, hinterher.

Und Helles Mutter musste dann losfahren und sie holen. Wenn sie sie fand, sprangen sie immer sofort ins Auto und kamen mit nach Hause. Es war ja nicht so, dass es ihnen zu Hause nicht gefiel, aber Durchbrennen war eben ihr Hobby.

Aegir, C-Dur und Foreman sind die, die ich kenne – die, die heute noch leben – von allen Hunden von Helle und den anderen. Helles Mutter erzieht sie sehr gut. Sie sind alle drei feine und liebe Hunde, nicht so wie der fiese, böse, blutrünstige Kläff-Diesel.

★

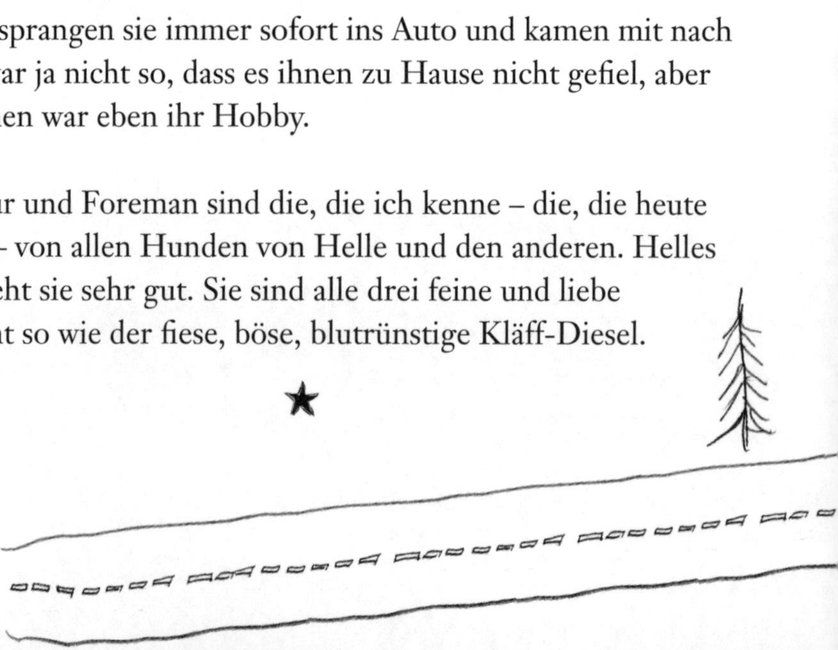

Wissenswertes über Mamas

Helles Mutter ist cool. Sie sagt zum Beispiel „Titten“. Mama sagt: „Das heißt nicht Titten, das heißt *Busen.*“ Und Helles Mutter sagt: „Das ist Quatsch und nur alte Damen sagen Busen.“ Und Mama sagt: „Es heißt nicht alte Damen, es heißt *ältere* Damen.“ Und dann verdreht Helles Mutter die Augen und sagt, Mama sollte sich ihre „altmodische Sprache abschminken“ und es würde nicht mehr lange dauern, bis sie beide „verschrumpelte alte Vetteln mit Hängetitten“ wären.

Und dann sagt sie, dass sie sich darauf freut.

Mama und Helles Mutter sind beste Freundinnen, genau wie ich und Helle. Obwohl sie in fast allem GANZ unterschiedlich sind. Aber sie haben verabredet, dass sie all das, wozu sie jetzt keine Zeit haben, machen werden, wenn sie erst in Rente gehen. Zum Beispiel, Fotos ins Fotoalbum kleben.

Aus

Liebes Tagebuch,

ich wollte noch eins sagen: Ich bin **NICHT** verliebt in Arne Svingen!!! Das ist absolut aus und vorbei. Es ist nicht mal sicher, ob ich wirklich verliebt war. Ich habe seine E-Mail mindestens hunderttausendmal gelesen!!! Und ich habe mir auch sehr viele Gedanken gemacht. Und ganz echt, er hat ja nur eine einzige von Helles und meinen Fragen beantwortet. EINE!!! Das ist eigentlich ganz schön unglaublich. Denn wir hatten nur sechsundzwanzig Fragen, auf die wir eine Antwort wollten. Sechsundzwanzig unglaublich leichte Fragen. Und wir haben nur fünf Minuten oder so gebraucht, um sie aufzuschreiben. Und da hätte er auch nicht mehr als fünf Minuten gebraucht, um zu antworten.

Und auf seiner Website haben wir nur Antworten auf die LANGWEILIGEN Fragen gefunden. Darüber, was wir wirklich wissen wollten (zum Beispiel, welche Haarfarbe und Augenfarbe er am schönsten findet und ob er lieber lange oder kurze Haare mag und so), steht da rein GAR NICHTS. Und deshalb sage ich nur noch eins:

SO LONG, ARNE SVINGEN.

STRÄWKCÜR
(= RÜCKWÄRTS rückwärts)

Aerdna Ado ist Oda Andrea rückwärts. Ich finde, das klingt ganz schön gut. Es hört sich an wie der Name eines Zirkusdirektors. Ich wäre gern Zirkusdirektor. Dann hätte ich meine eigenen Elefanten und so eine Schaukel hoch oben unter dem Dach und ein riesiges Trampolin und ich könnte jeden Tag Popkorn zu Mittag und Zuckerwatte als Dessert essen.

Helle und Erlend haben nicht so schicke Zirkusdirektorennamen wie ich. Sie werden Dnelre (oder Etaeb Elre) und Elleh. Ich habe noch nie von einem Zirkusdirektor gehört, der so heißt. Und Stian wird Naits. (*Naits*, also echt. Bescheuert.)

Ich finde es hochinteressant, wie Wörter rückwärts heißen. Ich weiß ziemlich viele, die von vorn und hinten genau gleich sind. Wenn bei einem Wort, Satz oder einer Zahl genau dasselbe rauskommt, egal, ob man es von vorn oder von hinten liest, dann heißt das Palindrom. Hier kommt eine Liste von Namen und Wörtern, die Palindrome sind:

1. Otto
2. Anna
3. Rentner
4. Rotor
5. Radar
6. Reittier

Und hier kommt eine Liste von ganzen Palindrom-SÄTZEN(!):

1. Ein Neger mit Gazelle zagt im Regen nie.
2. Nie Amalia lad' nen Dalai Lama ein.
3. Erika feuert nur untreue Fakire.

Und dann weiß ich noch zwei Bands mit Palindrom-Namen:

1. ABBA
2. A-ha

A-ha wird rückwärts Ah-a. Aber der Bindestrich zählt nicht. In Palindromwörtern und Sätzen braucht man sich nämlich nicht um Bindestriche und Zwischenräume und so zu kümmern.

Ich bin immer auf der Suche nach Palindromen. Es macht solchen Spaß, plötzlich eins zu entdecken. Ich freue mich zum Beispiel immer ein bisschen, wenn ich zufällig auf die Uhr schaue und es ist 11:11 oder 20:02. Das sind irgendwie total magische Augenblicke.

★

Die mieseste Band der Welt

Heute habe ich ein paar Stücke von diesen DumDum Boys runtergeladen. Aber NICHT, weil ich die gern höre. Ich will nur herausfinden, wie mies die sind, damit ich Stian Bescheid sagen kann. Ich habe Kopfhörer auf, damit niemand weiß, was ich höre, und klicke ein Lied namens „Sternenregen“ an.

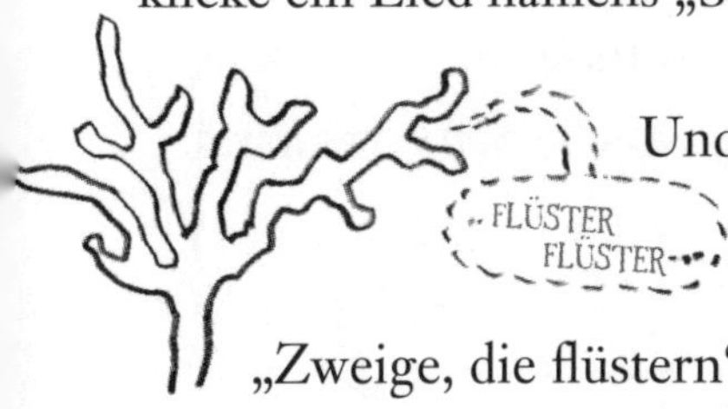

Und das hört er sich also die ganze Zeit an? Was *bedeutet* das denn überhaupt? Eine „schwarz-weiße Sonne“ und „Zweige, die flüstern“? Klingt ja nicht nach einer besonders schönen Stadt, über die sie da singen, wenn die voller „verbrannter Brücken“ ist. Sie haben da offenbar jeden Blödsinn zusammengeschrieben, Hauptsache, er reimt sich. Ich versteh jedenfalls nur BAHNHOF! Aber das erzähle ich nicht weiter – und Stian sage ich es schon gar nicht. Denn was, wenn er etwas kapiert, was ich nicht kapiere! (Obwohl ich da ja große Zweifel habe.) Aber egal, ich will nicht so *blöd* aussehen vor Blöden.

Ich versuche es mit einem anderen Lied. Es heißt „Sorgenfrei“.

Da frag ich mich gleich, ob das ebenso bescheuert ist wie das davor oder zur Abwechslung ein bisschen besser.

„Salamander als Schmusetiere“ – das habe ich mir auch schon überlegt. Als wir vor einiger Zeit im Norwegischunterricht ein Gedicht schreiben sollten, habe ich ein Gedicht über einen alten Seemann geschrieben, der von einem Salamander irgendwo auf hoher See erzählte, der Tangsalat und Krabbenfleisch liebte und sich mehr als alles andere einen besten Freund wünschte. Ich finde mein Gedicht viel schöner als die Songtexte dieser Dum-Dum-Jungs. Mein Gedicht müsste ein Songtext sein. Dann würde es bestimmt ein totaler Hit! Vielleicht sollte ich es den DumDum Boys schicken und fragen, ob sie dazu eine Melodie machen und es singen wollen statt dem Blödsinn, den sie da von sich geben! Dann brauchen sie nicht mehr solche Selbstverständlichkeiten zu singen wie „Papier riecht wie Papier“. Aber hallo! Wie soll es denn sonst riechen?

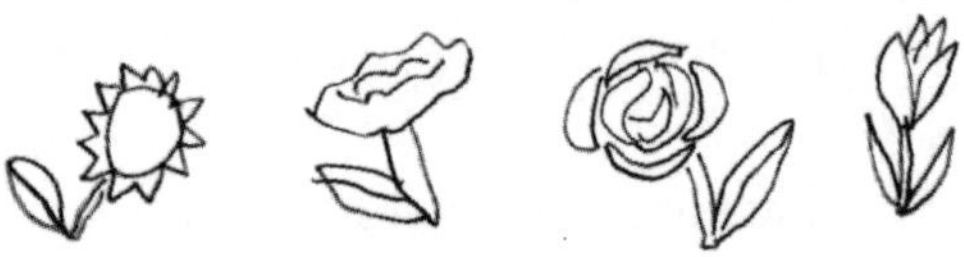

Ich habe Mama übrigens das Salamandergedicht vorgelesen. Und sie hat gefragt, ob ich eigentlich wüsste, dass Salamander Süßwassertiere sind. Typisch Mama, so was zu sagen, aber sie fand mein Gedicht wirklich ganz toll. Sie hat gesagt, mein Salamander sei ganz außergewöhnlich. Ein einzigartiger Salamander. Der einzige Salamander auf der Welt, der – auch wenn er sicher allergisch ist – See-Essen einfach LIEBT! So was nennt man „Ironie des Schicksals“.

Du liebst etwas, das du nicht vertragen kannst. Du liebst und hasst etwas im selben Moment.

★

Schneebälle

„Aheins … zweiiiiii – DREI!“

Es ist Dienstagabend. Helle und ich werfen gleichzeitig und so fest wir können Schneebälle auf das Grünhaus. Die Bälle sausen durch die Luft und knallen gegen die Wand. Helle und ich lassen uns hinter einen Schneehaufen fallen. Mein Herz hämmert schrecklich laut. (Helles sicher auch.)

Dann schauen wir über die Spitze des Schneehaufens. Hinter uns liegt das Wäldchen und es wird langsam dunkel. Sicher können sie uns nicht sehen. Wir warten gespannt darauf, dass etwas passiert. Ich sehe Helle an. Ihre Nase ist knallrot.

„Ha-ha, du siehst aus wie Rudolf“, lache ich.

„Hast du das gehört?“ Helle dreht sich zum Grünhaus um. „Da war ein Geräusch aus dem Grünhaus“, sagt sie geschockt und wir lassen uns wieder hinter den Schneehaufen fallen.

Nach einer Weile wagen wir wieder, über die Spitze zu spinxen. Wir sehen zu der Wohnung unten links im Grünhaus hinüber. Die Fenster sind ganz dunkel. Wir finden das ziemlich seltsam, so spät ist es ja auch wieder nicht.

„Stehen die wohl hinter dem Vorhang und bespionieren uns? Was meinst du?“, flüstere ich. „Dass sie deshalb alle Lampen ausgemacht haben? Sie müssen doch den Knall an den Wänden gehört haben!“

„Vielleicht sind sie gerade dabei, rauszustürzen und uns zu holen“, sagt Helle und packt meine Daunenjacke.

„Die sind doch wohl zu Hause …?“, frage ich.

Wir warten. Es ist ganz schön kalt, so im Schnee zu sitzen. (Und ganz schön langweilig.) Deshalb werfen wir noch zwei Schneebälle. Und dann warten wir wieder hinter dem Schneehaufen. Lange. Aber nichts passiert …

Deshalb machen wir einen ganzen BERG Schneebälle und BOMBARDIEREN das Grünhaus damit! Voll auf die Wohnung des Slumpaars. An die Wand und die Fenster und alles. Das ist total spannend. Und wir rufen auch ganz laut, dass sie doch versuchen sollen, uns zu holen.

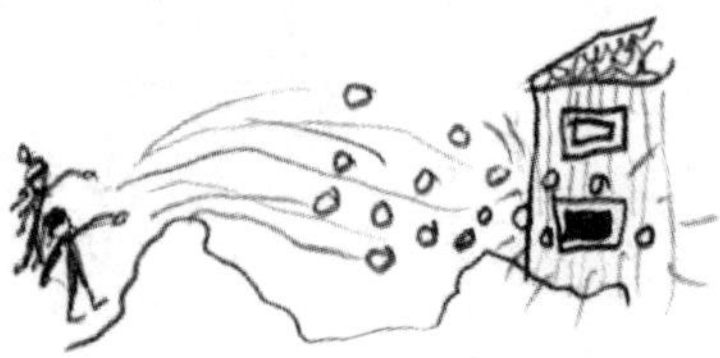

„Wenn sie uns holen, was machen sie dann wohl mit uns, was glaubst du?“, heult Helle und wir kriegen im Schnee einen Lachkrampf.

„Hoffentlich hetzen sie nicht Diesel auf uns“, heule ich zurück und dann lachen wir noch mehr. (Obwohl wir eigentlich eine Sterbensangst haben sollten.)

„PST!“, flüstert Helle plötzlich. „Ich hab was gehört.“

„Hä, was denn?“, flüstere ich.

Und plötzlich geht beim Slumpaar das Licht an!!!

„Sie kommen!“, heulen wir wie aus einem Munde und lassen uns rückwärts fallen.

Wir fallen aufeinander und Helles Ellbogen trifft mich mitten in den Bauch. Und dann hören wir, wie ein Fenster aufgemacht wird!

Wir bleiben mäuschenstill sitzen. Wir müssen weg, ohne entdeckt zu werden. Denn wenn sie uns erwischen, werden sie uns bestimmt umbringen! Wir kriechen hinter dem Schneehaufen rückwärts, so schnell wir können, zu meinem Haus. Wir kriechen in entsetzter Freude, sozusagen. Immer weiter weg vom Slumpaar und dem Grünhaus.

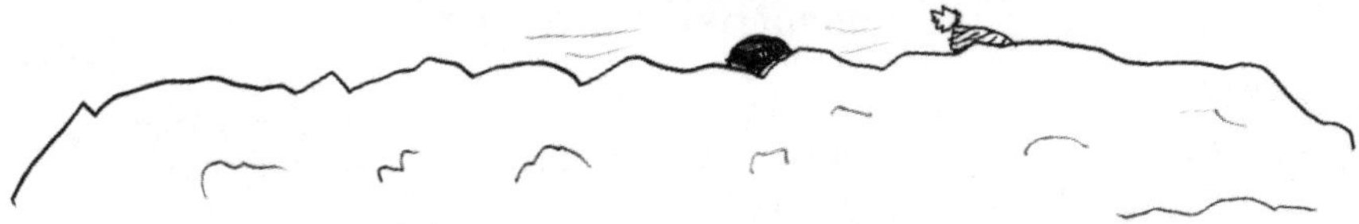

Plötzlich packt etwas meinen Fuß!!! Ich erstarre, als ob ich auf der Stelle vor Schreck sterben müsste und die rigor mortis sofort einsetzte. Ich wage nicht, mich umzudrehen … aber am Ende muss ich das doch, schließlich hält irgendwer mich fest.

Laaangsam drehe ich den Kopf nach hinten und schaue mich um. Und da kann ich zum Glück erleichtert aufatmen. Es ist ja nur Helle!

„Hiiiilfe, die Kinderhasser sind hinter uns her!“, flüstert sie mit übertriebener Dramatik und da kriegen wir irgendwie noch viel mehr Angst, auch wenn wir nicht mit Lachen aufhören können.

Ich fühle mich am ganzen Leib wie Wackelpudding. (Vielleicht ist das ein Schock!) Dann krieche ich weiter durch den Schnee, so schnell ich kann, den ganzen Weg bis zu mir nach Hause.

„Raus und Schnee abwischen!“, sagt Papa, als wir total schneeig im Flur stehen.

Also müssen wir wieder raus auf die Treppe und uns mit dem Besen allen Schnee abwischen. Wir versuchen, so schnell und so still wie möglich zu sein, während wir uns gegenseitig abwischen. Denn jetzt müssen wir uns ganz schnell in Sicherheit

bringen. Es wird ziemlich laut. Es ist schon komisch, je leiser man zu sein versucht, desto mehr Krach macht man.

Als wir endlich in die Küche kommen, hat Papa für uns Kakao und Bananenbrote gemacht. Erlend sitzt schon am Küchentisch, mit Kakaoschnurrbart und Bananenklitsch an der Schlafanzugjacke.

„Hehe, du hast ja den totalen Schiss gehabt“, sagt Helle und lacht und stupst mich an, als wir uns an den Tisch setzen.

„Nö“, sage ich.

„Doch“, sagt Helle. „Das hattest du. Du hättest mal dein Gesicht sehen sollen.“

„Naja, von mir aus“, sage ich. „Ein bisschen Schiss. Aber du hattest auch welchen. Total!“

„Nicht so wie du jedenfalls“, sagt Helle.

Und dann lachen wir und essen Brote mit Banane und trinken Kakao.

Und wieder haben wir das Slumpaar überlebt.

Liebes Tagebuch,

Helle ist so stark und mutig, sie müsste einfach in meine Klasse gehen. Das ist meine ehrliche Meinung.

★

Fies

Helle war heute ein bisschen sauer auf mich, weil ich mich wieder in Stians Zimmer geschlichen habe, ohne dass sie das wusste, nur um ein bisschen zu spionieren. Seine Tür stand offen und da hab ich mich reingeschlichen, um zu sehen, was er an seinem Schreibtisch so macht, und um ein für alle Mal rauszukriegen, warum das so wahnsinnig geheim ist.

Aber Stian hat mich in letzter Sekunde entdeckt und versteckte das, was er gerade gemacht hatte, in der Schublade. Und dann wurde er ganz rot im Gesicht und sprang auf und starrte mich einfach nur an. Ohne irgendwas zu sagen. Und dann schnitt er eine ganz komische Grimasse. Als ob er Schmerzen hätte oder so. Und dann schien er rot zu werden und da fragte ich, ob er rot würde, und da schrie er „NEIN“ und ich solle aus seinem Zimmer verschwinden. Aber ich wollte nicht rausgehen und da kam er ganz dicht an mich heran und sagte noch einmal, ich sollte verschwinden.

Da fragte ich, was er denn machen würde, wenn ich trotzdem bliebe, und da *kniff* er mich ins Ohr. WAHNSINNIG FEST!!!! Und als ich versuchte, ihn zurückzukneifen, verfehlte ich sein Ohrläppchen und kniff ihn stattdessen in den Arm. Aber er hatte ja einen Pullover an und deshalb hat es wohl nicht so besonders wehgetan. (Ich muss kneifen üben.) Aber Stian wurde noch röter im Gesicht und da kann es sein, dass auch ich ein bisschen rot geworden bin. Meine Wangen wurden jedenfalls ganz heiß.

Und dann standen wir nur da und starrten uns an, ganz dicht voreinander, Auge in Auge, wie zwei wütende Stiere. Und dann kam Helle herein und fragte, was wir da eigentlich machten. Und gerade da sagte ich zu Stian ziemlich viele gemeine Sachen. All die gemeinen Sachen, die ich vorher schon zu ihm gesagt hatte, und jede Menge neue, noch gemeinere Sachen. (Und ich hoffe wirklich, er verpetzt mich nicht bei seiner Mutter, damit die mich nicht bei Mama verpetzt.)

Helle sagte, ich sollte aufhören. Aber ich konnte einfach nicht aufhören. Ich habe Stian jede Menge Schimpfwörter an den Kopf geworfen. Und je wütender er wurde, desto mehr Gemeinheiten habe ich gesagt. Ich konnte einfach nicht aufhören!

Aber nach einer Weile fiel mir einfach nichts mehr ein. Und da standen wir einander einfach nur gegenüber und starrten uns wieder wütend an. Ohne auch nur einen Piep zu sagen. Es wäre total totenstill gewesen, wenn Stian nicht die DumDum Boys gehört hätte, wie immer.

„Wie ist es möglich, dass eine, die so hübsch ist, zu mir so hässlich ist?“, sang der Typ von den DumDum Boys. Und plötzlich rief Stian, ich sei eine miese Kuh, und dann packte er meine Haare und zog *megafest* daran und zerrte mich aus dem Zimmer und knallte die Tür zu. Und Helle fing an zu heulen und rannte in ihr Zimmer und da rannte ich hinterher. Sie sagte, sooo wütend hätte sie Stian noch nie erlebt. Und mir war das ein bisschen peinlich. (Aber das habe ich NICHT zugegeben!)

Dann sagte Helle, sie würde so was niemals zu Erlend sagen. Und da sagte ich, das sei ja wohl nicht *meine* Schuld. Aber Helle fand offenbar, das sei meine Schuld. Sie fragte, warum ich immer so gemein zu Stian sein müsste, und da sagte ich nur, weil er so blöd sei und das sei doch seine Schuld.

Aber da wollte Helle plötzlich, dass ich nach Hause ginge, und das war mir nur RECHT SO, denn ich wollte ohnehin nicht länger dort sein.

Und dann rannte ich nach Hause.

Ich weiß nicht so recht, wie das alles passieren konnte … Helle kann doch nicht sooo böse sein? Und seid wann ist sie mit ihrem Bruder eigentlich so dick befreundet? Morgen ist sicher alles wieder gut. Helle ist ja schließlich meine beste Freundin. Und sie ist NIEMALS nachtragend.

Liebes Tagebuch,

nur der BLÖDE STIAN IST SCHULD DARAN, dass Helle heute sauer war!!!! Ich habe rein gar nichts gemacht, und er hat mich gekniffen und an den Haaren gezogen und herumgestoßen. Und nun ist Helle sauer auf MICH?!

Morgen nach der Schule kriegt der Verräter Stian es zurückgezahlt!

★

Die Prügelei

Ich sitze im Wäldchen und warte auf Stian. Den Verräter. Ich habe mich ein Stück oberhalb vom Haus vor Helle und den anderen hinter einem Schneehaufen versteckt. Niemand weiß, dass ich hier sitze. Ich bin ein Ninja in dunkelblauer Mütze und Daunenjacke.

Auf dem Weg zur Schule und von der Schule nach Hause hat Helle heute kaum mit mir geredet. Und daran ist nur *er* schuld. Sie wollte wissen, was ich eigentlich gegen ihren Bruder habe. Ich versteh nur noch Bahnhof. Wir haben Stian doch nie was getan. Helle sagte, sie will sich nicht streiten und sie hat immer mit mir spioniert, aber das gestern, das sei nur blöd gewesen. Sie will, dass ich und Stian uns beieinander entschuldigen. Ha – NIMMERMEHR! Er soll sich bei mir entschuldigen, klar, aber ich *weigere* mich, mich bei dem Blödmann zu entschuldigen.

In den Pausen war Helle nur mit Leuten aus ihrer Klasse zusammen und als ich ihr zugewunken habe, hat sie nicht zurückgewunken. Und als ich sie im Bus nach Hause gefragt habe, ob sie bei mir Hausaufgaben machen wollte, hat sie NEIN gesagt! Und sie wollte auch nicht, dass ich mir ihr nach Hause kam.

Das ist Stians Schuld. Er hat ALLES kaputt gemacht!

Es wird hier im Schnee langsam ein bisschen kalt und langweilig, aber endlich kommt er den Hang herunter. Allein. Als er nur noch einige

Meter von mir entfernt ist, springe ich vor und versperre ihm den Weg. Er zuckt zusammen. Angsthase.

„Was willst du eigentlich von mir?“, fragt Stian, ohne mich anzusehen.

Er sieht nicht gerade freundlich aus. (Das hatte ich aber auch nicht erwartet.)

„*Was willst DU denn von mir?*“, frage ich zurück. (Ich sage das genauso, wie er das gesagt hat.)

„Sehr erwachsen, Oda“, sagt Stian. (Er sagt meinen Namen auf so eine stinkbeleidigte Weise.)

„Ja, stell dir vor, ich bin ja auch erwachsen!“, sage ich. „Jedenfalls erwachsener als *du, Stian!*“ (Ich sage seinen Namen ebenso stinkbeleidigt.)

„Weg da“, sagt Stian und versucht, an mir vorbeizugehen.

„Selber weg da, du hast mir und Helle alles kaputt gemacht, erst musst du dich entschuldigen“, sage ich schnell, ehe er noch mehr sagen oder weglaufen kann.

„Hä? Bei wem soll *ich* mich entschuldigen?“, fragt Stian.

„Bei mir!“, sage ich. „Bist du ein Vollidiot, oder was?“

Stian läuft knallrot an (er hat echt ein Problem mit dem Rotwerden) und dann sieht er aus, als ob er gleich losheulen würde. Was für eine Flennlaus!

„Ha! Flennlaus!“, rufe ich und bin ziemlich zufrieden mit mir. Ich fange nämlich *nicht* an zu heulen wie ein kleines Quengelbaby. Und dann schubse ich Stian.

Und dann passiert es.

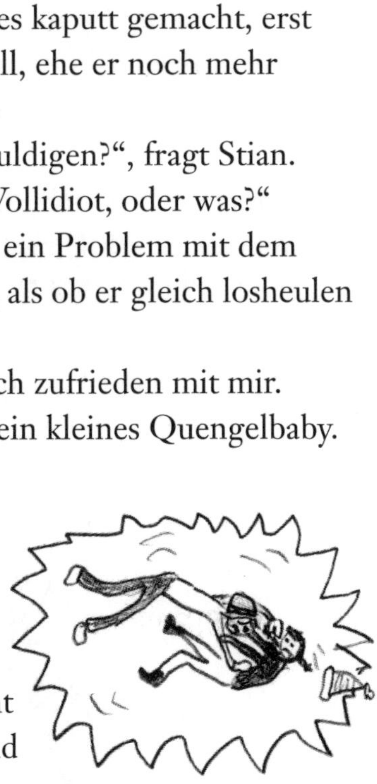

Stian brüllt unglaublich laut auf und stürzt sich auf mich und ich falle auf den Boden! Und dann fällt er auf mich. Und dann scheint alles in Zeitraffer zu passieren. Stian *heult* und seift mich mit Schnee ein. Er presst mir seine Fäustlinge ins Gesicht und verreibt dabei allen Schnee, den er um uns herum finden kann, und es tut richtig weh. Und dann fange ich auch an zu heulen und reiße ihm die Mütze vom Kopf und ziehe ihn, so fest ich kann, an den Haaren und nun zieht er auch mich, so fest er kann, an den Haaren.

Und dann habe ich plötzlich seine eine Hand genau vor dem Mund und ich beiße ihn in den Fäustling und merke, dass ich auch in seine Hand beiße. Stian BRÜLLT und reißt seine Hand weg und ich habe seinen Fäustling zwischen den Zähnen. (Er sitzt noch immer auf mir, deshalb kann ich nicht aufstehen.) Dann hebt Stian die eine Hand hoch über den Kopf und ballt eine Faust (ohne Fäustling). Er will mich schlagen! Er sieht total wild aus im Gesicht. Ich kann noch gerade denken, dass ich in meinem ganzen Leben noch nicht geschlagen worden bin (außer von Erlend, aber das zählt nicht), und ich frage mich, ob es wohl wahnsinnig wehtun wird. Vielleicht bricht er mir das Nasenbein!

Aber Stian schlägt nicht. Er reißt nur seinen Fäustling an sich, springt auf und rennt nach Hause. Und dann höre ich seine Stimme, die ruft:

„ICH WÜNSCHTE, DU WÄRST NICHT AUF DER WELT!!!"

Und dann wird die Haustür von Helle und den anderen zugeknallt.

★

Danach …

… liege ich auf dem Boden, mitten auf der Straße. Ich kapiere nicht so ganz, was passiert ist. (Oder ich kapiere es und kapiere es auch wieder nicht.) Plötzlich habe ich Angst, jemand könnte es gesehen haben, und krieche ganz schnell über den Schneehaufen und in das Wäldchen.

Wenn jetzt jemand gesehen hat, dass ich und Stian uns geprügelt haben! Wenn nun Helle es vom Fenster aus gesehen hat! Oder ihre Mutter! Oder das *Slumpaar!!!*

Ich liege auf dem Rücken im Schnee hinter dem Schneehaufen und versuche, normal zu atmen. Meine Nase läuft. Typisch, dass ich mich auch noch erkältet habe. Mir ist schlecht und schwindlig. Was wird Helle sagen?! Und Mama und Papa!!! (Bestimmt petzt Stian jetzt gerade.)

Nach ungefähr fünfzehn Minuten (die sich mindestens wie drei Stunden angefühlt haben) schleiche ich mich durch das Wäldchen nach Hause. (Mir graust davor, dass sie mich ausschimpfen werden. Ich hab mich noch nie richtig geprügelt. Ich wüsste gern, ob mir das anzusehen ist.) Ich schleiche mich ins Haus, streife ganz schnell die Schuhe ab, werfe Jacke, Schultasche, Mütze und Handschuhe in den Schrank im Flur und renne nach oben in mein Zimmer. Ich springe ins Bett und unter die Decke. Da liege ich ganz still, lange.

Es ist glühend heiß unter der Decke. Ich höre nur meinen Atem und mein Herz, das schrecklich schnell schlägt. Ich hebe die Decke ein wenig hoch, damit ich atmen und hören kann, wo die anderen sind.

Es ist ganz still im Haus. Mama ist sicher noch nicht von der Arbeit nach Hause gekommen. Und Papa und Erlend höre ich auch nicht. Schlafen die, oder was?

Ich springe aus dem Bett und schaue kurz in Erlends Zimmer. Ihr Bett ist leer. (Oder, fast leer. Immerhin sitzt Paula Entbertine von Quack auf dem Kissen.) Ich schleiche mich auf den Flur und rüber zum Zimmer von Mama und Papa. Ich öffne vorsichtig die Tür, aber da ist auch niemand. Wo *stecken* die denn bloß alle?

Ich gehe ins Badezimmer und da sehe ich mich im Spiegel. Mein ganzes Gesicht ist mit Blut verschmiert! Als ich den Schock überwunden habe, entdecke ich, dass es nur Nasenblut ist! (Was da gelaufen ist, war kein Rotz, sondern Blut!) Schnell wasche ich mir das Gesicht und stopfe mir Klopapier in die Nase. Zum Glück bin ich allein zu Hause. Mama würde total hysterisch werden, wenn sie mich jetzt sähe.

Dann höre ich plötzlich unten die Haustür. Papa und Erlend kommen herein. Erlend plappert etwas über einen riesengroßen Fisch, der leider nicht angebissen hat. Ich verstecke mich wieder in meinem Zimmer und warte darauf, dass Helles Mutter anruft und mich bei Mama und Papa verpetzt.

Die werden mich total zur Schnecke machen!
Da klingelt das Telefon. Ich sitze ganz mäuschenstill da. Erlend geht ran. Sie ruft Papa. Papa geht zum Telefon, und ich höre, dass er sagt: „Hallo?“ (Jetzt kann Papa jeden Moment die Treppe hochkommen, um mich zusammenzustauchen, oder er wird von unten her ODA ANDREA STOKKHEIM!! rufen, mit wahnsinnig wütender, superstrenger Stimme.)

Ich warte.

„Mhm“, sagt Papa, und „ach, sieh an“ und „aha“ und „wird gemacht“ und „bis dann“.

Und dann legt er auf.

JETZT ruft er – denke ich und stehe in meinem Zimmer, bereit, loszugehen, wenn Papa ruft. Aber nichts passiert. Papa ruft nicht. War das nicht Helles Mutter? Warum ruft sie nicht an? Warum ruft Papa nicht …?

Ich verstecke mich wieder unter der Bettdecke.

„Was machst du da?“, fragt jemand und ich fahre zusammen.

Aber es ist nur Erlend. Sie steht in der Tür zwischen unseren Zimmern. Ich hebe die Decke ein wenig hoch. Erlend sieht mich an. Forschend.

„Bist du gefallen?“, fragt sie. (Sie hat das Klopapier gesehen, das aus meiner Nase lugt.)

„Hä? Ähääh, ja, auf dem Weg von der Schule“, sage ich. „Verzieh dich und lass mich in Ruhe.“

Das sage ich mit wütender Stimme (statt zu rufen) und dann steige ich aus dem Bett und knalle die Tür zu.

„Sag Papa, dass ich keinen Hunger habe, ich hab nämlich schon gegessen.“

„Okay“, sagt Erlend und läuft die Treppe hinunter.

Ich schreibe Helle eine SMS. „Hallo“, schreibe ich nur. Und dann schicke ich sie ab. (Mir fällt nichts anderes ein, was ich schreiben könnte.)

Ich warte auf Antwort. Helle antwortet immer sehr schnell.

Aber ich bekomme keine Antwort …

Liebes Tagebuch,

es ist 23:36 und alle schlafen. (Alle außer mir.) Papa hat sich meine Nase angesehen, denn Erlend hat gepetzt, dass ich gefallen bin. Aber da blutete es nicht mehr und ich hatte das Papier rausgenommen. Papa hat nichts über Stian gesagt, also kann seine Mutter noch nicht angerufen haben. Als Mama nach Hause kam, war ich schon schlafen gegangen. Sie kam auf mein Zimmer und sagte, ich sähe nicht so ganz gesund aus, und fühlte meine Stirn. Ich hatte kein Fieber. Aber ich sagte, ich hätte Bauchweh und mir wäre schlecht. Sie wollte wissen, ob ich zu lange im Schnee gesessen und mich verkühlt hätte. „Ja, vielleicht“, sagte ich.

(Hoffentlich bin ich morgen krank und brauche nicht zur Schule zu gehen!!!!!!)

Liebes Tagebuch,

es ist 00:17 und ich kann immer noch nicht schlafen. Helle hat noch IMMER nicht geantwortet ... mein Hals tut so weh, ich kann kaum schlucken. Ich glaube, ich werde jetzt wirklich krank.

Liebes Tagebuch,

es ist 01:10 in der Nacht – ein Palindromaugenblick – aber das bringt mir NICHTS ... ich spüre in mir nicht einen Millimeter Freude. Das ist der unmagischste Palindromaugenblick, den ich je erlebt habe. In meinem ganzen Leben.

Ich kann nicht schlafen.
Helle hat nicht geantwortet.

Mir graust vor morgen ...

★

UND VON NUN AN GEHT ALLES SCHIEF ...

(...)

ZERSTRITTEN

Stian hat seiner Mutter nichts gesagt. Deshalb haben Mama und Papa mich auch nicht ausgeschimpft. Und das ist gut. Aber er hat etwas zu Helle gesagt …

Am Tag nach der Sache mit Stian kam sie zu mir auf die Bohrinsel. Sie wollte reden. Ich wollte schreien. Helle machte die Augen zu und zählte bis 10. Dann sagte sie, ich sei einfach mies. Sie sagte, ich hätte nicht in Stians Zimmer gehen und so gemein zu ihm sein müssen und ich hätte nach der Schule auch nicht auf ihn warten müssen. Helle sagte, es sei *meine* Schuld, dass Stian und ich uns geprügelt hätten, und ich müsste mich also bei Stian entschuldigen. Und wenn ich das nicht tue, dann will sie nicht mehr meine Freundin sein. HAH! Das tu ich nicht. Das tu ich NIE IM LEBEN!!!

Und also ist Helle jetzt nicht mehr meine Freundin.

Wer hier blöd ist, das ist *Stian.* NICHT ich!!!! Und Helle brauche ich auch nicht! Sie ist doof und klein und kindisch und hat KEINE Ahnung! Ich kapiere nicht, warum ich so viel Zeit mit ihr verschwendet habe.

★

~~HASS~~ ... NEIN, STARKE ABNEIGUNG!

Liebes Tagebuch,

okay, VON MIR AUS! Ich muss das H-Wort nicht benutzen (auch wenn ich gerade wahnsinnige Lust dazu habe!). Aber ich bringe Stian eine so starke Abneigung entgegen, wie es sie im Universum und der GANZEN WELT NUR GIBT! Nein, mehr!!! Tausendmal MEHR! ER ist hässlich und blöd und doof!!!!!

★

INSPIRATION

Liebes Tagebuch,

seit Helle nicht mehr meine Freundin ist, habe ich sehr viel Zeit zum Schreiben und Zeichnen und so. Meistens schreibe und zeichne ich über STIAN: Hier ist ein Gedicht, das ich über ihn geschrieben habe:

Du bist der MIESESTE Typ, den ich kenne.

Stian ist der mieseste Name der Welt,
viel fieser als ein faules Kartoffelfeld!

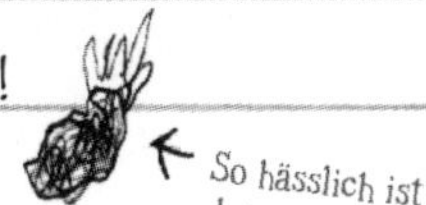

S steht für SCHUFT.
T steht für TROTTEL.
I steht für den IDIOTISCHSTEN Zottel.
A steht für ALLES, was du mir angetan.
N für die NÄCHTE, wenn ich an dich denke
(und dir meine bösesten Gedanken schenke!!!).

*

Ich habe auch ein Gedicht über meine Ex-Beste-Freundin Helle geschrieben.

Das geht so:

Du warst meine Freundin, doch jetzt ist Schluss,
ich hoffe, du weinst jetzt, und sonst redest du Stuss.

H steht für den HOHN, mit dem ich über dich lache.
E steht für ERZFEINDINNEN, das ist jetzt Sache,
L steht für das LEBEN, das ist viel besser ohne dich.
L steht auch für LANGE Tage.
E steht für ENDLICH ist's vorbei mit der Plage.

(Und damit will ich sagen, dass DU die Plage bist, ja, falls dich das interessiert. Und außer Hohn habe ich kein Gefühl mehr für dich und darüber bin ich verdammt froh!!!!!)

Das Helle-Gedicht reimt sich vielleicht nicht ganz so gut wie das Stian-Gedicht, aber ich habe es auch in weniger als fünf Minuten geschrieben. Ich hatte keine Lust, viel Zeit dafür zu verschwenden, weil ich auch keine Lust habe, viel an Helle zu denken.

*IDIOTEN!

Außen vor

Helle und Erlend und Stian sind zum Rodeln draußen. Ich hab keinen Bock, mit ihnen zusammen zu sein. Ich habe Besseres zu tun. Rodeln ist außerdem LANGWEILIG. Da kriegst du doch bloß einen nassen Hintern. Ich hoffe, die kriegen alle saunasse Hintern und Blasenentzündung. Ich würde *nur* mitmachen, um zuzusehen, wie sie vom Rodelbrett fallen oder gegen einen Baum knallen oder so.

Hoffentlich erkälten sie sich.

★

Entlarvt

Helle und Erlend waren heute nach dem Essen auf der Bohrinsel. Ich bin auch hingegangen, aber nicht, um mit ihnen zusammen zu sein. Ich habe mich auf die Bohrinsel geschlichen, ohne von ihnen gesehen zu werden, und da habe ich gesehen, dass Stian auch auf der Bohrinsel war. Zum Glück haben sie so viel geredet, dass sie nicht bemerkt haben, dass ich mich gleich unter ihnen auf den Boden gesetzt habe. Da konnte ich alles hören, was sie sagten.

Sie schienen sich aber nicht gerade zu amüsieren. Ich war froh, dass ich nicht da oben mit ihnen zusammen sein musste. Ich wäre nicht einmal hochgeklettert, wenn sie mich angefleht hätten!

„Und dann hat sie echt geglaubt, Klipp Richard wäre den Meerjungfrauentod gestorben“, hörte ich Helle sagen.

„Den Meerjungfrauentod?“, fragte Stian.

„Ja, das ist, wenn die Goldfische sterben, dann zerfallen sie einfach und vermischen sich mit den Steinen auf dem Boden“, sagte Erlend. „So wie die Meerjungfrauen zu Schaum auf dem Wasser werden, wenn sie sterben.“

Sie redeten über mich! Ich versuchte, den Atem anzuhalten.

„Haha! Hat sie das wirklich geglaubt?“, fragte Stian.

„Ja“, sagte Helle. „Das hat sie.“ (Und dann lachten sie alle.)

Worüber lachten sie eigentlich?

„Aber sie weiß ja nicht, dass Papa sie ins Klo wirft“, sagte Erlend, und dann hörte ich, wie Helle kicherte.

Hä? Ins Klo? Wie meinte sie das denn …

Und da ging es mir auf.
„BLÖDES MISTPACK!“, schrie ich sie an und rannte nach Hause.

★

WEG

Liebes Mistbuch,

ich will weg, ich will weg, ich will weg, **ICH WILL WEG!!!!**
Bald fahren wir in die Winterferien zu Oma. ICH FREUE MICH! Hier zu Hause ist es ja doch bloß mistig und doof und blöd.

★

IDIOTEN

Liebes Tagebuch,

Papa ist BLÖD!!!! Er kapiert rein GAR nichts!!!! Er nervt und nervt und nervt nur rum und will die ganze Zeit wissen, was los ist, und tut, als wäre ihm das wichtig. Nichts ist los. Also sage ich, dass er ein Versager und arbeitslos ist, und ob er sich nicht bald mal irgendeinen blöden Job suchen kann. Er muss doch nicht die ganze Zeit zu Hause rumhängen und anderen Leuten DEN NERV TÖTEN! Er sagt, hier im Haus drücken wir uns nicht so aus, und da habe ich gefragt, ob er Norwegisch meint, und da musste ich in mein Zimmer gehen. GUT! Ich will ja sowieso hier sein. Hier hab ich meine Ruhe und niemand geht mir auf die Nerven!

Erlend durfte mit Helle auf der Bohrinsel spielen gehen. (Und Stian ist sicher auch da.) Hoffentlich kommt das Slumpaar und holt sie sich! Es wäre doch mal Zeit, so oft, wie sie uns bedroht haben. Dann habe ich Papa zugerufen, er könnte sich auch gleich nach Bergen verziehen. Ich habe gesagt, das wäre das Beste für uns alle. Ich HASS... (nein Verzeihung, Verzeihung!). Ich bringe Papa gerade eine SEHR, SEHR, SEHR, SEHR starke Abneigung entgegen. Und Mama auch. Und Erlend und Helle und Stian. (Vor ALLEM Stian!!!)

ALLE SIND BLÖD!!!!!

PS: Vielleicht sollte ich einen Brief ans Jugendamt schreiben, damit sie mich hier wegholen. Und die anderen könnten dann alle ihre Gemeinheiten bereuen.

★

Plan

Ich werde mir eine NEUE beste Freundin zulegen. Und Helle wird ja sehen, was sie davon hat!

★

Schminke

Helle saß heute im Bus zur Schule neben Erlend. Das war mir doch SCHEISSEGAL! Ich wollte ohnehin nicht mit diesen kleinen Gören zusammensitzen. Ich saß hinter ihnen. Und dann sahen sie mich an und tuschelten miteinander. Und da fragte ich, was sie da redeten, und Helle fragte, ob ich mich geschminkt hätte. (Ich habe heute Morgen nur ein bisschen von Mamas Schminke ausprobiert, aber ich hab sie wieder abgewaschen. Nur ein ganz klein wenig Wimperntusche. Ist das jetzt auch schon verboten, oder was?)

Aber ich sagte nein, ich hätte mich nicht geschminkt. Da sagte Erlend, doch, ich hätte. Und Helle sagte, sie könnte doch sehen, dass ich Schminke im Gesicht hätte. Sie sagte, sie könnte die Wimperntusche doch sehen! Aber ich habe alles abgestritten! Die sollen mir nichts unterstellen, wenn ich doch sage, dass ich es nicht getan habe!!! Wofür halten die sich eigentlich?

„ICH HAB MICH NICHT GESCHMINKT!!!“, rief ich, so laut ich konnte.

Und alle im Bus drehten sich um und sahen mich an. Die waren allesamt blöd.

„Glotzt euch doch selbst an!“, rief ich deshalb.

★

Neue Freundin

Heute ist meine *neue beste Freundin*, Anniken, nach der Schule mit zu mir nach Hause gekommen. Helle und Erlend (die jetzt dauernd zusammen sind) wollten mit den Hunden in den Wald gehen. Und Anniken und ich wollten auch in den Wald. Ohne Hunde. Also gingen wir gleichzeitig mit den anderen den Weg hoch.

Als wir zum Trollstein kamen, sagte Erlend zu Anniken, dass sie darauftreten müsste. Anniken fragte, warum sie das müsste, und da erzählte Helle, wegen der Waldtrolle und überhaupt. Aber da lachte Anniken nur und sagte, Trolle gäbe es nicht. Und dann ging sie am Trollstein vorbei, ohne daraufzutreten. Und da ging auch ich am Trollstein vorbei, ohne darauf zu treten.

„HE!“, rief Erlend. „Du musst auf den Trollstein treten, Oda!“

Erlend und Helle sahen total geschockt aus.

„Muss ich gar nicht“, sagte ich. „Das ist doch nur kindischer Aberglaube. Nur kleine Gören wie ihr treten auf Trollsteine und so.“

Das habe ich gesagt.

Und zum allerersten Mal in meinem ganzen Leben bin ich nicht auf den Trollstein getreten. Und es ist auch nichts passiert! Und da lachten ich und Anniken. Wir lachten über Helle und Erlend, weil die so doof sind und diesen kindischen Quatsch glauben.

Helle sah mich ziemlich lange an. Sie sah ziemlich traurig aus. (Und Erlend stand neben Helle und war wütend und stampfte mit dem Fuß auf und rief, wir müssten auf den Trollstein treten.)

„Komm, Oda, lassen wir die kleinen Gören doch in Ruhe", sagte Anniken.

Und dann liefen wir von Helle und Erlend weg.

Wir liefen und stolperten über den Weg und kamen zuerst oben an. Wir setzen uns hin und redeten über Jungs und Schminke und so. Und über Iselins neuen gelben Mantel. Anniken redete überhaupt ziemlich viel über Iselin und darüber, wie cool und stark und toll die eigentlich ist. Iselin ist im Fußball so gut wie die besten Jungs aus ihrer Klasse! (Ihr Vater trainiert schließlich auch die Jungenmannschaft der Mittelstufe.)

Dann fragte Anniken, warum ich überhaupt mit Helle zusammen sein mag, wo die doch jünger ist als wir und so kindisch, dass sie mit meiner kleinen Schwester spielt.

„Ich weiß", sagte ich. „Aber ich bin nicht mehr Helles Freundin. Denk nicht an sie. Sie ist blöd. Und sie hat auch gesagt, dass sie dich nicht leiden kann."

„Hä? Die kann *mich* nicht leiden?", fragte Anniken beleidigt. „Was für eine miese Kuh! Aber das ist mir sowieso scheißegal. Helle ist doch nur ein kleiner Dussel."

„Ja, find ich auch. Das hab ich ihr auch gesagt. Dass ich es einfach unmöglich fand, dass sie gesagt hat, dass sie dich nicht leiden kann …" Und als ich das gerade gesagt hatte, kam C-Dur auf uns zugerannt und ich drehte mich ganz schnell um. Und da standen Helle und Erlend und Aegir und Foreman.

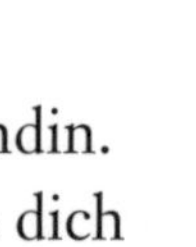

Ich sah Helle an. (Ich hoffe so sehr, dass sie nichts gehört hat.) Helle stand nur da und sah mich an, ohne etwas zu sagen. Und sie sah ein bisschen so aus, als ob sie gleich losheulen würde.

Deshalb glaube ich, dass sie es vielleicht doch gehört hat. Wir standen ganz lange nur da und sahen einander an und keine sagte etwas.

„Was *glotzt* du denn so?", sagte Anniken schließlich zu Helle, mit total saurer Stimme.

Und Helle rannte los. Sie rannte von den Hunden und von allem weg. Aber die Hunde rannten hinter ihr her. Und dann rannte auch Erlend hinter ihnen her, den Hang hinunter. Mir tat plötzlich der Hals ein bisschen weh. Da saß so ein Kloß. (Als ob ich mich ganz plötzlich erkältet hätte.)

„Was ist denn in die gefahren?", fragte Anniken. „Aber gut, dass sie weg sind", fügte sie hinzu.

Und dann redete sie weiter über Jungs und Schminke und Iselin und so was. Aber ich habe nicht viel davon mitbekommen.

★

Schlafenszeit

Liebes Tagebuch,

mir ist wirklich nicht so ganz gut ...

★

Todkrank

Heute Morgen (nachdem Mama zur Arbeit gefahren war) sagte ich zu Papa, ich hätte ganz arg Halsweh und Bauchweh und mir sei wahnsinnig schlecht. (Mama durchschaut mich nämlich schneller, als Papa das tut.) Ich wollte nicht in die Schule. Ich sagte, ich sei *viel zu krank*. Ich sagte, dass ich vielleicht sogar sterben müsste.

Aber Papa sagte, ich sei nicht krank, und er wisse, dass irgendwas mit mir und Helle passiert sei. Ich war sauer und fragte, ob Erlend gepetzt hätte. Aber Papa sagte, kein Mensch hätte irgendwas gepetzt, und dann fragte er, was Erlend denn hätte petzen sollen. „Nichts", sagte ich da.

Papa sagte, es sei leicht zu sehen, dass etwas los sei. Er sagte, er könnte mal mit Helles Mama reden, aber er meinte, wir sollten das selbst in Ordnung bringen. Ich sagte, er sollte sich nicht immer einmischen und aufhören, mich zu bespionieren. Aber er quengelte immer nur weiter.

Deshalb bin ich doch in die Schule gegangen.

★

Der Schulweg

Helle ging zusammen mit Stian zum Bus. (Erlend ist heute Morgen mit Mama gefahren.) Helle und Stian gingen sehr weit hinter mir. Wenn ich langsamer ging, gingen sie noch langsamer und deshalb waren die ganze Zeit viele Meter zwischen uns. Und am Ende mussten wir losrennen, um den Bus nicht zu verpassen.

Ich stieg zuerst ein und setzte mich nach hinten, wo Helle und ich sonst immer sitzen. Und da setzte Helle sich nach ganz vorn, zusammen mit Stian. Sie saßen so weit weg von mir wie überhaupt nur möglich. Stian drehte sich zweimal um und sah mich an. Nur so ganz schnell. Aber Helle drehte sich überhaupt nicht um.

Ich wusste gar nicht, wie unendlich lange der Bus zur Schule eigentlich braucht.

★

In der Schule

Als wir angekommen waren, rannte Helle sofort aus dem Bus und dann zu einigen Mädchen aus ihrer Klasse. Ich stand nur da und sah ihr hinterher. Aber sie sah mich nicht ein einziges Mal an.

„Halloooo, Oda!“, rief da plötzlich jemand.

Es war Anniken. Sie kam auf mich zu. Sie trug einen neuen gelben Mantel, so einen wie Iselins. (Genau so einen Mantel, wie ich auch gern hätte.)

„Schööön, nicht wahr?“, fragte Anniken stolz und wirbelte einmal um sich selbst. „Den hab ich von Mama bekommen. Jetzt schon zum Geburtstag. Machen wir heute nach der Schule was zusammen?“

„Vielleicht“, sagte ich nur.

Dann sammelte ich Schnee vom Boden auf und machte einen riesigen Schneeball und den warf ich, so hart ich konnte, an die Wand des Fahrradschuppens.

Und dann gingen wir zur ersten Stunde.

★

MATHESTUNDE

Wir hatten Mathe. Und ich dachte wirklich an nichts Böses, als ich mich an meinen Tisch setzte. Aber dann ging alles so schrecklich schnell, oder schrecklich langsam, oder … ich weiß nicht so richtig, wie es passiert ist. Aber jedenfalls war es einfach unglaublich …

„Eigentlich haben wir jetzt Mathe“, sagte der Kaldestad und legte einen Haufen grüne Rechenhefte vor sich auf das Pult. Das waren die Mathetests der vergangenen Woche.

Der Kaldestad öffnete das Heft, das ganz oben lag.

„Aber wir haben hier eine kleine Dichterin in der Klasse“, sagte er und lächelte.

Und er sah nicht die Klasse an, als er das sagte. Er sah MICH an! Und ich überlegte, warum wohl.

Die ganze Klasse sah den Kaldestad an. Ich auch.

„Die meisten haben ja ihre Tests gemacht, wie sie das sollten“, sagte der Kaldestad. „Aber unsere kleine Dichterin hat ihr Matheheft diesmal mit Buchstaben gefüllt und nicht mit Zahlen.“

Und dann räusperte der Kaldestad sich und fing an zu lesen:

„Du kamst um die Ecke und wie auf Schwingen …“

DER KALDESTAD SASS DA OBEN AM PULT UND LAS MEIN LIEBESGEDICHT FÜR ARNE SVINGEN VOR!!!!! <u>VOR DER GANZEN KLASSE!!!!!!!!!!!!!</u>

Ich konnte es nicht fassen. Ich konnte es einfach nicht fassen. Ich saß mäuschenstill an meinem Tisch und starrte vor mich hin. Der Kaldestad hatte ja nicht gesagt, *wer* das Gedicht geschrieben hatte. Und da steht ja auch nirgendwo „Arne Svingen" … oder? Ich versuchte, nachzudenken. Ich GLAUBTE es jedenfalls nicht! Aber trotzdem, es ist doch ganz DEUTLICH, dass es von ihm handelt, oder nicht???

„Wenn ich dir Post schicke, wird sie beantwortet werden? Das ist mein innigster Wunsch hier auf Erden", las der Kaldestad vor.

Und die *ganze* Klasse lachte.

Und die ganze Klasse schaute sich um, um herauszufinden, wer das Gedicht geschrieben hatte. Alle außer mir. Ich schaute mich nicht um. Ich saß nur ganz steif da und starrte vor mich hin. Und ich merkte, dass ich glühend heiß war. Und ohne mich auch nur umzusehen, wusste ich, dass alle Augen in der Klasse *nur mich* anstarrten.

Das war die schlimmste Mathestunde in meinem ganzen Leben. Und als ich an dem Tag nach Hause kam (ja, ich habe überlebt), riss ich das Gedicht über Arne Svingen aus meinem Matheheft und in TAUSEND Stücke und warf sie ins Klo. Und dann saß ich in meinem Zimmer und kam mir total leer vor und kritzelte eine Weile nur so in mein Tagebuch.

Lieber Arne Svingen,
es ist jetzt also so.
Das Gedicht über dich liegt nun im Klo,
danke für alles, solange es da war,
und für die Gefühle, so heiß wie Lava.
Jetzt muss ich wohl allein weitergehen
und in meinem Matheheft werden nur noch Zahlen stehen.
Eins plus eins ist vielleicht zwei
und irgendwie ist auch ein Reim dabei,
aber NICHTS auf der Welt klingt so doof,
wie: Oda und Stian sind verlobt …

HÄ? NEIN!!! Plötzlich zuckte ich zusammen und merkte, was für einen *Megafehler* ich in mein Tagebuch geschrieben hatte. Ich hatte den TOTAL FALSCHEN Namen geschrieben. Ohne es auch nur zu merken. Ich meinte doch „Oda und Arne". Auch wenn das wirklich nicht mehr gilt. Aber STIAN hatte ich nun wirklich nicht schreiben wollen. WIE PEINLICH UND GRAUENHAFT UND FIES!!!

Ich strich Stian ganz schnell durch, bis sein Name nicht mehr zu sehen war. Der Bleistift machte sogar in die nächste Seite noch ein Loch. Dann schloss ich das Tagebuch ab und versteckte den Schlüssel, und dann versteckte ich auch das Tagebuch, ganz weit hinten unter dem Bett. Und dann stopfte ich eine Menge Bücher und Kleider und Kram davor, damit kein Mensch auf der ganzen Welt es JEMALS finden könnte.

★

Der gelbe Mantel

Heute war Anniken nach der Schule wieder bei mir. Wir sind auf die Bohrinsel geklettert, um das Slumpaar zu bespionieren. Ich hatte Anniken im Bus vom Slumpaar und den Zeichnungen erzählt. Aber Anniken hatte nicht zugehört. Sie redete nur über ihren gelben Mantel und darüber, wie die Jungs auf dem Schulhof sie *bewundert* hatten und dass Iselin zu ihr gekommen war und mit ihr geredet hatte.

Auf der Bohrinsel nahm ich das Fernglas aus der Kiste. Das Slumpaar saß auf seinem großen Sofa und sah wie immer fern.

Diesel konnte ich nirgendwo sehen.

„Lass mal sehen", sagte Anniken und nahm mir das Fernglas weg.

Sie sah zum Grünhaus hinüber.

„Ach, wie laaangweilig", sagte sie nach so drei Sekunden. „Wieso hast du Lust, die zu bespionieren?"

Anniken sah sich durch das Fernglas in andere Richtungen um. Und dann hielt sie inne.

„Wer ist das?", fragte sie plötzlich.

„Wer denn?", frage ich und sah dahin, wohin Anniken sah.

Da war Stian. Er kam mit den Hunden aus dem Wald herunter.

„Ach, nicht der Rede wert", sagte ich. „Das ist bloß Stian, Helles blöder Bruder …"

„Stian! Warum ist mir der noch nie aufgefallen?", fragte Anniken.

Sie sah ihn noch immer durch das Fernglas an. Ich hätte ihr das Fernglas gern aus den Händen gerissen.

„Der geht in die Mittelstufe“, sagte ich.

„Komm“, sagte Anniken und ließ das Fernglas fallen. Es landete im Schnee, weil ich es nicht so schnell auffangen konnte. Ich hob es hoch und wischte es ab. Anniken kletterte schon von der Bohrinsel und ich legte das Fernglas wieder in den Kasten.

„Wohin gehen wir?“, rief ich hinter ihr her.

„Stian Guten Tag sagen natürlich“, sagte Anniken und stapfte durch den Schnee, während der schöne gelbe Mantel um sie herumflatterte, den Hang hoch und auf Stian zu.

„Scheiß drauf!“, sagte ich.

Aber Anniken hörte nicht auf mich und deshalb musste ich eben hinterher.

„Hallööööchen“, rief Anniken Stian mit zuckersüßer Stimme zu. (Uääähhh!)

Stian blieb stehen und schaute auf uns herab. Ich blieb etwas weiter unten am Weg stehen. Anniken ging zu ihm.

„Hallo“, sagte Stian zu Anniken. (Und ich sah, dass er ihren gelben Mantel ansah.)

„Ach, du hast aber schöne Hunde!“, sagte Anniken mit ihrer blöden zuckersüßen Stimme und kraulte Foreman und C-Dur hinter den Ohren.

Die wedelten mit dem Schwanz und schnupperten an ihrem *schönen* gelben Mantel.

„Ich habe auch einen Hund“, sagte Anniken. „Ich liieebe Hunde“, sagte sie.

Und dann bewegte sie sich total affig und spielte sich für Stian auf. Sie sah einfach total idiotisch aus.

„Ach“, hörte ich Stian sagen.

„Du heißt doch Stian, oder?“, fragte Anniken. „Ich heiße Anniken“, sagte sie und wackelte noch viel mehr hin und her, sodass ihr Mantel um sie herumflog. „Ich komme auch bald in die Mittelstufe.“

„Ach“, sagte Stian noch einmal. Und dann lächelte er Anniken an. Und dann fingen die Hunde an, an der Leine zu ziehen, und dann sagte er, er müsse jetzt los. Und dann lächelte Stian Anniken wieder an!!!

Ich sah, wie sie mit den Hüften wackelte und sich für Stian aufspielte. Sie sah einfach idiotisch aus! (Und dann sah ich, dass er für höchstens eine Sekunde zu mir herunterschaute.)

„Komm!“, rief ich Anniken zu.

Da drehten Anniken und Stian sich um und sahen mich an. (Stimmte mit meiner Stimme etwas nicht, oder was?) Ich starrte in den Schnee und konzentrierte mich ganz fest darauf, einem Stein, der vor mir auf dem Boden lag, einen Tritt zu versetzen. Aber dann trat ich daneben und es wurde nur so eine Art komischer Tritt in die Luft … und da trat ich auch mit dem anderen Fuß in die Luft, damit es so aussah, als ob ich das so gewollt hätte. Als ob mir kalt wäre oder so.

Die Hunde zogen Stian zu seinem Haus weiter.

„Biiiis daaannn“, verabschiedete sich Anniken mit echter Schleimistimme von Stian und dann kicherte sie. Das klang total bescheuert.

Mir wurde total schlecht von ihrem Anblick. (Echt, ich hätte fast losgekotzt.) Und dann kam sie auf mich zugelaufen und der Mantel flatterte im Wind wie nie zuvor. Stian drehte sich um und schaute hinter uns her. (Oder hinter Anniken und ihrem Mantel. Drecksmantel!)

★

Anniken-Panniken

„Ach, Oooода“, sagte Anniken und ließ sich auf mein Bett fallen. „Ich bin verliebt!“

„Hä?“, fragte ich erschrocken. „In wen denn?“

„Warum hast du mir nicht erzählt, dass Stian jetzt so super aussieht?“, fragte sie (und starrte träumend in die Luft und hielt sich die Hände aufs Herz, wie im Film).

„Red kein Blech“, sagte ich. „Stian ist ein Obertrottel.“

Aber Anniken hörte nicht auf mich.

„Und wir haben *genaaaau* dieselben Interessen“, sagte sie. „Wir haben beide einen Hund und er hat mich *angelääächelt*, hast du das gesehen?“ Anniken seufzte.

„Was gefällt ihm sonst noch?“, fragte sie und setzte sich im Bett auf. „Erzähl mir *alles* über ihn!“

Anniken sah mich abwartend an.

„Ähem“, sage ich und merkte, dass ich *rot* wurde!

„Was ist denn los mit dir?“, fragte Anniken und sah mich komisch an.

„Es ist viel zu warm hier“, sagte ich und lief zum Fenster und riss es auf.

Anniken setzte sich im Bett auf und sah mich aus schmalen, misstrauischen Augen an. Sie sah ein wenig nachdenklich aus. Aber nach einer Weile schüttelte sie nur den Kopf, wie um die Gedanken wegzuschütteln. Und dann hob sie die Augenbrauen.

„Jetzt erzähl mir endlich was über Stian“, sagte sie ungeduldig.

„Er … macht die ganze Zeit Aufgaben und hört eine Band namens DumDum Boys und spielt Gitarre und …“

„Intelligent *und* musikalisch!“, rief Anniken und klatschte in die Hände. „Einfach super!“

Hm. So hatte ich das noch nie gesehen.

„Pa. Der ist ein Nerd und ein total mieser Git…“

„Ach, Oooooda, glaubst du, er kann mich leiden?“, fragte Anniken. (Sie hatte mich mitten im Satz unterbrochen.) „Hast du seine Handynummer?“ Anniken hörte mir überhaupt nicht zu. Sie plapperte immer nur weiter über Stian. Ich dachte daran, wie er sie oben auf dem Weg angelächelt hatte. Und dann hatte er auch zu mir heruntergesehen, aber nur ganz schnell, oder was? (Auch wenn ich keinen gelben Mantel habe, sondern nur so eine blöde dunkelblaue Daunenjacke …) Seit wir draußen gewesen waren und Anniken mit Stian gesprochen hatte, war mir ein ganz klein wenig schlecht geworden. Ich merkte, dass ich wütend auf Anniken war. Sie redet die ganze Zeit so komisch. Immer deehnt sie aaalle Wörter! Bescheuert.

„Er mag dich nicht leiden“, sagte ich plötzlich. „Und er findet keine Farbe so doof wie gelb.“

„HÄ?“, fragte Anniken mit total saurer Stimme. (Sie sah ziemlich erschrocken aus.)

„Ja, das hat er mir gestern gesagt“, sagte ich. „Er hat uns gesehen, als wir neulich aus dem Bus ausgestiegen sind. Außerdem kann er halblange hellbraune Haare überhaupt nicht ausstehen …“

Ich sah meine Hände an, als ich das sagte. Anniken hat halblange hellbraune Haare. Ich zupfte an meinen Nägeln herum. Anniken sagte kein einziges Wort. Wir saßen lange ganz still da. Bis sie schließlich aufstand.

„Du lügst“, sagte sie mit wütender Stimme. „Warum lüüügst du eigentlich? Was ist in dich gefahren?“

Ich merkte, dass Anniken mich anstarrte. Und ich merkte, dass meine Ohren glühten. Aber ich schaute nicht auf. Und ich gab keine Antwort. Ich spielte nur weiter an meinen Nägeln herum.

„Ich hau ab“, sagte Anniken nach ziemlich langer Zeit.
„Schön“, sagte ich nur.

Und dann knallte Anniken meine Zimmertür zu und rannte die Treppe hinunter.

★

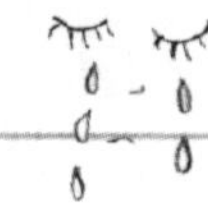

KEINE Freundin weit und breit ...

Liebes Tagebuch,

auf der ganzen Welt habe ich keine Freundin. Jetzt bin ich vollständig ohne Freunde und allein ...

PS: Zum Glück fahren wir in den Winterferien zu Oma. Nur noch EIN Schultag!

★

Nervkram!

Aaaaaah! Meine Familie ist die nervigste Familie auf der ganzen Welt! Erlend versucht, so cool und erwachsen zu sein, und sie redet die ganze Zeit über Helle. Helle, Helle, Helle, mehr nicht. Die GANZE Zeit! Und Mama und Papa nerven und nerven nur herum, von früh bis spät. Deshalb hab ich keinen Bock, mit ihnen zu frühstücken. Sie sagen, sie machen sich Sorgen, und sie haben mit Helles Mutter gesprochen und auch die macht sich Sorgen.

Aber Helle und Stian haben offenbar wegen der Prügelei nicht gepetzt, denn Mama und Papa nerven und fragen, ob in der Schule etwas passiert ist oder was sonst los ist? Können sie mich nicht einfach in Ruhe lassen?

★

Verändert

Liebes Tagebuch,

der Bus heute nach der Schule war total voll und da MUSSTE ich neben Helle sitzen. Nur da war ein leerer Sitz. Wir saßen ganz stumm da, während der ganzen Busfahrt. Ich konnte meinen Atem sehr gut hören. Ich atmete ganz laut. Es war total widerlich. Ich hoffte, dass Helle das nicht hören konnte. Also habe ich versucht, den Atem anzuhalten. Aber da musste ich nur noch lauter atmen. Und dann merkte ich, dass Helle mich ansah. Und da musste ich doch etwas sagen.

„Was glotzt du denn so?", fragte ich. (Ich wollte nicht so wütend klingen. Es ist einfach passiert.)

Helle sah ihre Fäustlinge an. Und dann sagte sie etwas, ganz leise. Ich konnte es fast nicht hören, aber ich hörte es eben.

„Du hast dich so verändert", sagte sie.

Was sollte das denn heißen? Ich wollte etwas antworten, aber mir fiel nichts Passendes ein, und dann waren wir da. Und als wir aus dem Bus stiegen, rannte Helle sofort nach Hause.

★

Kotzübel

Liebes Tagebuch,

wenn ich an Helle denke, wird mir kotzübel. Und wenn ich an Stian denke, wird mir noch kotzübler!

(PS: Nein! Denn ich denke NIE an Stian!!!!!! Ich wollte nur sagen, wenn ich an ihn dächte, wenn ich aus irgendeinem Grund absolut an ihn denken müsste, dann würde mir wahnsinnig kotzübel werden. So kotzübel, dass ich sogar kotzen würde.)

★

Allein

Liebes Tagebuch,

ich sitze allein in meinem Zimmer.
Und höre die DumDum Boys.
Und die treffen mich voll ins Herz.

„Ich bin der Sklave meines Herzens, schwinge die Peitsche meiner Schmerzen“, singen sie. Und irgendwie verstehe ich das und dann auch wieder nicht …

★

BESUCH

ENDLICH! Heute fahren wir zu Oma!

Erlend und Mama und Papa sind in der Stadt und kaufen Sachen ein, die wir mitnehmen wollen. Ich bin nicht mitgefahren, keine Lust. Ich sitze am Küchentisch und zeichne. Ich zeichne Totenköpfe und Friedhöfe und Grabsteine und große schwarze Löcher und so. Auf den Grabsteinen stehen die Namen von allerlei Leuten, die ich kenne.

Ich denke daran, was Helle im Bus gesagt hat. Dass ich mich „so verändert" hätte. Was hat sie damit eigentlich gemeint? Sie ist es doch, die sich verändert hat! Sie ist blöd und kindisch, wo sie die ganze Zeit nur mit Erlend spielt. Und bald fahre ich zu Oma und bleibe eine GANZE WOCHE! Und Helle ist nicht mal gekommen, um „gute Reise" zu sagen. Sie war wirklich noch nie eine gute Freundin. Ich bin ihr doch schnurzegal.

Plötzlich klopft jemand ans Küchenfenster.

Helle! Sie will doch „gute Reise“ sagen! Ich springe vom Stuhl auf und renne zum Fenster. Ich stoße es auf und rufe:

„Hallo! Ich hab ja gewusst …“

Und verstumme mitten im Satz.

Ich komme mir vor wie zu Eis erstarrt, aber mein Herz hämmert ganz schnell und laut, und ich habe Watte in den Ohren, wie unter Wasser. Es ist der Slumpaarmann! (Den hatte ich fast vergessen!) Und jetzt steht er hier, gleich vor unserem Küchenfenster. Und ich starre den Slumpaarmann an – der da steht und zittert!

Das Fenster geht nach draußen auf, deshalb kann ich es nicht zumachen, ohne mich aus dem Fenster zu beugen, aber da steht er! Und ich kann nur daran denken, dass ich ALLEIN ZU HAUSE bin. (Genau wie beim vorigen Mal, als er hier war, als Erlend ihm das Mehl gegeben hat, aber diesmal bin ich ganz und gar allein zu Hause.) Und der Slumpaarmann steht hier und zittert, vor dem offenen Fenster!

★

Hiiiiiilfe!

Der Slumpaarmann starrt mich mit aufgerissenen Augen an. Es ist grauenhaft. Er sieht total wild aus. Einfach verzweifelt irgendwie. Und dann hebt er eine zitternde Hand zum Fensterrahmen. Ich halte den Atem an und stehe ganz still da.

„H-h-hast du Z-z-zucker?“, fragt der Slumpaarmann mit scheußlicher zitternder Stimme.

Ich sehe seine bebende Hand an. Plötzlich zucke ich wieder zusammen, denn Diesel fängt an zu bellen und an der Leine zu reißen, an der die Slumpaarfrau ihn hält. Die Slumpaarfrau und Diesel stehen ein bisschen weiter hinten. Sie starren mich ebenfalls an. Dann kommen sie auf das Fenster zu. Und Diesel bellt noch mehr.

„Z-z-zucker“, sagt der Slumpaarmann noch einmal.

Und da renne ich zum Küchentisch, hole die Zuckerschüssel, renne zum Fenster zurück und halte sie ihm hin. Was soll ich denn sonst tun, denn was, wenn sie total ausrasten und hereinkommen, um mich umzubringen!

Der Slumpaarmann nimmt die Zuckerschüssel mit seiner zitternden Hand und dann macht er etwas ungeheuer Seltsames. Er isst den Zucker direkt aus der Schüssel. Vor meinem Haus steht ein Kinderhasser und frisst Zucker! Ich weiß nicht, was ich davon halten soll. Es ist entsetzlich geheimnisvoll.

Und dann zittert der Slumpaarmann plötzlich nicht mehr. Er gibt mir die Schüssel zurück und nickt sein kleines Nicken. Ich nehme die Zuckerschüssel so schnell, dass sie mir auf den Boden fällt.

Sie zerbricht nicht, aber der restliche Zucker verteilt sich über den ganzen Küchenboden. Und als ich vom Boden hochblicke, ist auch die Slumpaarfrau ans Fenster gekommen. Diesel ist total ausgerastet und bellt wahnsinnig laut und gemein. *(Lieber Gott, wenn es dich gibt, dann MUSST du mir jetzt helfen!*, denke ich verzweifelt.)

„Pst", sagt die Slumpaarfrau. (Hab ich das laut gesagt?, frage ich mich.) Aber sie schaut zu Diesel hinunter und dann reißt sie an seiner Leine. Diesel fiept ein wenig. Und hört auf zu bellen. „Er hat Diabetes", sagt die Slumpaarfrau, als ob sie um Entschuldigung bitten will, und ich bin verwirrt. Hat Diesel Diabetes? Ich habe dieses Wort schon mal gehört, aber was ist das eigentlich? Die Slumpaarfrau hält ein zerknülltes Blatt Papier in der Hand und streckt es mir hin.

„Ööh, hier", sagt sie.

Ich muss die Hand aus dem Fenster strecken, um das zerknitterte Blatt Papier zu nehmen. Ich mache das so schnell, dass ich mit dem Ellbogen gegen den Fensterrahmen stoße. Es tut wahnsinnig weh, aber ich beiße die Zähne zusammen. Ich merke, dass ich Tränen in den Augen habe. Das dürfen sie um nichts in der Welt sehen!!!!

Plötzlich LÄCHELT die Slumpaarfrau mich an! (Ich bin total fertig – was soll das jetzt wieder?) Und dann dreht sie sich um und geht.

Ich stehe ganz still hinter dem Fenster und sehe hinter ihnen her. Sie gehen zum Grünhaus und dann hinein. Sie drehen sich nicht zu einem einzigen tödlichen Blick um. Sie binden auch Diesel nicht vor der Tür an. Sie nehmen ihn mit ins Haus. Sowie sie die Tür zugezogen haben, schließe ich ganz schnell das Küchenfenster.

Ich sehe das zerknüllte Blatt Papier in meiner Hand an. Es ist ein wenig feucht. Ich falte es auseinander und sehe es an. Es ist noch eine Zeichnung. Eine Zeichnung von MIR!!!!

★

Drohzeichnung Nummer **DREI**!!!!

Ich weiß nicht, was ich machen soll. Ich habe die schlimmste Todesdrohung der Welt bekommen, direkt vom Slumpaar, und ich habe *keinen* Menschen, dem ich es erzählen könnte. Das Slumpaar hat MICH gezeichnet und mir die Drohzeichnung PERSÖNLICH überreicht. Was bedeutet das? Dass ich als Erste auf der Liste stehe? Was ist mit Helle? Haben sie ihr auch eine gegeben? Aber dann wäre sie doch gekommen und hätte es mir gesagt?

Während ich noch da stehe und nachdenke und die Zeichnung anstarre, merke ich nicht, dass Mama, Papa und Erlend aus der Stadt zurück sind. Erst als Papa in die Küche kommt und sagt, er habe mich schon mehrmals gerufen und ich müsste mich beeilen, sonst würden wir die Fähre verpassen. Und als er den Zucker auf dem Boden sieht, sagt er, dass wir das Haus nicht verlassen können, solange überall Zucker herumliegt, und dann holt er Kehrblech und Handfeger und fegt den Zucker zusammen.

„Komm schon, Oda“, sagt er. „Raus mit dir ins Auto. Hast du deinen Rucksack gepackt?“

„Ich muss mit Helle reden“, sage ich.

„Dazu ist jetzt leider keine Zeit mehr“, sagt Papa. „Wir müssen jetzt los, sonst verpassen wir die Fähre.“

Und dann hupt Mama im Auto und da muss ich eben die Drohzeichnung in meinen Rucksack stopfen und nach draußen rennen. Papa kommt gleich hinter mir her.

Und dann fahren wir.

Als wir durch die Krokkleiva fahren, stehen Helle und Stian am Straßenrand. Sie scheinen zur Bohrinsel unterwegs zu sein. Erlend winkt ihnen zu. Ich winke nicht. Sie starren uns hinterher, bis wir um eine Kurve fahren und dann verschwunden sind.

Endlich bin ich sie alle los – für eine ganze Woche! Nie im Leben werde ich auch nur eine einzige Hirnzelle an Helle vergeuden, oder an andere zu Hause, während ich Ferien habe. Jetzt will ich mich nur noch amüsieren!

(PS: Ich hoffe, Halvard und Dag sind nicht bei Oma zu Besuch.)

★

UNTERWEGS

Mama sitzt vorn und ist total hektisch. Sie sieht ihre Listen an und sagt zufrieden zu Papa, dass sie zum Glück auch diesmal alles organisiert bekommen haben.

Mama organisiert sehr gern. An den letzten Tagen war sie total mit Listenschreiben beschäftigt. Mama schreibt Listen aller Art. Sie ist listensüchtig. Und dann malt sie immer vor jedes Ding auf der Liste ein kleines Viereck und dann malt sie ein kleines „v" (oder ein Häkchen) in das Viereck, wenn die Sache erledigt ist. (Das ist gar nicht blöd, also mache ich das bei meinen Listen auch, wenn es eben nötig ist.) Ohne ihre Listen, sagt Mama, könnte sie gleich vergessen, an das zu denken, woran sie denken muss.

Hier ist eine **Liste der Listen**, die Mama jetzt vor den Winterferien aufgestellt hat:

- [x] 1. Einkaufsliste
- [x] 2. Packliste für sich
- [x] 3. Packliste für Papa!
- [x] 4. Packliste für mich
- [x] 5. Packliste für Erlend
- [x] 6. Liste für Helles Mutter, die bei uns Blumen gießen und Goldfische füttern soll, wenn wir weg sind (was eine total unnötige Liste ist, denn Helles Mutter kann unsere Blumen und unsere Goldfische auch auswendig versorgen. Sie hat es nämlich schon mindestens zehntausendmal gemacht.)
- [x] 7. Liste von allem, was Papa und sie im Haus erledigen müssen, ehe wir fahren (zum Beispiel Essen, das weggeworfen werden muss, und Lampen und Heizungen, die ausgeschaltet werden müssen und so)
- [x] 8. Geschenkeliste (Geschenke für Verwandte, die wir treffen werden, und die zum Beispiel seit unserer letzten Begegnung Geburtstag gehabt haben)

Also ganz schön viele, aber auch ganz schön *öde* Listen.

★

In den Ferien

(kriegt man bisweilen seine eigene Medizin zu kosten.)

Die Ferieninsel

Endlich sind Winterferien und endlich sind wir auf dem Weg zu Oma. Und obwohl Mama sich an der Innenseite der Autotür festhielt und „Näher mein Gott zu dir“ sang und Papa ein wenig langsamer wurde, haben wir diesmal die Fähre nicht verpasst. Und deshalb konnten Erlend und ich am Anleger nicht um Eis bitten. Typisch.

Wir sind immer oft zu Oma und Opa gefahren. (Jetzt besuchen wir nur noch Oma.) Fast in allen Herbstferien, Osterferien, Sommerferien, Winterferien und Weihnachtsferien, solange ich mich erinnern kann, sind wir hingefahren. Da draußen bei Oma treffen wir auch viele von unseren Vettern und Kusinen. Oma (und Opa) haben schon immer auf ihrem Hof gewohnt, auf der kleinen Insel im Meer, nur einige Stunden mit Auto und Boot von uns entfernt.

Auf Omas Insel gibt es eine kleine Schule, die zu Weihnachten und bei Taufen und Hochzeiten und so auch als Kirche genutzt wird. Es gibt noch zwei andere Höfe auf der Insel. Aber Omas ist der größte und schönste. Er war zuerst da. Und dann gibt es auch noch ein paar andere Häuser auf der Insel.

Und ein paar Ferienhütten. Und eine Post und einen Kiosk (die beide im Haus von irgendwelchen Leuten sind). Aber es gibt auf der Insel keine Tankstelle und keinen Laden oder so.

Man muss mit dem Boot zur Nachbarinsel fahren, um Essen zu kaufen und zu tanken, und man muss mit der Fähre zum Festland fahren, wenn man Kleider kaufen oder ins Kino gehen will. Und die Kinder, die auf der Insel wohnen, müssen nach der Grundschule aufs Festland überwechseln. Es ist eine komische Vorstellung, dass Papa von zu Hause wegmusste, als er erst vierzehn war! Da ist er in den Keller von seinem großen Bruder gezogen, der Onkel Torleif heißt (oder für Papa nur Torleif). Onkel Torleif ist dreizehn Jahre älter als Papa und er war schon längst mit Tante Ingjerd verheiratet, als Papa zu ihnen gezogen ist.

Vorigen Sommer war auch Helle mit bei Oma. Da haben wir am Südstrand gebadet und mit Hanna und Martin Topfschlagen gespielt und … aber jetzt ist Helle ja nicht mehr meine Freundin … Helle wird in den Winterferien zu Hause sein und da ist auch das Slumpaar …

Ist es gut oder dumm, dass Helle nichts von der Zeichnung weiß, die ich heute vom Slumpaar bekommen habe? Sind sie jetzt auf dem Weg zu ihr, um auch ihr eine Drohzeichnung zu überreichen? Oder wollen sie zuerst mich erledigen? Die Zeichnung zeigt ja nur mich und nicht sie …

Aber was interessiert mich das überhaupt? Sie ist ja nicht mehr meine beste Freundin!!! Helle hat gesagt, ich hätte mich „so verändert“. ICH?!! Und was ist denn wohl mit ihr? Sie und Erlend kleben doch aneinander wie zwei kleine blöde … Und Stian, der … nein … die haben mich allesamt verraten und sie sind mir *scheißegal*.

Ich schaue aus dem Autofenster.

Ich habe eigentlich keine so große Angst vor der Sache mit dem Slumpaar. Jetzt können sie mir ja ohnehin nichts tun. Und heute

An etwas anderes denken

hatten sie die Gelegenheit, ich war ja allein zu Hause, aber sie haben mir nichts getan. Sie wollten mir nur Angst machen, aus irgendeinem Grund. Und Zucker fressen. Ganz schön komisch und widerlich. Und dann hat die Slumpaarfrau gesagt, dass Diesel Diabetes hat. Ist er deshalb so böse und bellsüchtig? NEIN! Ich werde *nicht* mehr an sie denken. Ich suche mir einen Bleistift und fange stattdessen an, in meinem Tagebuch zu schreiben.

Liebes Tagebuch,

ich schreibe auch Listen, genau wie Mama. Ich schreibe schon mein ganzes Leben lang Listen. Seit ich schreiben gelernt habe. Ich schreibe fast jeden Tag Listen. Aber meine Listen sind viel interessanter als Mamas.

Denn ich schreibe über cooleren Kram. Zum Beispiel schreibe ich manchmal Listen über Sachen wie:

1. Länder und Städte, wo ich gewesen bin
2. Länder und Städte, die ich besuchen möchte
3. alle Tiere, die ich gesehen habe

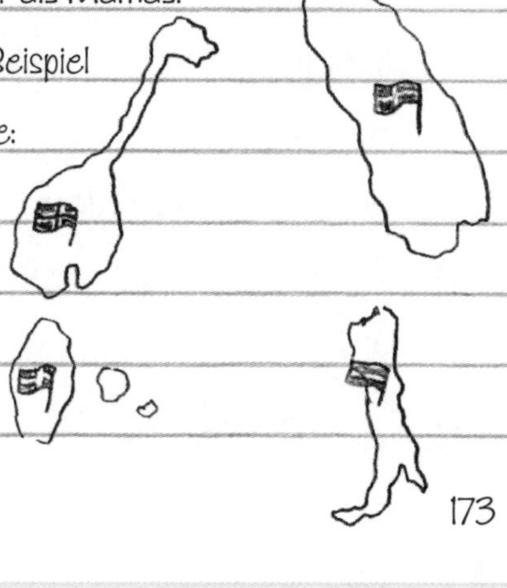

4. Essen, das mir schmeckt

5. Essen, das mir nicht schmeckt

6. Brotaufstrich, der mir schmeckt

7. und nicht schmeckt

8. Süßigkeiten, die mir schmecken

9. und nicht schmecken

10. Jungen, die ich mag (Jungen in der Schule,
Sänger, Sportler und Schauspieler gelten.
Aber KEINE Jungs aus der Mittelstufe und KEINE Schriftsteller!!!!)

11. Jungen, die ich NICHT mag (S!!!!! Er sah übrigens total bescheuert aus, als er neulich den gelben Mantel von Anniken-Panniken beglotzt hat. Oder vielleicht nicht bescheuert, aber ... ich werde Anniken jedenfalls NIE mehr mit nach Hause nehmen. Was für eine idiotische Idee, dass sie in Stian VERLIEBT ist. Dabei ist er doch nur STIAN. Stian, der nur büffelt und kein besonders guter Gitarrist ist. Oder, vielleicht ist er in letzter Zeit ein BISSCHEN besser geworden. Als ich zuletzt Helle besucht habe, meine EX-beste-Freundin, habe ich gehört, dass er ein Lied von den DumDum Boys gespielt hat, und er war wirklich gar nicht schlecht.)

12. und dann schreibe ich Listen von Dingen,
die ich mir wünsche (aber ich wünsche
mir keinen gelben Mantel mehr, wie Iselin
und Anniken einen haben, denn der ist DOOF!!!!)

13. und Listen von Dingen, die man mit langen Haaren
machen kann

14. und von Mädchen, wie die ich gern aussehen würde

15. und von allen, die bis heute den Eurovision Song Contest gewonnen haben (und da meine ich das norwegische und das internationale Finale)

16. und von denen, die seit 1984 den Song Contest hätten gewinnen MÜSSEN ...

Hu, jetzt wird mir schlecht, weil ich im Auto gezeichnet und geschrieben habe … ich klappe das Tagebuch zu (damit Erlend nicht sehen kann, was ich geschrieben habe) und lege es auf meinen Schoß. Ich schaue aus dem Fenster und gebe mir alle Mühe, damit mir nicht schlecht wird. Das ist ganz schön schwer, denn die Straße hat so viele Kurven. Ich sehe die Autos an, die aus der Gegenrichtung an uns vorbeisausen. Die meisten haben so eine „metallic-weiße“ Farbe.

METALLIC-WEISS und Zebrastreifen

Immer, wenn ich mich langweile, mache ich Listen von allem, was mir einfällt. Und in den Pausen in der Schule, wenn ich keine Lust habe, mit irgendwem zusammen zu sein, schleiche ich mich am Lehrerparkplatz vorbei (Zutritt für Schüler verboten). Da kann man nämlich jede Menge Listen schreiben. Die meisten haben mit Autos zu tun.

Zuerst mache ich eine Liste der Autonummern. Wenn ich mit der Autonummernliste fertig werde, ehe es klingelt, schreibe ich eine Liste von allen Autofarben. Danach sortiere ich die Autofarbenliste und mache eine neue Liste in der Reihenfolge von der Farbe, die die meisten Autos haben, bis zu der Farbe, die die wenigsten Autos haben. Dann steht meistens Silbergrau (oder Metallic-Weiß, wie die DumDum Boys das nennen) ganz oben.

Einmal hatte ich ein Lila auf meiner Liste! Diese Liste ist meine allerliebste Autofarbenliste! Helle war total neidisch, weil sie auch Lila auf ihrer Liste haben wollte. Sie hat eine Autofarbenliste mit Kanarienvogelgelb. Ich hoffe, dass ich auch irgendwann Kanarienvogelgelb auf meiner Liste habe. Oder Zebrastreifig. Das wäre die ungewöhnlichste und wertvollste Autofarbenliste der ganzen Welt.

Einmal, vor langer Zeit, als Helle und ich auf der Bohrinsel saßen und Listen verglichen, haben wir etwas verabredet. Wir haben es aufgeschrieben und unterschrieben und überhaupt. Wir haben verabredet, wenn wir kein Zebrastreifig auf einer einzigen Autofarbenliste haben, ehe Helle achtzehn wird (weil sie die Jüngere ist), dann kaufen wir zusammen ein Auto und malen es zebrastreifig an …

Ich wüsste ja gern, ob diese Verabredung noch gilt …

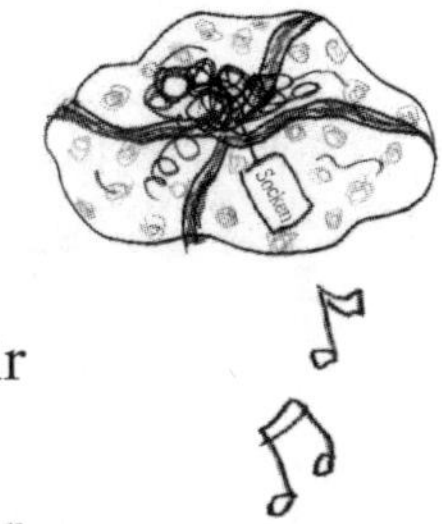

Ich stecke das Tagebuch in meine Schultasche und ziehe den MP3-Player heraus.

„Was hörst du denn da?“, fragt Erlend und versucht, mir den Ohrstöpsel herauszureißen.

„NICHTS! Lass den Quatsch!“, rufe ich und schlage ihr auf den Arm.

Erlend heult und sagt mit Quengelstimme zu Mama und Papa, ich hätte sie geschlagen.

„Jetzt hört auf mit dem Unfug. In dieser Familie wird nicht geschlagen, Oda!“, sagt Papa und blickt mich streng an.

„Ich habe nicht geschlagen! Ich habe sie nur ganz wenig berührt!“, rufe ich. „Und sie hat mir den Ohrstöpsel aus dem Ohr gerissen. Sie hätte mir das ganze Ohr abreißen können!“

„Ja, gern“, ruft Erlend und streckt mir die Zunge heraus.

„Jetzt ist aber Schluss, Mädels“, sagt Mama. (Sie hat sich umgedreht und sieht uns gewaltig streng an.)

In meinem Kopf scheint es zu blubbern und zu kochen. Ich bin wütend. Ich will mich rächen, weil Erlend so BLÖD ist! Aber stattdessen mache ich die Augen zu und zähle in Gedanken bis 10. Ich will mit ihrem kindischen Kram nichts mehr zu tun haben.

„Ich bin über dich erhaben!“, sage ich leise zu ihr und dann drehe ich mich um und schaue aus dem Fenster.

Bäume und Bäume und Bäume sausen vorbei. Ich höre, dass Erlend etwas sagt, aber ich höre nichts. Denn ich habe den MP3-Player so laut gedreht, dass er sie übertönt. Er übertönt ALLES! Ich höre nur eine leicht heisere Männerstimme, die singt: „Das Jahr bisher war nur ein praktisches Geschenk …“, und ich stelle mir vor, dass er über mich singt.

★

DIE SIEDLUNG

Auf dem Weg zu Oma fahren wir immer durch eine winzige Stadt oder ein Dorf, das so klein ist, dass es nicht „Stadt“ genannt wird. Papa nennt es „Siedlung“. Ich habe keine Ahnung, was hier besiedelt wird, es gibt nur eine Menge platte Felder und so und die Häuser sehen ziemlich alt aus. Sie liegen meilenweit auseinander. Hier wohnen Onkel Torleif und Tante Ingjerd. Meine Kusinen, Sylvi und Helen, sind erwachsen und schon längst von zu Hause ausgezogen.

Da in dieser Siedlung so wenig Leute wohnen, haben sie von allem nur eins. (Und das gefällt mir. Es ist schön übersichtlich und angenehm. Und praktisch, wenn es keine große Auswahl gibt.) Sie haben ein Hotel, das Hotel heißt, eine Kneipe, die Kneipe heißt, und ein Jugendzentrum, das Jugendzentrum heißt. Und dann haben sie ein Kino mit nur einem Kinosaal und das heißt Kino. (Da kriegst du eine kleine gelbe Eintrittskarte, die so aussieht wie eine Fahrkarte auf der Fähre oder wie die Lose, die am Nationalfeiertag in der Schule in so einer Bude verkauft werden.)

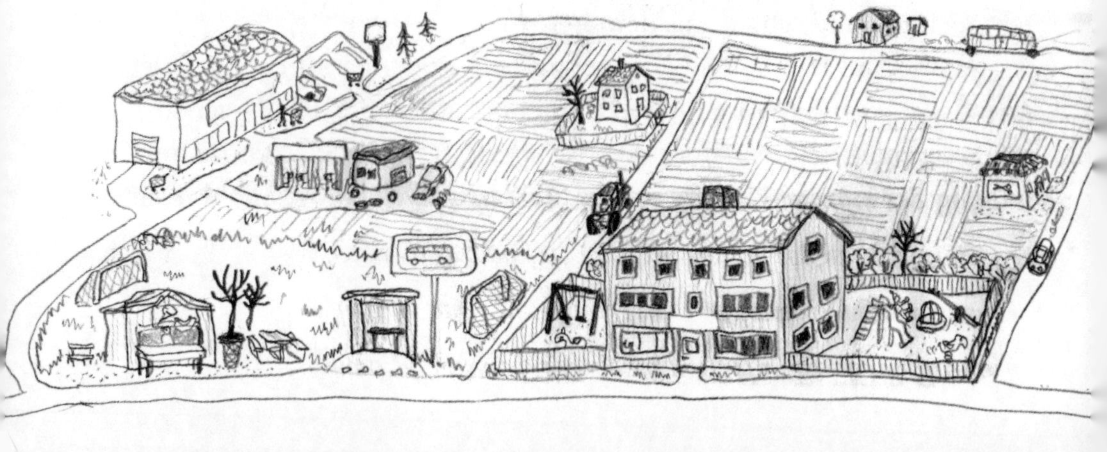

Als ich Helle erzählt habe, dass es hier von allem nur eins gibt, fand sie das so komisch, dass sie gleich eine Liste von den anderen Sachen gemacht hat, von denen sie sicher nur eine haben, wie die Schule, der Laden, die Tankstelle, der Kiosk, der Frisiersalon, die Bibliothek …

„Nein, es ist so klein, dass sie keine richtige Bibliothek haben“, sagte ich da zu Helle. „Die haben eine Bibliothek in einem Bus.“

„Super! Bibliotheksbus“, sagte Helle. „Der natürlich an der Bushaltestelle hält!“, sagte sie und wir …

Verflixt! Warum muss ich dauernd an Helle denken? Ich muss doch an etwas denken können (egal, was), das NICHTS mit ihr zu tun hat!!!

★

Dinge, die **NICHTS** mit Helle zu tun haben

Jedes Jahr im Mai ist Kirmes in unserer Stadt, und dann noch einmal später im Sommer. Aber ich darf fast nie hingehen, weil Papa Kirmessen für großen Unsinn hält. (Mama sagt, das kommt davon, dass Papa Karussells nicht verträgt, dass ihm schlecht wird, wenn er nur an ein Karussell denkt, dass er das aber nicht zugeben will.)

Und dann mag Papa keine Süßigkeiten. Er ist zum Beispiel total gegen Zuckerwatte und so riesige Lollis und Gummispecklutscher, wie sie auf der Kirmes verkauft werden. Er findet das nur eine Schweinerei. „Wenn ich mir vorstelle, so viel Zucker in mich hineinzustopfen. UÄÄÄH“, sagt er. Papa ist vor allem deshalb gegen Lollis, weil er meint, dass Kinder das Zuckerzeug immer wieder aus dem Mund nehmen und damit alles klebrig machen.

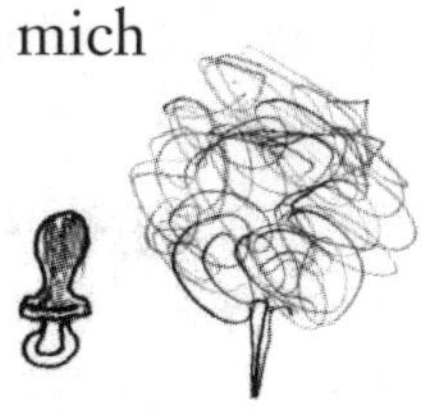

(Der hätte mal sehen sollen, wie der Slumpaarmann den Zucker direkt aus unserer Zuckerschüssel gefressen hat.) Ich habe übrigens ein Gedicht über Drops geschrieben.
Das geht so:

Papa findet das klebrig und fies,
er sagt, lass die Finger davon.
So ein Verbot find ich aber mies
und versuch es mit Rebellion.
Schmatzen und knacken mit Zucker ist fein
und klitschige Hände, die müssen mal sein.

DROPS

Ich finde, dieses Gedicht beschreibt das wahre Dropsgefühl ziemlich gut. (Und was Papa von Drops hält.) Mama mag Süßigkeiten. Oft finde ich, wenn sie einkaufen war, im Aschenbecher im Auto das Einwickelpapier von Mandelhörnchen. Mitten in der Woche! (Das ist eigentlich ungerecht, Erlend und ich dürfen ja nur Samstag Süßigkeiten essen.)

Einmal, als Helles Vater aus Bergen zu Besuch war, ist er mit mir, Helle, Stian und Erlend auf die Kirmes gegangen. Helles Vater ist super. Er liebt Karussells und Zuckerwatte! Aber er ist auch ein bisschen peinlich. Er redet immer so laut und er lacht wahnsinnig schallend und er flucht ganz schön viel und man weiß nie so ganz, was er als Nächstes sagen wird. Und er sagt ganz schön komisches Zeug.

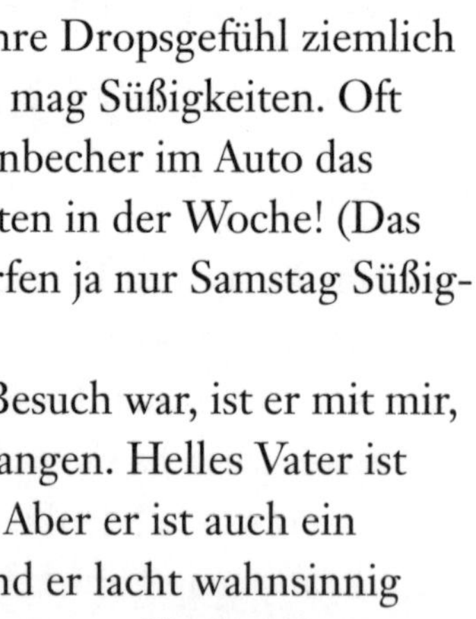

Aber jedenfalls, Helles Vater war mit uns auf der Kirmes und fuhr mit uns auf allen Karussells und wir bekamen Zuckerwatte und er hat auch selbst welche gegessen!

Helles Vater heißt übrigens Baste. Ich finde diesen Namen ganz schön komisch. Er ist der Einzige auf der ganzen Welt, der so heißt und den ich kenne. Aber Helle sagt, wenn man aus Bergen ist, heißt man oft Baste. Baste ist aus Bergen. Er redet Bergensisch und rollt das R nicht, so wie wir das tun. Manchmal finde ich, dass er ein bisschen böse klingt, aber Helle sagt, das ist er nicht. Sie reden einfach nur so, die Bergenser, sagt sie. Die klingen ein bisschen frech. Baste nennt Helle „die Hälle" und Stian „den Stiän" und mich und Erlend nennt er die „Därme". So hat er uns schon immer genannt.

Helle hat ihren Vater einmal gefragt, warum er mich und Erlend Därme nennt. Und er sagte, weil er keinen Unterschied zwischen uns sieht, weil wir uns so ähnlich sehen wie ein Darm dem anderen. Aber da sagte Helle, dass man das doch wirklich nicht behaupten kann. Denn ich und Erlend sehen uns doch überhaupt nicht ähnlich! Wir sind *nicht* gleich alt, *nicht* gleich groß, wir haben *total* verschiedene Haarfarben, zum Beispiel … Und da änderte Baste seine Erklärung und sagte, dass er mich und Erlend immer zusammen sieht, dass wir immer zusammenhängen, wie der Dickdarm und der Dünndarm. (PS: Ich möchte hier nur betonen, dass ich und Erlend durchaus nicht *immer* zusammenhängen. Ich kapier nicht, wie Baste auf solche Ideen kommt.)

„Wie geht's denn den Därmen?", fragt Baste Helle, wenn sie miteinander telefonieren und er mich oder Erlend im Hintergrund hört.

„Ist da der Dickdarm oder der Dünndarm?", fragt er. (Er redet am Telefon so laut, dass ich alles hören kann, was er sagt.)

„Der Dünndarm", sagt Helle, wenn ich da bin.

(Und das bin ich ja fast immer. Und manchmal ist auch Erlend da, wenn sie herumgequengelt hat, weil sie bei uns sein will, oder wenn ich auf sie aufpassen muss.)

Aber so ist es jetzt nicht mehr. Von jetzt an wird Helle nur „der Dickdarm" sagen, wenn Baste fragt, wer zu Besuch ist … Und wenn er aus Bergen kommt, um mit Helle und Stian auf die Kirmes zu gehen, darf sicher Erlend mitkommen. Aber ich nicht.

Nein! Ich wollte doch nicht an Helle denken. Und ich habe irgendwie nicht einmal bemerkt, dass ich das getan habe! War ich denn so viel mit ihr zusammen, dass sie mir das Gehirn *verpestet* hat, oder was?

★

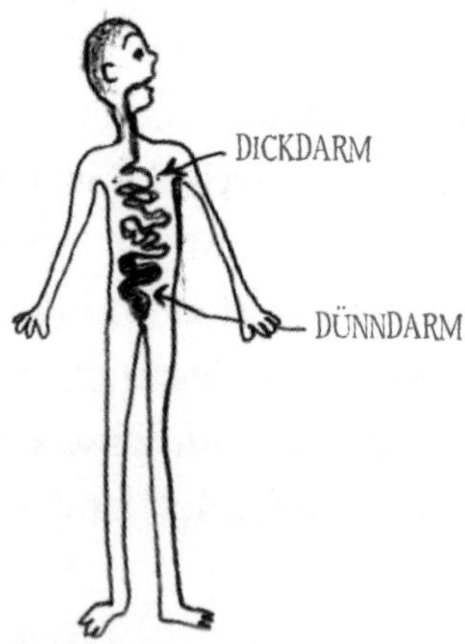

DER FURZKLUB

Dass Erlend der Dickdarm ist, passt übrigens sehr gut, denn sie furzt ganz schön viel. Ganz unnormal viel sogar.

Vor vielen, VIELEN Jahren, als wir noch ganz klein waren, hatten wir einen Klub namens Furzklub. Der Klub ging so: Wenn man einen Furz auf Lager hatte, musste man rufen: „Ich hab einen!" Und dann musste man sich auf das Bett oder das Sofa, oder wo man nun war, setzen (es musste eine weiche Unterlage mit Stoff sein) und da musste man in die Unterlage furzen. (Furzgeruch setzt sich in Matratzen und Sofas und Kissen nämlich ungeheuer gut fest.) Dann musste man ganz schnell am eigenen Furz riechen. Und die, die ganz viel Mut hatten, rochen auch an den Fürzen der anderen. Dafür gab es Pluspunkte.

Der Furzklub war so unvorstellbar kindisch! Ich kapiere nicht, wie wir daran Spaß haben konnten. Erlend glaubt, dass es den Klub noch immer gibt. Sie hat nicht kapiert, dass sie das einzige noch vorhandene Mitglied ist. Mehrmals in der Woche, sogar mehrmals am Tag, kann es sein, dass Erlend plötzlich ruft: „Ich hab einen!"

Und dann sollte man lieber so schnell wie möglich in ein anderes Zimmer fliehen!

Ich und Helle und Erlend und Stian hatten den Furzklub zusammen gegründet … Aaaaah!

Ist denn das die Möglichkeit! Hat mein ganzes Leben mit Helle zu tun, oder was? Ich drehe meinen MP3-Player gaaanz laut.

(Vielleicht ist es besser, an gar nichts zu denken.)

Ich schließe die Augen und konzentriere mich darauf, nur auf den Sänger zu hören.

★

Unterwegs

Wir fahren jetzt ganz langsam, weil es einen Stau gibt. Wir sind offenbar nicht die Einzigen, die in die Winterferien fahren. „Der Schnee rieselt herab“, singen die DumDum Boys in meinem MP3-Player.

Und vor dem Autofenster rieselt der Schnee wirklich herab. Die Bäume, die vorübergleiten, sind kreideweiß. Es sieht aus, als ob wir durch eine Weihnachtskarte fahren. Und mir ist auch nicht mehr so schlecht.

Und ich denke jedenfalls endlich mal NICHT an Helle.

★

aLBtraUM

„Kommst du mit zu Opa, Oda?“, fragt Papa und sieht mich an.

„NEIN!“, rufe ich. „Hab keine Zeit. Ich will mit Helle zusammen sein, hab ich doch gesagt!“

Ich bin wütend, weil Mama und Papa die ganze Zeit quengeln, ich solle mit zu Opa kommen. Ins Altersheim. Aber da wimmelt es nur so von uralten Tattergreisen! Und Opa ist nicht Opa, wenn er dort ist. Ich will ihn nicht besuchen.

Ich rufe Helle an, aber sie geht nicht ans Telefon. Es klingelt und klingelt und klingelt. TAUSENDMAL. Mindestens. Aber am Ende meldet sie sich doch.

„Hallo?“, sagt sie.

„Hallo, ich bin's“, sage ich.

„Wer?“, sagt Helle.

„Ich, Oda“, sage ich. „Deine beste Freundin!“

Aber Helle legt einfach auf ...

Ich rufe sie noch einmal an. Diesmal ist sie nach dem ersten Klingeln dran.

„DU BIST NICHT MEINE BESTE FREUNDIN!“, ruft sie ins Telefon. „Du bist nicht Oda! Du hast dich nämlich so verändert!“

Helles Stimme klingt ganz komisch. Ich kann nicht hören, ob sie wütend oder traurig ist, oder ob sie das alles überhaupt interessiert. Ob ich sie interessiere. Ich sage nichts. Denn ich weiß nicht, was ich sagen soll. Ich versuche, festzustellen, ob ich nun Oda bin oder nicht. Ob ich mich wirklich verändert habe. Und wenn ja, WIE? Aber ich merke einfach nichts. Ich merke nur ein leeres schwarzes Loch. (Ein schwarzes Loch, das ein ganz kleines bisschen wehtut ...)

„Du hast dich so verändert“, ruft Helle noch einmal.

Jetzt hört sie sich wütend an. Und sie ruft immer weiter, ganz laut.

„Warum bist du eigentlich so GEMEIN? Warum bist zu so gemein zu meinem Bruder? Was hat er dir getan? Warum bist du so gemein zu ALLEN? Es TUT MIR LEID, dass ich deine Freundin war. Warte nur, bis du heute Abend eingeschlafen bist, dann kommt das Slumpaar und BRINGT DICH UM!“

Und plötzlich stehe ich allein in einem stockfinsteren Keller.

„Oooooodaaaa!“, sagt dicht hinter mir eine Stimme. (Eine Stimme, die ich erkenne … das GESPENST!)

Und dann werde ich wach und schaue mich um. Ich sitze hinten in unserem Auto, ganz allein. Habe ich geträumt? Oder habe ich wirklich mit Helle gesprochen? Ich überlege.

Doch, das muss ich geträumt haben. Denn Opa ist ja nicht mehr im Altersheim …

★

Am Ziel

„Oda, wach auf, wir sind da“, sagt Mama.

Mama steht mit einer Tasche in jeder Hand vor dem Auto. Ich schaue hinaus und öffne den Sicherheitsgurt. Erlend rennt schon wie eine Blöde über den Hofplatz, zusammen mit den Zwillingen. (Ola und Petter sind zwei von unseren Vettern, die hier auf der Insel wohnen, auf Omas Hof.)

Was für eine Vorstellung, dass sie im selben Haus wie Oma wohnen. Das ist ein ganz schön komischer Gedanke. Ich sehe Oma ja auch ziemlich oft, in fast allen Ferien und so, aber ich kann mir einfach nicht vorstellen, wie es wäre, mit Oma *zusammenzuwohnen*. Würden wir uns dann streiten? Wären wir aufeinander sauer und würden wir mit den Türen knallen und so? Ich bin mir nicht sicher. Aber ich glaube es nicht. Denn Oma ist doch so lieb. Ich kann mir nicht vorstellen, dass ich jemals auf sie sauer sein könnte. Meine *liebe* Oma, die auf Batterie läuft.

Ich springe aus dem Auto und strecke mich. Ich schaue über den Hofplatz zu Omas Haus hinüber. Sie steht in Holzschuhen auf der Treppe und trocknet sich die Hände an der Schürze ab. Und dann winkt sie. Und ich winke zurück.

Zu Hause bei Oma

Das Haus von Oma (und Opa) hat zwei Stockwerke und einen Keller und es hat zwei Teile. Die eine Seite ist Omas Seite und die andere Seite heißt das „Andere Ende“. (Das Andere Ende ist die Seite von meiner Tante und meinem Onkel.)
Oma hat zwei Zimmer, Küche, Waschküche, Klo und zwei Gänge unten. Oben hat sie sechs eiskalte Schlafzimmer und ein Badezimmer. Omas Waschküche hat auch einen Kühlraum. Ich möchte lieber nichts aus dem Kühlraum holen müssen. Wir haben so was zu Hause nicht. Innen gibt es keine Türklinke, und was, wenn ich eingesperrt werde und die Tür nicht aufkriege? Und NIEMAND weiß, dass ich dort bin? Dann müsste ich doch erfrieren! Und ich war schon ziemlich oft in Omas Keller, aber ich werde NIE wieder hingehen. (Nicht nach DAMALS ...)

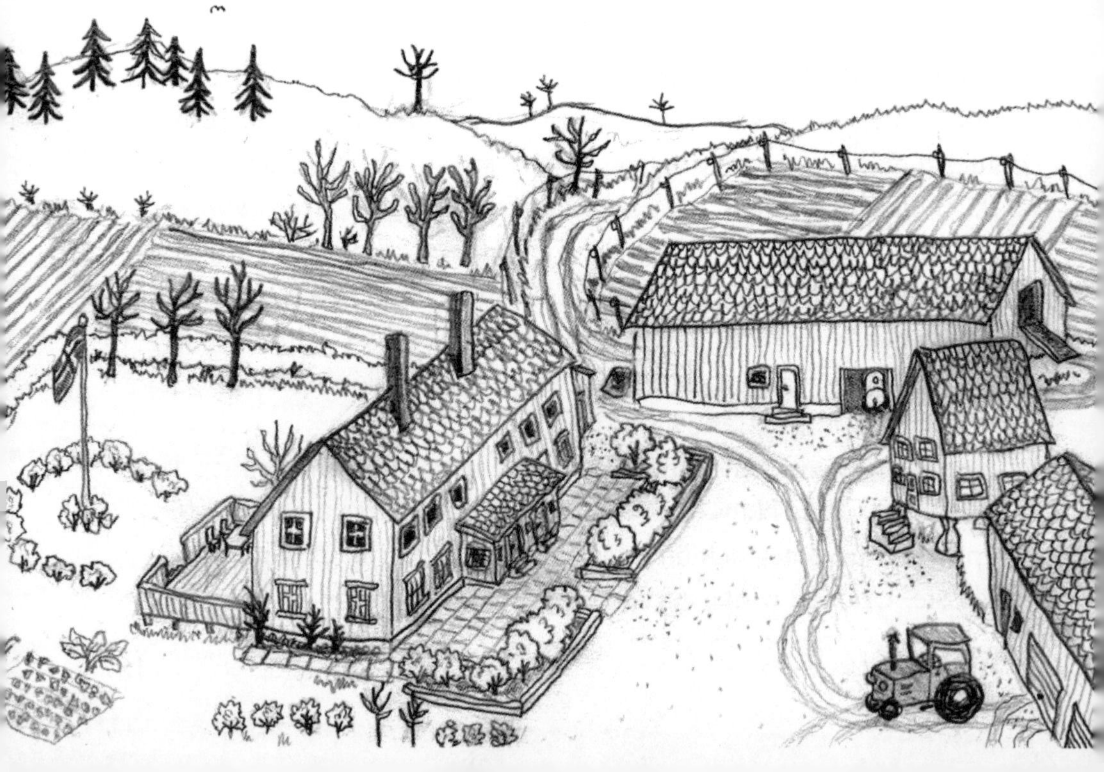

Tante Synnøve und Onkel Tobias und ihre Kinder Hanna, Martin, Ola und Petter wohnen im Anderen Ende. Sie haben ein Kellerzimmer, Bad und Hannas Zimmer im Keller und dann haben sie unten Flur, Wohnzimmer und Küche (also im Erdgeschoss) und drei Schlafzimmer und Bad oben. Und dann gibt es draußen jeweils eine Terrasse, bei Oma und am Anderen Ende. Und einen riesigen Garten und den Kuhstall und die Scheune und den Vorrat und das Nebenhaus und überhaupt. (Man kann verdammt gut bei Oma und den anderen draußen Topfschlagen spielen!)

Hanna und Martin

Hanna ist saustark. Sie weint NIE! Sie ist fast vier Jahre älter als ich und spielt Schlagzeug. Sie ist richtig gut. Martin ist anderthalb Jahre älter als ich. Er ist in Ordnung. Wenn wir zu Besuch sind, dürfen ich und Erlend oft auf dem Traktor mitfahren. Hanna und Martin haben noch keinen Führerschein, aber Traktor fahren dürfen sie trotzdem. (Tante Synnøve und Onkel Tobias sind ganz schön cool.)

„Vorrat“ ist übrigens die Abkürzung für Vorratsspeicher. Aber auf Omas Hof heißt das nur Vorrat. Es ist das Haus auf dem Hof, wo in alten Zeiten, als es noch keinen Kühlschrank oder Kühlraum gab, alles Essen aufbewahrt wurde. Da hingen Pökelfleisch und Fisch und so unter der Decke. Der Vorrat steht auf Stelzen, deshalb kann

man darunter hin- und herlaufen, und es gibt eine Treppe zur Tür, von der man hochspringen muss, wenn man ins Haus will (ohne in den Spalt zu fallen). Das ist so, damit Mäuse und Ratten und andere Tiere nicht reinlaufen und drinnen das Essen wegfressen können.

Einmal ist Hanna in den Spalt zwischen Treppe und Tür gefallen. Sie hat arg geblutet. Sie musste sich auf Omas Küchentisch legen und dann kam Tante Kristin und hat ihren Kopf mit fünf Stichen vernäht! (Tante Kristin ist Ärztin. Es macht ihr gar nichts aus, Leuten die Haut zusammenzunähen. Ich kapier nicht, wie sie das bringt.) Hanna hat auch da nicht geweint, obwohl sie das Wahnsinnsloch im Kopf hatte!

Es macht Spaß, mit Hanna und Martin zusammen zu sein. Vor allem, wenn Halvard und Dag *nicht* zu Besuch sind. Halvard und Dag sind auch unsere Vettern. Sie sind die Söhne von Tante Heidi und Onkel Paul Kristian. Halvard und Dag sind fast erwachsen. Wenn sie bei Oma zu Besuch sind, sagen sie immer, ich solle lieber mit den Zwillingen und Erlend spielen. Und dann gehen sie mit Hanna und Martin hinter den Stall und rauchen heimlich. (Sie wissen nicht, dass ich weiß, was sie da machen.)

Hanna und Martin wollen das eigentlich gar nicht, sie sind nämlich in Ordnung. Und sie rauchen nie, wenn Halvard und Dag nicht da sind! Aber wenn Halvard und Dag zu Besuch sind, gehen Hanna und Martin mit hinter den Stall und rauchen heimlich. Ich weiß, dass sie das nur machen, um sich aufzuspielen.

Liebes Tagebuch,

ich werde in meinem ganzen Leben NIEMALS rauchen!!!

Bei Oma

HALVARD UND DAG

„Hallo, Oda“, sagen Hanna und Martin fast im Chor, als ich vom Auto aus über den Hofplatz gehe. (Sie sitzen auf der Treppe vom Vorrat.)

„Hallo“, sage ich.

Ich schaue zu ihnen hoch und dann schaue ich zu Boden. Ich suche nach einem fetzigen Spruch.

Ich scharre ein wenig mit dem Schuh im Kies auf dem Hofplatz herum. Hier liegt fast gar kein Schnee, obwohl es doch die ganze Autofahrt über geschneit hat.

„Oda!“, sagen plötzlich zwei ziemlich dunkle Stimmen.

Ich fahre nicht gerade hoch, ich schaue nur so plötzlich auf, dass ich sozusagen ein bisschen hüpfe. (Und da hat es vielleicht so ausgesehen, als ob ich zusammengezuckt wäre …)

Es sind Halvard und Dag. Sie stehen in der Tür vom Vorrat. Hanna und Martin sitzen auf der Treppe davor. Und sie sehen mich an. Alle vier. *(Lieber Gott, mach, dass ich jetzt nicht blöd aussehe!)*

Ich schaue wieder nach unten und scharre weiter im Kies. Ich merke, dass meine Wangen und meine Ohren immer heißer werden. (Ach, verflixt …)

„Jetzt sagt Oma Guten Tag, Mädels“, ruft Papa.

Ich schaue schnell wieder zu Hanna und Martin hoch – und dann zu Halvard und Dag, die gleich hinter ihnen stehen. Sie sehen mich an. Und dann sehen sie einander an. Ich habe ein bisschen Bauchweh.

Erlend kommt an mir vorbeigerannt. Und die Zwillinge rennen

hinter ihr her. Erlend rennt zu Oma und umarmt sie ganz fest. Ich drehe mich um und gehe ganz ruhig und normal auf Oma zu. Ich würde auch gern rennen, aber das tue ich nicht. Denn das ist kindisch.

Und dann höre ich, dass Halvard oder Dag etwas sagen. Und dann lachen sie laut. Hanna und Martin lachen auch. Ich wüsste gern, worüber sie lachen. Ich wüsste gern, ob sie über mich lachen. (Vielleicht tun sie das ja.)

Es ist schön, Oma zu sehen. Sie umarmt mich ganz fest. Sie riecht nach Frikadellen. Wir gehen ins Haus und essen mit Oma. Eigentlich isst Oma immer um zwölf. Aber heute hat sie auf uns gewartet. Zu Hause essen wir nie so früh wie bei Oma. Aber auf dem Land machen sie das eben so, auf Höfen und so. Weil sie jeden Tag viel früher aufstehen. Wenn man auf einem Hof wohnt und Kühe hat, muss man nämlich um fünf Uhr morgens die Kühe melken. Und dann frühstückt man ja früher als die anderen und dann ist es auch kein Wunder, dass man um zwölf Uhr Frikadellen haben will.

Hanna und Martin und Halvard und Dag kommen auch zum Essen herein. Und Mama und Papa und Erlend und die Zwillinge und Tante und Onkel. Wir sind ungeheuer viele am Tisch.

Ich esse, ohne auch nur ein Wort zu sagen. (Weil ich nicht so ganz weiß, was ich sagen soll.) Also kann ich an viele verschiedene Dinge denken, weil ich eben nur esse und nicht rede.

★

Der Brunnen

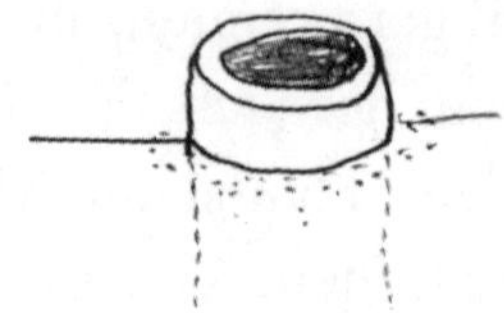

Mitten auf Omas Hofplatz gab es früher einen runden weißen Brunnen. Einen wahnsinnig tiefen und unglaublich gefährlichen Brunnen. Aber der ist jetzt zugedeckt. Sie brauchten den Brunnen nicht mehr, als sie fließend Wasser bekommen haben. Jetzt kann man nicht einmal mehr sehen, dass da ein Brunnen war! Aber er war da. Ich kann mich noch ein bisschen an ihn erinnern. (Oder weiß ich das nur, weil mir jemand davon erzählt hat? Oder habe ich ihn auf einem Bild gesehen? Ich bin mir nicht sicher. Aber jedenfalls ist er noch immer da.)

Papa hat erzählt, dass er als kleiner Junge einmal in den Brunnen gefallen ist. Er hätte sich den Tod holen können, aber das hat er nicht. Er hat es geschafft, aus dem Brunnen zu klettern und hat sich nicht einen einzigen Knochen im Leib gebrochen. Und er ist auch nicht ertrunken. Und das ist nur gut so. Denn wenn Papa ertrunken wäre, hätte er ja Mama nicht kennengelernt, und dann wäre ich nicht geboren worden! (Und Erlend auch nicht.)

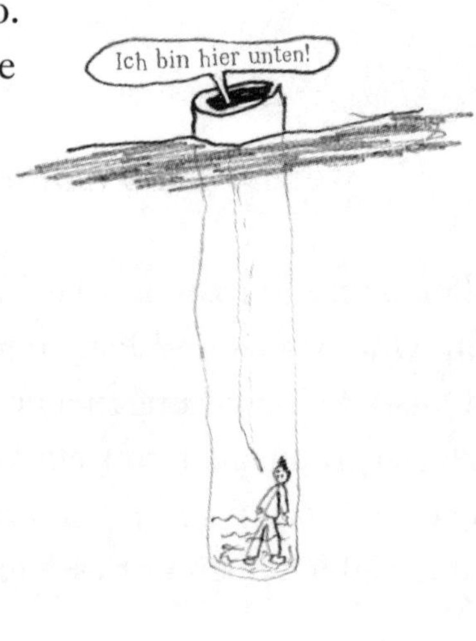

★

SUPERPAPA

Weil Papa überlebt hat, als er in den Brunnen gefallen ist, hält Erlend ihn für *Superpapa*. Und um zu beweisen, dass er *wirklich* Superpapa ist, bläst Papa durch ein Loch im Daumen seine Bizepsmuskeln auf und teilt einen Apfel mit bloßen Händen in zwei Stücke.

Erlend findet es einfach Wahnsinn, wenn er das tut. (Aber ich weiß, dass es nur Filmtricks sind und Betrug ist.)

Und weil er aus dem Brunnen klettern konnte, obwohl er so klein war, glaubt Erlend, dass Papa alles kann. Er kann zum Beispiel furzen, wenn man ihn am Zeigefinger zieht, und er behauptet, er könne auch auf Kommando rülpsen. Wenn er will. Aber er will nie. (Und das ist nur gut so.) Aber weil er dies und das kann, heißt das ja noch längst nicht, dass er ALLES kann!

Erlend kann übrigens auch auf Kommando rülpsen. Sie kann das ganze Alphabet auf Kommando rülpsen. Und das tut sie die *ganze* Zeit.

★

Abwasch

Nach dem Essen sagt Papa zu Oma, dass wir gern spülen wollen. Ich will das überhaupt nicht „gern". Aber das kann ich ja nicht offen sagen.

„Du bist so lieb und hilfsbereit, Odachen", sagt Oma.

Und dann fragt sie Papa, ob er in der guten Stube Feuer im Kamin machen kann.

Die gute Stube

In Omas guter Stube ist es fast immer eiskalt. Wir Vettern und Kusinen spielen oft da. Es ist in der Regel immer kalt da, wo wir bei Oma spielen. Denn wenn die Zimmer kalt sind, bedeutet das, dass dort keine Erwachsenen sind und wir unsere Ruhe haben. Wenn Oma in der guten Stube Kaffeeklatsch abhält, ist die Stube warm und es wimmelt nur so von Erwachsenen. Dann spielen wir lieber oben in den Schlafzimmern. Und da ist es IMMER kalt!

Erlend brauchte übrigens nicht abzuwaschen. Sie durfte früher vom Tisch aufstehen, zusammen mit den Zwillingen. Das ist ungerecht. Aber dann kommt Martin zum Abtrocknen dazu. Und es ist doch nicht so schlimm.

„Komm danach in den Kellerraum", sagt Hanna, ehe sie und Halvard und Dag zum Anderen Ende gehen. Erlend und die Zwillinge laufen hinter ihnen her.

Ich weiß nicht, ob Hanna auch mich gemeint hat.

„Jepp, wir kommen, sowie wir den Abwasch fertig haben", sagt Martin.

Und dann bespritzt er mich mit Schaum.

Er hat „wir" gesagt.

Es macht Spaß, mit Martin zusammen zu spülen.

Die Erwachsenen gehen in Omas gute Stube (die jetzt sicher warm ist). Da wollen sie Kaffee trinken und Kuchen essen und über Sachen reden, über die Erwachsene aus unerfindlichen Gründen gern reden. Wie das Wetter und so. Aber nach nur circa fünfzehn Minuten kommen Papa und Onkel Tobias wieder aus der guten Stube.

„Ich will Odd Arild unseren neuen Bootsmotor zeigen", sagt Onkel Tobias, als sie an mir und Martin vorbei durch die Küche gehen. Obwohl Onkel Tobias erwachsen ist, trinkt er keinen Kaffee. Der schmeckt ihm nicht. Papa liebt Kaffee, wenn er zu Hause ist. Aber hier draußen, wenn er mit Onkel Tobias zusammen ist, scheint Onkel Tobias Papa anzustecken, sodass Papa auch mal auf seinen Kaffee verzichten kann.

Papa lächelt irgendwie begeistert, ehe er und Onkel Tobias im Gang verschwinden.

Ich werde es garantiert auch nicht witzig finden, Kaffee zu trinken und über langweiligen Kram zu reden, wenn ich erwachsen bin. Nie im Leben! (Und ich werde niemals gern Kaffee trinken, genau so wenig wie Onkel Tobias.)

★

FILM

Als Martin und ich am Anderen Ende in den Keller kommen, sitzen sie alle da und sehen sich einen Film an. (Hanna, Halvard, Dag, Erlend und die Zwillinge.)

„Wir sehen ‚Hot Dog‘ “, sagt Erlend. „Da kommen Titten vor“, sagt sie und grinst.

„Höhö! Titten!“, sagen die Zwillinge im Chor und lachen und stupsen sich und Erlend an.

Sie sehen nicht zu mir hoch. Sie sitzen auf Kissen auf dem Boden und starren alle drei den Bildschirm an. Die Zwillinge haben Erlend in die Mitte genommen und drücken sich an sie. Es sieht aus, als ob die drei zusammenkleben. So ist es immer, wenn wir zu Besuch kommen. Aus irgendeinem unerklärlichen Grund beten die Zwillinge Erlend an.

Hanna sitzt im Korbsessel und hat die Beine über die eine Armlehne gelegt. Halvard und Dag sitzen auf den Sofas. Auf dem Tisch steht eine Schüssel mit Käsechips. Erlend und die Zwillinge greifen die ganze Zeit nach hinten und schnappen sich mehrere Handvoll Käsechips, ohne auch nur ein einziges Mal den Fernseher aus den Augen zu lassen. Sie sehen fast hypnotisiert aus.

„Mach mal Platz", sagt Martin zu Dag und stößt dessen Fuß an, der vom Sofa runterhängt.

Dag setzt sich ein bisschen gerader, damit neben ihm Platz für Martin ist. Ich schaue schnell zu Halvard hinüber, der auf dem anderen Sofa liegt. Halvard liegt ausgestreckt auf dem Sofa. Er scheint mich nicht einmal zu bemerken. Er sieht nur den Film an.

Also setze ich mich auf den Boden. Ich habe ziemliche Lust auf Käsechips, aber die Schüssel steht irgendwie zu weit weg. Ich kann sie nicht ereichen, wenn ich nicht aufstehe und mich vor Halvard ausstrecke. Und dazu habe ich gerade keinen Nerv. Ich sehe Erlend an, die da sitzt und Käsechips mampft. Sie hat total orange Finger. Im ganzen Kellerraum riecht es nach Käsechips.

„Hähä, jetzt kommt es", sagt Halvard und beschmeißt Dag mit einem Käsechip.

„*Gäss vott ei hät for brräckfäst*", sagen Halvard und Dag im Chor, auf Englisch mit ganz gut gemachtem deutschen Akzent.

Und dann lachen sie. Und dann warten sie, während der blonde Hauptdarsteller etwas sagt, und dann reden sie im Chor weiter. Hanna und Martin auch. Und die Zwillinge. (Und Erlend versucht, mitzumachen, so gut sie kann.)

„Ei hätt sanni seid ap, ei hätt sanni seid daun, änd ei hätt sonni seid oll se veh araun!“, heulen sie allesamt und dann lachen sie wieder.

Ich versuche ein cooles Lächeln, aber es kommt mir eher vor wie eine Grimasse. Ich würde auch gern mitreden. Ich kann den Satz auch auswendig. Aber ich habe ihn nur in Gedanken gesagt. Es ist so lange her, dass ich etwas gesagt habe, dass ich sicher eine Art Blase oder einen Fussel im Hals habe. Ich versuche, mich so leise zu räuspern, wie ich kann. Damit die anderen es nicht hören.

Plötzlich trifft mich etwas im Rücken!!! Ich drehe mich um, um zu sehen, was das war. Hanna hat mich mit einem Kissen beworfen.

„Damit du keine Splitter in den Hintern kriegst“, sagt sie und lächelt.

Ich lächele zurück und setzte mich auf das Kissen. Und dann schiebt Hanna die Schüssel mit den Käsechips über den Tisch, bis zu dem Rand, da, wo ich sitze. Und ich nehme mir eine Handvoll Käsechips. Ich brauche mich nicht auszustrecken oder aufzustehen oder so. Und dann zwinkert Hanna mir zu, so, wie Papa das macht, aber bei Hanna ist es nur cool. Und dann sieht sie sich weiter den Film an.

Hanna ist total in Ordnung.

Ich sehe mir auch den Film an und dazu kaue ich Käsechips, so leise ich kann.

★

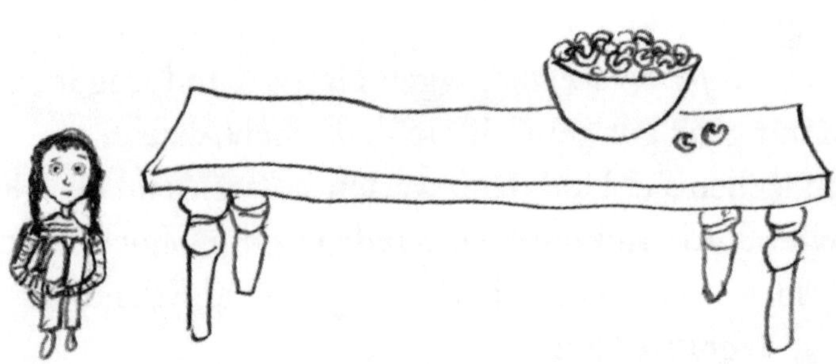

ABEND

Ich und Erlend liegen im Bett. Erlend schnarcht schon neben mir. Wir liegen im Rotkissenzimmer. (Wir nennen es Rotkissenzimmer, weil es hier rote Zierkissen aus Samt gibt.)

Alle Schlafzimmer bei Oma haben Namen. Anna-Zimmer. Torleif-Söller, Kontor, Rotkissenzimmer (das hat eigentlich einen anderen Namen, aber den weiß ich nicht mehr), Küchensöller und Gelbkammer. Nach Papa heißt übrigens kein Zimmer. Er hatte das Zimmer, das vorher Onkel Torleif hatte, und deshalb wurde das Zimmer nach Onkel Torleif benannt. Es wäre vielleicht auch komisch, wenn es „Torleif-und-Odd-Arild-Söller" hieße. Es wäre irgendwie zu lang, das immer sagen zu müssen.

Ich will nicht schlafen. Ich denke an den Traum, den ich auf der Fahrt hierher im Auto hatte, und wie böse Helle darin war. Ich will nicht schlafen und wieder so was träumen. Ich denke an die Prügelei mit Stian. (Und dann wird mir ein bisschen schlecht.) Das scheint jetzt hundert Jahre her zu sein! Ich wüsste gern, warum Stian und Helle nie darüber gepetzt haben. Oder *haben* sie? Und wenn sie davon wissen, warum haben die Erwachsenen dann nichts gesagt?

Ich öffne meinen Rucksack und da liegt die zerknüllte Drohzeichnung, die die Slumpaarfrau mir gegeben hat. Die ist wie eine Nahaufnahme von mir. Ich hatte sie fast ganz vergessen. Dass das erst heute war! Heute Morgen! Ich sehe sie lange an. Es ist gruselig. Sie ist so schön …

Ich frage mich, was das Slumpaar jetzt wohl macht. Ich merke, dass ich ein ganz klein bisschen Angst kriege, wenn ich an sie denke. (Obwohl uns mehrere Stunden mit Auto und Boot trennen.) Dann versuche ich, NICHT an sie zu denken. Ich bin froh, weil ich rechtzeitig entkommen bin. Ich bin froh, dass mich ein ganzes Meer vom Slumpaar und dem Mörderhund Diesel trennt.

Liebes Tagebuch,

ich denke ziemlich viel an Opa. Ich wünschte, ich hätte ihn im Altersheim besucht. Und ihn irgendwie ein bisschen besser kennengelernt. Denn jetzt ist es ja zu spät ...

Nein. Ich hab doch keinen Nerv, Tagebuch zu schreiben.

über Wasser

Was machen eigentlich die Vögel, wenn sie über Wasser fliegen? Ich meine, wenn sie die Hälfte der Strecke geschafft haben und dann müde werden? Wenn sie merken, dass sie die ganze Tour nicht schaffen werden – was machen die Vögel dann eigentlich??? Fliegen sie weiter oder machen sie kehrt?

Darüber habe ich ziemlich viel nachgedacht. Ich habe noch keinen Menschen getroffen, der mir diese Frage beantworten konnte. Und ich habe viele gefragt. Einmal habe ich Onkel Torleif gefragt. Da sah er mich an, bis ich nicht mehr wusste, wie ich sehen oder wohin ich blicken sollte, und ich merkte, dass ich rot wurde, denn meine Ohren wurden glühend heiß. (Es ist so peinlich, wenn die Leute sehen, dass man rot wird!)

Aber Onkel Torleif gab keine Antwort auf meine Frage danach, was die Vögel machen. Er lachte durch seine Nase, so, wie nur Onkel Torleif und Opa lachen, oder wie Opa gelacht hat, meine ich. Denn Opa ist ja tot. Er ist der einzige Mensch auf der Welt, den ich kenne, der tot ist. „Häuptling“ haben sie ihn bei der Beerdigung genannt. Das war schön. *Häuptling*.

Opa hatte einen großen Stamm, für den er Häuptling sein konnte. Sieben Kinder und neunzehn Enkelkinder hatten er und Oma. (PS: Oma hat uns noch immer. Und sie hat noch dazu vier Urenkelkinder!)

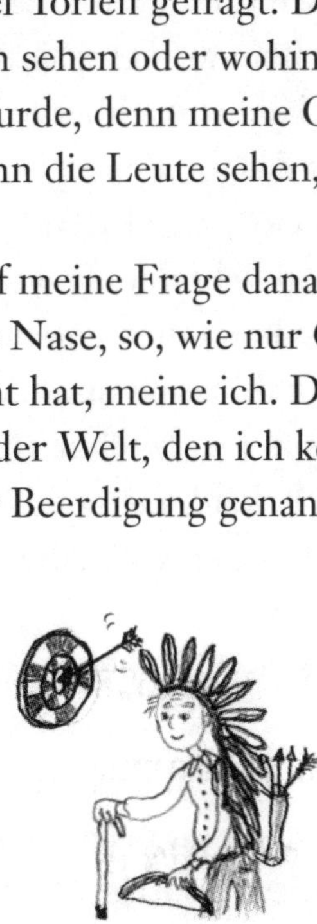

★

Die Post holen

„Könnt ihr nicht zu Tante Elsa rüberlaufen und die Post für Oma holen, Mädels?“, fragt Mama am Frühstückstisch.

„Aber Ola und Petter warten auf mich“, sagt Erlend mit ihrer morgenmuffeligen Quengelstimme.

Dann vergisst sie plötzlich ihre Morgenmuffeligkeit und fängt an zu grinsen.

„Wir dürfen mit Martin Traktor fahren“, sagt sie und zappelt unter dem Tisch mit den Beinen, bis der Tisch bebt. (Erlend zappelt immer mit den Beinen, wenn sie so richtig aufgeregt ist.)

„Du kannst nachher mit Martin Traktor fahren“, sagt Mama. (Sie sagt das total energisch.)

„Ooooo“, sagt Erlend quengelig.

Erlend liebt den Traktor nämlich. Ihr ganzes Leben lang wünscht sie sich schon einen eigenen Traktor und sie ist sauneidisch auf Martin und Hanna und die Zwillinge, die Traktor fahren können, wann immer sie wollen. (Ola und Petter dürfen aber noch nicht selbst fahren.) Erlend quengelt los, sowie wir hier angekommen sind, weil sie selbst fahren will. Aber das darf sie nicht. Sie ist nämlich noch viel zu klein.

„Da musst du schon warten, bis du achtzehn bist“, sagt Mama immer.

„Aber Martin und Hanna sind keine achtzehn!“, sagt dann Erlend.

Und dann sagt Mama, das spielt keine Rolle, sie und Papa entscheiden, ob Erle Traktor fahren darf. Bis sie achtzehn ist.

„Und dann kannst du ja den Traktorführerschein machen", sagt Papa dann immer.

Und Erlend sagt, dass sie das tun wird.

„Und ich kaufe mir meinen eigenen Traktor", sagt sie und fügt hinzu: „damit ihr's wisst."

Als ob sie glaubt, Mama und Papa hätten vor, sie am Traktorkauf zu hindern!

Aber ich und Erlend finden es beide witzig, bei Hanna und Martin mitzufahren. Und es ist fast so gut, wie selbst zu fahren.

„Und jetzt geht ihr Omas Post holen", sagt Papa.

Und das war keine Frage.

Also gehen ich und Erlend nach dem Frühstück zu Tante Hexe, um die Post zu holen. Die Zwillinge kommen auch mit. Als wir über den Hofplatz gehen, sehe ich Halvard und Dag hinter dem Stall verschwinden. Ich wüsste gern, ob da auch Hanna und Martin sind.

★

Tante Hexe

Insgesamt wohnen auf Omas Insel nur an die vierzig Menschen. Eine davon ist Tante Hexe. Das Postamt der Insel ist bei ihr im Erdgeschoss. Eigentlich heißt sie Tante Elsa, aber wir haben sie immer schon Tante Hexe genannt. Wir nennen sie „Tante“, obwohl sie eigentlich nicht meine und Erlends Tante ist. Sie ist auch nicht Papas Tante und nicht die von meinen Vettern und Kusinen. Ich weiß überhaupt nicht, von wem sie die Tante ist. Aber irgendwer muss das ja wohl sein, oder? Denn alle nennen sie Tante.

Tante Hexe ist uralt, klein und ziemlich fett und sie hat riesige Titten, die tief über ihren Bauch hängen. Sie hat kurze, struppige braune und graue Haare und eine dicke Brille. Tante Hexe spricht nicht, sie heulpfeift. Ihre Stimme ist laut und schrill und heulend und pfeifend auf einmal und wenn sie lacht, dann heult sie wie eine Hexe.

Wenn Tante Hexe nicht über ihre eigenen Witze lacht, dann tratscht sie zusammen mit den anderen alten Damen auf der Insel. Tante Elsa liebt nämlich Klatsch. Papa sagt, sie sei eine echte Klatschbase und er würde lieber aufs Meer fahren und angeln, als die ganzen Ferien lang Kaffee zu trinken und Waffeln zu essen und den Klatschbasen zuzuhören.

Und da bin ich ganz seiner Meinung. Also fahren wir hinaus und angeln. (Wir können das Boot von Tante Synnøve und Onkel Tobias leihen.)

ANGELTÖRN

Ich angele ja *sooo* gern – wenn ich einen Fisch erwische. Und auf dem Meer fangen wir fast immer welche. Beim Angeln in Seen und Flüssen ist das schon schwieriger. Da angele ich überhaupt nicht gern.

Bis dann plötzlich einer anbeißt. Dann angele ich wieder unheimlich gern! Solange das Angelglück vorhält … wenn nicht, dann muss ich im Trüben fischen und Trübsal blasen.

★

DER WOLF

Aber jetzt sind wir nicht auf Angeltörn, wir sind bei Tante Hexe, um Omas Post zu holen. Tante Hexes Haus ist klein und dunkelgrün und sie hat auf der Treppe zu ihrem Wohnzimmer einen ausgestopften Wolf stehen. (Tante Hexe und der Wolf sind der Grund, warum Erlend und ich immer Albträume von Hexen und Wölfen haben.)

Wir können den Wolf oben auf der Treppe sehen, wenn wir die Post holen. Der Wolf starrt dich mit offenem Mund und scharfen Zähnen an. Ich kenne nicht viele ausgestopfte Tiere, aber Tante Hexes Wolf sieht jedenfalls aus, als ob er plötzlich lebendig werden und nach dir schnappen könnte! Das ist ganz schön gruselig …!

Ich gehe lieber nicht zu Tante Hexes Wohnzimmer hoch. Ich mache das nur, wenn es unbedingt sein muss. Und zum Glück muss es nicht so oft sein.

„Ach, sieh an, da kommen die jungen Damen!", heult Tante Hexe mit ihrer schrillen Pfeifstimme, als sie die Tür aufmacht.

Ich und Erlend (und die Zwillinge) stehen auf der Treppe.

„Seid ihr also über die Winterferien hier?", heulpfeift Tante Hexe.

Und dann geht sie in ihr Haus und wir müssen hinterher.

„Ja", sagen ich und Erlend im Chor.

„Hast du heute Post für Oma?", fragt Petter.

„Die sollen wir holen", sagt Ola.

Ich starre zu dem Wolf auf der Treppe hoch. Ich sehe, dass Erlend das auch tut. Keine von uns kann ihren Blick davon lösen. (Nur sicherheitshalber.) Die Zwillinge achten überhaupt nicht auf den Wolf. Es sieht nicht so aus, als ob sie ihn überhaupt noch bemerken.

„Ihr müsst raufkommen und einen Keks essen", heulpfeift Tante Hexe. „Wenn ich gewusst hätte, dass so feiner Besuch kommt, hätte ich doch Waffeln gebacken."

„Nein, danke, wir müssen sofort zurück", sage ich rasch.

Ich muss Tante Hexe ansehen, während ich rede, um höflich zu sein, aber dann schaue ich wieder zu dem Wolf auf der Treppe hoch.

„Martin wartet auf uns, wir wollen Traktor fahren", sagt Erlend stolz.

„Ja, ja, dann kommt ihr eben ein andermal zum Waffelessen", heulpfeift Tante Hexe.

„Aber klar doch", sagen Erlend und ich wieder im Chor.

„Äh, tausend Dank“, füge ich ganz schnell hinzu.

„Ja – tausend Dank, ja“, sagt auch Erlend.

„Danke, ja, Tante, danke, danke, danke“, plappern die Zwillinge wild durcheinander und lachen und schubsen.

Und dann bekommen wir Omas Post und dann gehen ich und Erlend rückwärts aus dem Haus. Tante Hexe und die Zwillinge schauen uns komisch an. (Aber damit müssen wir leben, denn weder ich noch Erlend sind bereit, dem Wolf den Rücken zuzukehren …)

Sowie wir draußen sind, stürzt Erlend zu Omas Hof hinüber und die Zwillinge laufen wie immer hinter ihr her.

Ich habe keinen Nerv zu laufen, deshalb gehe ich allein über den Weg. Es weht ein ziemlich kalter Wind. Ich hätte Fäustlinge anziehen sollen. Ich bohre die Hände in die Taschen meiner Daunenjacke und finde den MP3-Player. Ich gehe, so langsam ich kann, während ich die DumDum Boys höre und mich frage, wie lange Halvard und Dag hierbleiben werden.

wieder allein

Als ich zum Hof komme, gehen Mama und Papa zum Auto.

„Wo wollt ihr hin?“, frage ich und ziehe den einen Stöpsel aus dem Ohr.

„Mama und ich wollen kurz zum Festland“, sagt Papa, als sei das die größte Selbstverständlichkeit der Welt. (Und als ob ich das schon hätte wissen müssen.)

„Und dann bleiben wir bis morgen bei Tante Ingjerd und Onkel Torleif, darüber haben wir ja auf der Fahrt hierher gesprochen“, sagt Mama.

Ach? Wann war das denn? Das habe ich nicht mitgekriegt …

„Ach“, sage ich.

„Aber euch geht's hier doch gut“, sagt Papa und umarmt mich.

„Jetzt musst du brav sein und Oma helfen, wenn wir weg sind, Oda, wo du doch schon so groß bist“, sagt Mama.

Und dann fahren sie.

Ich bleibe stehen und schaue hinter dem Auto her. Dann höre ich Halvard und Dag, die laut und gemein irgendwo hinter dem Stall lachen. Ich stecke mir den Hörstöpsel wieder ins Ohr, um sie nicht hören zu müssen. Und gerade jetzt singen die DumDum Boys:

„Lass mich hier nicht allein.“

Und ich denke, dass ich mich gerade genau so fühle.

Aber dann reiße ich mich zusammen. Ich bin doch keine kleine Rotzgöre und auch kein Mama- oder Papababy. Und ich bin nicht allein hier. Ich habe doch Oma! Und Erlend und Hanna und Martin und Onkel und Tante und die Zwillinge.

… und Halvard und Dag …

★

Knäckebrot mit Butter und Sirup

Ich bringe Oma die Post. Oma steht wie immer in der Küche und kocht. Ich setze mich auf einen Küchenstuhl.

„Willst du nicht spielen gehen, Oda?“, fragt Oma.

„Im Moment nicht“, sage ich. „Kann ich dir irgendwie helfen?“

Und dann helfe ich Oma in der Küche. Heute gibt es zuerst Omas Fischsuppe und dann Heilbutt. (Oma kocht den besten Heilbutt auf der Welt!) Ich helfe ihr, die Suppe umzurühren und den Tisch zu decken. Und dann nehme ich Knäckebrot und Butter aus dem Schrank.

Opa hat ganz dünnes Knäckebrot einfach *geliebt.* Er hat es zu jeder Mahlzeit gegessen. Sogar zum Frühstück hat Opa ganz dünnes Knäckebrot verzehrt. Er liebte Knäckebrot mit Butter und Sirup. Ich kenne keinen, der so gern Knäckebrot mit Butter und Sirup isst wie Opa.

Oder … so gern, wie Opa es gegessen *hat* …

★

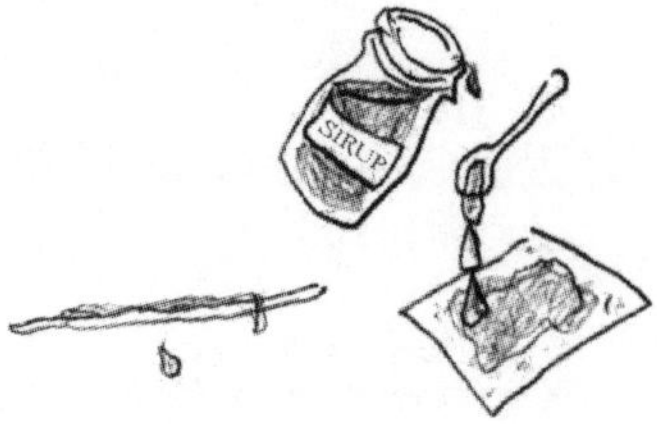

ESSEN

Um zwei Uhr kommen Hanna und Martin herein.

„Hallo, Oda“, sagt Hanna und lächelt mich an.

„Hallo“, sage ich.

Und dann merke ich, dass meine Wangen ganz heiß werden (schon wieder) und ich schaue auf das Muster in Omas Tischdecke. Das ist so nervig. So ist es bei Oma jetzt immer. (Vor allem seit der Sache mit dem Keller.) Ich komme mir so blöd und klein vor. Mir fällt einfach kein fetziger Spruch ein. Und ich bin die ganze Zeit so verlegen. Und dann ist da ja auch noch die Sache mit Helle. (Eigentlich ist alles zum Heulen, aber so kindisch bin ich ja wirklich nicht mehr!) Ich möchte es doch nur hier draußen bei Oma nett haben. Ist *das* etwa *zu viel* verlangt???? Ich wünschte, ich wäre allein hier mit Oma und sonst keinem.

„Komm doch gleich mit raus, Oda“, sagt Martin. „Du kannst mit auf dem Traktor fahren, wenn du willst.“

„Okay“, sage ich und freue mich.

Dann kommen Erlend und die Zwillinge vom Anderen Ende her in die Küche gelaufen. Und dann kommen auch Tante und Onkel. Als alle sich an den Tisch gesetzt haben, schaue ich rasch zu den beiden leeren Stühlen und dann zur Tür hinüber. Ich frage aber nicht, wo Halvard und Dag sind.

Aber Oma fragt. Und Hanna antwortet.

„Die sind mit dem Boot unterwegs“, sagt sie. „Sie wollten angeln, wir sollen nicht auf sie warten.“

Und dann gibt es ein feines Essen und wir quatschen und lachen und alle finden Omas Heilbutt den besten auf der ganzen Welt. Zum Nachtisch gibt es Mandelpudding und Hanna und ich gehen alle beide in den Kühlraum, um Pudding und Soße zu holen. Und jetzt ist es im Kühlraum überhaupt nicht unheimlich.

Nach dem Essen biete ich Oma an, abzuwaschen, ganz freiwillig. Und Hanna und Martin trocknen ab und räumen ein, weil sie wissen, wo alles hinkommt. (Erlend drückt sich wie üblich vor dem Helfen, aber das macht nichts).

Dann ruft Mama an und will wissen, wie es bei uns so läuft, aber weder ich noch Erlend haben Zeit, um mit ihr zu sprechen. Denn wir sind unterwegs zum Traktorfahren. Hanna und ich und die Zwillinge sitzen auf dem Anhänger und Erlend darf mit Martin am Lenkrad sitzen. Wir fahren eine Runde um die Insel. Und dann tauschen wir und Hanna fährt und ich sitze mit ihr vorn. Das ist wahnsinnig lustig! Als es dunkel und ziemlich eiskalt wird, fahren wir wieder zu Oma.

Und da sind Halvard und Dag vom Meer zurück.

Sie sitzen auf Omas Sofa und sehen fern. Oma sagt, es ist schön, dass wir jetzt gekommen sind, denn sie hat schon Kaffee aufgesetzt. Hanna und Martin lassen sich neben Halvard und Dag auf das Sofa fallen. Ich setze mich auch. Nach außen, so weit weg wie möglich, ganz an den Rand. Ich sitze ganz still da und ganz gerade und starre den Fernseher an. Ich schaue nicht zu Halvard und Dag hinüber. Und ich sage keinen einzigen Mucks.

Wir sehen uns eine Fernsehserie an. Die ist ziemlich witzig. Halvard und Dag kichern die ganze Zeit total laut. Auch Hanna und Martin lachen. Und nach einer kleinen Weile lächele ich ein bisschen und lache in Gedanken. Und ich fühle mich ziemlich wohl und lasse mich auf dem Sofa zurücksinken. Und am Ende lache ich auch. (Nicht so laut wie die anderen, aber ich lache.) Und es geht mir gut hier zusammen mit Hanna und Martin und Halvard und Dag auf dem Sofa.

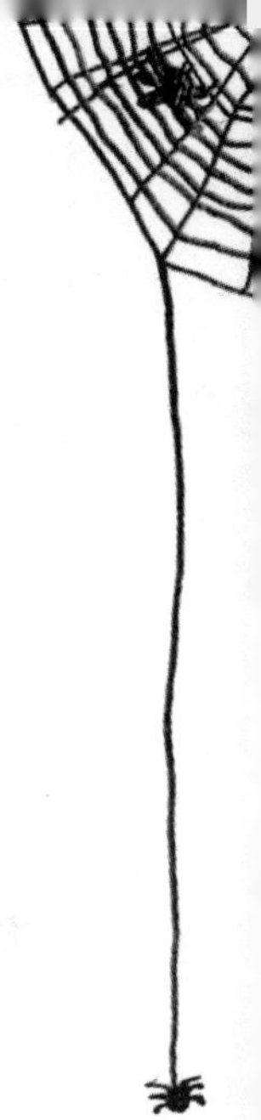

Der Keller

„Kann irgendwer für mich in den Keller laufen und die Plätzchendose holen?“, ruft Oma aus der Küche.

Und ich fahre auf dem Sofa hoch und habe wieder einen ganz steifen Rücken. Ich lache nicht mehr. Ich halte den Atem an.

„Kannst du nicht in den Keller laufen, Oda?“, sagt Halvard.

Und dann lachen Halvard und Dag. Und ich denke an die heulenden Hyänen im „König der Löwen“. Ich schaue nicht zu den beiden hinüber. Und ich antworte nicht.

„Was meinst du, Oda?“, fragt Dag. „Sollen wir dich zur Treppe bringen?“

Und dann lachen Halvard und Dag noch mehr. Und ich habe das Gefühl, dass ich Tränen in die Augen kriege.

„Lasst den Quatsch“, höre ich Hanna sagen, aber dann höre ich nichts mehr, denn ich denke nur an damals, an den Tag, an das *allerletzte* Mal, als ich unten in Omas Keller war.

Das war vorletztes Jahr, als mehrere von den Enkelkindern bei Oma und Opa zu Besuch waren. Eine ganze Bande saß oben im Vorrat und wollte Spukgeschichten erzählen. (Die Ältesten von uns machen das immer.) Und vor zwei Jahren hatten sie plötzlich beschlossen, dass ich jetzt alt genug war, um mitzumachen.

„Bist du ganz sicher, dass du wirklich dabei sein willst, Oda?“, hatte Halvard mit einer ein bisschen fiesen Stimme gefragt. Und dann kam er plötzlich wahnsinnig schnell mit zu Krallen gekrümmten Händen auf mich ZUGESPRUNGEN und brüllte „ÜÄÄÄÄÄÄ!“, direkt vor meinem Gesicht. Ich fuhr natürlich zusammen (das wäre wohl allen passiert), aber ich sagte, ja, ich will. Ich freute mich so, dass ich endlich groß genug war, um mitzumachen. (Aber DAS habe ich natürlich nicht laut gesagt.)

„Wir wollen ja nicht, dass du zu den Erwachsenen rennst und flennst und behauptest, wir hätten dir Angst gemacht“, sagte Dag. Und ich sagte, natürlich nicht, nie im Leben würde ich bei den Erwachsenen flennen oder petzen. Denn ich WOLLTE ja mit den anderen in den Vorrat gehen und im Dunkeln auf dem Boden im Kreis sitzen, mit nur einer Kerze in der Mitte, und Spukgeschichten erzählen. (Also, ich wollte die Spukgeschichten hören. Ich kannte ja keine, die gut genug war, um Halvard und Dag zu erschrecken. Erlend und die Zwillinge vielleicht, aber NICHT Halvard und Dag.)

Dann saßen wir da im Kreis und es wurde eine unheimliche Geschichte nach der anderen erzählt. Einige kannte ich schon, wie die von der Blutapfelsine und Opa auf dem Dachboden und die von dem finsteren, finsteren Wald. Und einige sind ja auch gar nicht so wahnsinnig unheimlich, wenn man sie sich am hellichten Tag erzählt. Aber es war ja Abend, und da, im Dunkeln, auf dem Dachboden im Vorrat, waren ALLE Geschichten unheimlich ... Wir saßen im Kreis und draußen heulte der Wind und die Kerze flackerte und das Licht der Kerze warf fiese grauenhafte Schatten über alle Gesichter.

„Kennt ihr schon die Geschichte über unseren Urgroßvater?“, fragte Halvard plötzlich und sah sich langsam im Kreis um. Er STARRTE allen ins Gesicht, der Reihe nach eben. Alle wurden ganz mäuschenstill und alle kriegten eine Gänsehaut. Ich merkte plötzlich, wie kalt es im Zimmer war. Ich hatte auch eine Gänsehaut und überhaupt. (Ich hoffte, die anderen würden nicht merken, wie groß mein Schiss wirklich war.) Halvard redete weiter, mit leiser, drohender und fast flüsternder Stimme:

„Und es ist eine WAHRE Geschichte, die ich euch jetzt erzählen werde ..."

Alle im Zimmer sahen sich kurz an, dann starrten wir wieder zu Halvard hinüber.

„Unser Urgroßvater geht hier auf dem Hof um", flüsterte Halvard mit fieser heiserer Stimme. „Er hat nämlich noch etwas zu erledigen", sagte er dann. „Wisst ihr, er hat vor seinem Tod keins seiner Urenkelkinder kennengelernt und das war sein aller .... größter ... Wunsch ..."

Halvard sagte die letzten drei Wörter sehr langsam und schaute der Reihe nach in jedes Gesicht im Kreis. Und alle, die er ansah, krümmten sich sozusagen ein bisschen zusammen. Ich hielt den Atem an. Zum Glück sah er nicht mich an ...

„Unser Urgroßvater fühlt sich betrogen!", sagte Halvard etwas lauter. „Und deshalb wird er hier auf dem Hof umgehen, bis er einen von uns ALLEIN antrifft!!!" Halvard rief das letzte Wort und starrte alle an. Er bewegte jetzt nicht einmal den Kopf, aber seine Augen wanderten von einem zum anderen. Mir grauste es ganz wahnsinnig. Mir grauste furchtbar davor, dass er mich anstarren könnte. Ich hatte das Gefühl, mein Herz könnte jeden Augenblick stehen bleiben.
Aber Halvard sah mich auch diesmal nicht an und ich atmete auf.

Und dann erzählte Halvard die wahre Geschichte über unseren Urgroßvater, der hier auf dem Hof umgeht, mit der fiesesten Stimme, die ich je gehört habe:

„Er will einen von uns holen ... er hat sich schon ausgesucht, wen ..."

Halvard legte eine kleine Pause ein und es war so still im Vorrat, dass ich fast nicht zu atmen wagte.

„Irgendwo, wo wir es am wenigsten erwarten, irgendwo, wo niemand uns helfen kann, irgendwo, wo einer von uns plötzlich allein ist, da wird Urgroßvaters Wiedergänger auf den Auserwählten warten, um ihn mitzunehmen ...", sagte Halvard.

Ich hatte solche Angst, dass ich nicht so recht wusste, ob ich überhaupt noch atmete, und dann hörte ich plötzlich hinter mir ein leises Zischen und dann sagte eine Stimme, die wie ein leises Flüstern anfing und dann immer lauter wurde:

„Oooooooodaaaaaa ...!"

Und dann fing plötzlich jemand an zu heulen. Es war ein wahnsinnig lautes schrilles, heulendes, zitterndes Geräusch! Ich war das. Ich saß da und heulte wie ein Wolf. Und dann hörte ich, wie hinter mir jemand loslachte. Das war Dag. Und dann lachte auch Halvard. Die anderen saßen da und sahen mich an, als ob sie auf etwas warteten. Ich hätte am liebsten losgeweint. Solchen Schiss hatte ich gehabt. Aber jetzt war ich doch mit meinen großen Vettern und Kusinen hier und wollte keine kleine Flennlaus sein! Deshalb schnitt ich eine Grimasse, die so eine Art Lächeln sein sollte. Und dann sagte ich, haha, sehr komisch oder so was, und ich hoffte, dass sich das ein bisschen stark anhörte. Und dann fingen die anderen auch an zu lachen. Und am Ende lachten wir allesamt.

„Willkommen in der Bande, Oda", sagte Hanna, als wir wieder über den Hof gingen. Wir wollten bei Oma und Opa Kaffee trinken. (Das heißt, wir und Onkel Tobias würden wohl Limo oder Saft kriegen.) Hanna versetzte mir einen Rippenstoß und lächelte.

„Du wirst doch jetzt auch groß", sagte sie. (Ich lächelte Hanna an und war ein bisschen stolz.) „Hast du dich sehr erschrocken?", fragte sie.

„Nö, ich wusste doch, dass das bloß Jux war", sagte ich. (Ich lachte. Dabei hatte ich solche Angst gehabt, dass ich mir fast die Hose nass gemacht hätte.)

Aber in dieser Nacht vor zwei Jahren, nach den Spukgeschichten im Vorrat, konnte ich nicht schlafen. Ich lag neben Erlend auf dem Torleif-Söller und dachte nur an das Gespenst unseres Urgroßvaters, das darauf wartete, dass das AUSERWÄHLTE Urenkelkind allein wäre, damit er es holen könnte. Ich hatte furchtbare Angst und fragte mich, ob ich wirklich die Auserwählte sein könnte ...?

Die Schatten im halbdunklen Zimmer bewegten sich und ich sah Urgroßvater irgendwie überall. Und wenn ich die Augen zumachte, sah ich ihn direkt auf mich zukommen, um mich zu holen.

Als die Vögel dann vor dem Fenster zwitscherten und es hell wurde, schlief ich endlich ein. Ich bekam in dieser Nacht nur zwei Stunden Schlaf (und seit damals handeln fast alle meine Albträume von Urgroßvaters Wiedergänger ...)

Aber als ich an dem Morgen aufstand und es drinnen und draußen hell war, war es nicht mehr unheimlich. Ich fand es sogar ein bisschen seltsam, dass ich mich wirklich SO gefürchtet hatte. Ich lachte selbst darüber. Jetzt durfte ich doch endlich mit meinen älteren Vettern und Kusinen zusammen sein und überhaupt. Alles war einfach super! Das vom Vorabend war irgendwie vergessen. Ich war nur wahnsinnig froh darüber, dass ich jetzt auch groß war.

„Das war ganz schön witzig", sagte ich und spielte die Mutige.

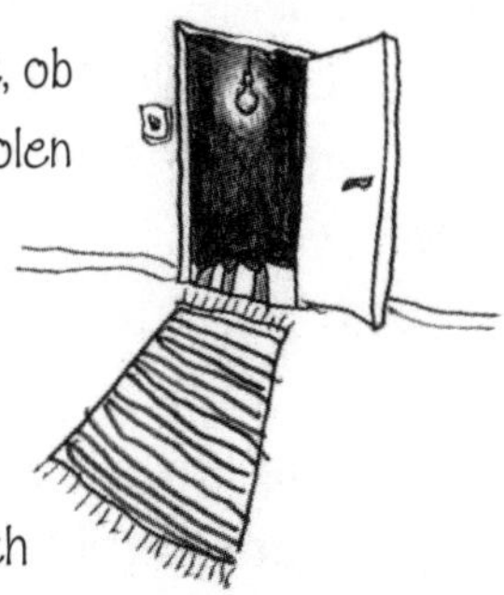

Und dann hatte Oma wie so oft Kaffeeklatsch und sie fragte, ob jemand in den Keller laufen und für sie die Plätzchendose holen könnte. Und das konnte ich natürlich! Ich summte sogar vor mich hin, als ich oben auf der Kellertreppe Licht machte, und dann hüpfte ich leicht und glücklich die Treppenstufen hinunter. Als ich halbwegs unten war, ging das Licht plötzlich aus. Hm, dachte ich nur und drehte mich um, um wieder nach oben zu gehen und es noch einmal einzuschalten. Und dann passierte es:

Die Tür oben an der Treppe fiel langsam zu und es war stockdunkel auf der Kellertreppe. Ich war ein bisschen nervös und lief zur Tür, um sie wieder aufzumachen. Ich stolperte über eine Treppenstufe, weil es ja ganz dunkel war, kam aber oben an. Ich griff nach der Klinke, konnte die Tür aber nicht aufkriegen. Und der Lichtschalter saß draußen. Und da wurde ich ein kleines bisschen ängstlicher als nur nervös und ich riss und schob und schüttelte die Klinke, so gut ich nur konnte. Und dann hörte ich es: ein zischendes, fauchendes Atmen, das immer lauter und lauter wurde ...

„Ooooooodaaaaaa ...!"

DAS WAR URGROSSVATERS WIEDERGÄNGER! Ich war ALLEIN auf der Kellertreppe und er war gekommen, um mich zu holen!!! Ich kann nicht beschreiben, was für schreckliche Angst ich hatte. Ich donnerte und hämmerte gegen die geschlossene Tür, mit aller Kraft, und ich rief und schrie, so laut ich nur konnte, und ich fing an zu heulen und überhaupt. Und dann ging die Tür plötzlich auf und da standen Halvard und Dag und feixten. Aber dann hörten sie auf zu lachen und sahen mich nur an. Sie sahen meine Hose an. Und da merkte ich plötzlich, was sie da anstarrten. Ich hatte mich vollgepisst.

Das war der fieseste, schlimmste, unheimlichste und peinlichste Tag in meinem ganzen Leben. Und ich habe seither, wenn Halvard und Dag dabei sind, nie mehr ganz normal sein können. Alles ist nur peinlich und eklig und ... ich kann das nicht beschreiben ...

Und dann bin ich plötzlich wieder hier und jetzt, auf Omas Sofa, wo Halvard und Dag sitzen und lachen (noch immer) und Oma wieder fragt, ob jemand die Plätzchendose holen kann. Und ich merke, dass meine Tränen laufen. (Hier sitze ich und heule!) Und dann merke ich plötzlich, dass Erlend neben mir steht und über meine Wange streichelt. Und da fühle ich mich nicht ganz so allein und dann fühle ich mich irgendwie ein bisschen stark und nicht nur verlegen und peinlich.

„Warum seid ihr so gemein zu mir?!!“, frage ich Halvard und Dag ganz laut.

Und dann laufe ich aus dem Wohnzimmer und die Treppe zu den Schlafzimmern hoch.

„He! Seid nicht so gemein zu meiner Schwester!“, höre ich Erlend rufen. „Sucht euch Leute, die so groß sind wie ihr“, ruft sie.

Und dann höre ich nichts mehr, denn ich liege als zusammengerollter Klumpen unter der Decke im Rotkissenzimmer und weine.

Nach einer Weile merke ich, dass jemand ins Zimmer kommt.

„Du … Oda“, sagt jemand. (Aber ich höre nicht, wer das ist.)

„RAUS HIER“, rufe ich unter der Decke hervor.

Und dann ist es ganz still. Aber dann setzt jemand sich auf mein Bett und ich rufe noch einmal „Raus hier!“, aber dann höre ich Erlends Stimme.

„Sie ist meine Schwester und wagt bloß nicht, gemein zu ihr zu sein! Dann seid lieber zu mir gemein!“, sagt sie.

Erlend sitzt neben mir auf dem Bett und ich merke, dass sie versucht, die Arme um mich zu legen, auf der Decke.

„Jetzt sagt es schon“, sagt Erlend mit superstrenger Stimme.

„Öööh, entschuldige Oda“, sagen zwei Jungen, beinah im Chor. „Wir wollten nicht gemein sein. Wir wollten das nicht …“

Das sind Halvard und Dag. Ich merke, dass Erlend die Decke streichelt, unter der ich mich versteckt habe. Und dann denke ich, dass ich mich zusammenreißen muss. Ich bin doch keine größere Flennlaus als meine eigene kleine Schwester! Also schniefe ich und wische mir mit dem Pulloverärmel Rotz und Tränen ab. Und dann schaue ich unter der Decke hervor.

Erlend sitzt auf dem Bett und spielt meine eigene kleine private Leibwächterin oder so. Sie sieht ziemlich stark dabei aus. Vor dem Bett stehen Halvard und Dag und sehen wirklich schuldbewusst aus und es scheint ihnen reichlich peinlich zu sein. Und in der Tür stehen Hanna und Martin und auch die Zwillinge. Die Zwillinge starren aus riesengroßen Augen und Hanna und Martin lächeln mich an. (Kein fieses Lächeln, ein liebes Lächeln.) Ich habe hier ein ganzes Publikum, das zusieht, wie ich unter der Decke liege und flenne. Super! Aber dann denke ich nur, dass mir das doch sonstwo vorbeigeht.

„Entschuldige“, sagt Dag noch einmal.

„Ja, entschuldige“, sagt Halvard.

„Ist schon gut“, sage ich.

Und ich merke, dass es wirklich gut ist. Und dann schniefe ich noch einmal und dann lächele ich sie an.

★

Idylle

Es ist einfach super, bei Oma zu Besuch zu sein. Auch, wenn Halvard und Dag hier sind. Dag hat uns sogar erzählt, dass er sich einmal fast bekackt hat! Als er schon groß war, meine ich. Er war siebzehn!!! Wirklich wahr! Es ist eine ziemlich witzige Geschichte. Er hat gesagt, dass er das noch keinem Menschen erzählt hat, weil ihm das so wahnsinnig peinlich ist. Nicht einmal Halvard! Aber jetzt hat er es uns erzählt. (Und Halvard hat ihn ein bisschen aufgezogen, aber nicht so schrecklich viel.)

Sie waren mit einer Clique in Griechenland und er kriegte plötzlich Durchfall, weil er offenbar schrecklich viel Wassermelone und etwas gegessen hatte, das wahnsinnig gut schmeckt und Pita Gyros heißt. (Das ist ist eine Art kleiner Döner mit Pommes und allem.) Und dann schaffte Dag es nicht mehr bis zurück ins Hotel. Und deshalb kackte er gleich vor dem Hotel los! In einem Blumenbeet, gleich vor dem Eingang!

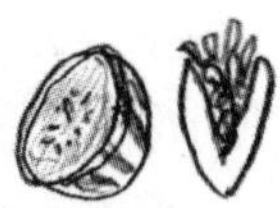

Das war viel schlimmer, als dass ich mir die Hose nass gemacht hatte. Und Dag war sogar noch viel älter als ich! Und also brauchte die Sache mir nicht mehr so schrecklich peinlich zu sein. (Halvard und Dag sind eigentlich in Ordnung, wenn sie ein bisschen nachdenken, bevor sie den Mund aufmachen.)

Abends kamen Mama und Papa zurück. Und dann gab es Kartoffelchips und Limo und wir haben an Omas Küchentisch Spiele gespielt, alle wir Großen. Hanna und Martin und ich, Halvard und Dag, Mama und Papa, Tante und Onkel und Oma.

(Erlend und die Zwillinge durften auch aufbleiben, aber sie wollten lieber im Keller im Anderen Ende eine Legostadt bauen.)

Aber als Erlend und ich im Bett lagen und sie wie immer schnarchte, musste ich wieder an Helle denken. Und ein bisschen auch an Stian. Warum war ich eigentlich so gemein zu ihm gewesen? Ich versuchte, mich zu erinnern, wann es angefangen hatte und *wer* angefangen hatte, und warum. Aber es wollte mir irgendwie nicht einfallen.

„Ich wünschte, du wärst nicht auf der Welt“, hatte Stian mir zugerufen. Das war das Allerletzte, was er zu mir gesagt hatte. Und Helle hatte gesagt, ich hätte mich so verändert. Habe ich das? Mich verändert? Bin ich plötzlich ein anderer Mensch geworden, von dem die Leute wünschten, es gäbe ihn nicht? Nicht einmal Anniken kann mich noch leiden. Warum habe ich ihr das alles gesagt, dass Stian sie nicht leiden kann und so? Und was interessiert es *mich* denn überhaupt, ob Stian sie leiden kann?

Vielleicht bin ich ein *schlechter* Mensch …

★

Opaerinnerungen

Mama und Papa und Onkel und Tante sind zum Angeln hinausgefahren. Sie haben gesagt, ich könnte mitkommen, aber ich wollte nicht. Ich sitze allein auf dem Boden in der kalten guten Stube und fahre mit den Fingern über die Hubbel im Teppichboden.

„Bist du hier ganz allein?", fragt plötzlich jemand in der Türöffnung.

Ich blicke hoch. Es ist Oma.

„Jepp", sage ich und schaue wieder meine Finger auf dem Teppich an.

„Willst du nicht zu den anderen Kindern gehen?", fragt Oma. „Die sind alle draußen und spielen Topfschlagen", sagt sie.

„Hab gerade keinen Bock", sage ich. „Später vielleicht."

Oma wischt sich die Hände an der Schürze ab und dann setzt sie sich aufs Sofa.

„Möchtest du dich ein bisschen zu mir setzen?", fragt Oma. „Wir haben ja noch gar nicht richtig zusammen geredet und du warst schon so lange nicht mehr hier."

„Ich war doch zu Weihnachten hier, Oma", sage ich und sehe sie an.

„Das ist doch viele Wochen her", sagt jetzt Oma. „In ein paar Wochen kann viel passieren, weißt du."

Ich setze mich neben sie. Sie legt ihren einen Arm um mich. Ich sehe ihre Hand an. Die ist wahnsinnig runzlig. Ich nehme Omas Hand und zupfe an ihrer Haut.

„Mensch, Oma, du hast aber dehnbare Haut“, sage ich.

„Ja, die ist ganz schön dehnbar“, sagt Oma und lächelt.

„Praktisch“, sage ich.

„Wie geht es dir denn, Oda?“, fragt Oma.

„Gut“, sage ich.

Und dann schaue ich nach unten und zupfe an meinem eigenen Fingernagel herum. Und dann sitzen wir eine Weile da und denken nur.

Es ist so schön, hier mit Oma zu sitzen. Ich merke, dass ich irgendwie Lust kriege, über alles Mögliche zu reden. Ich weiß, dass sie nicht lachen oder finden wird, dass ich blödes Zeug rede.

„Du, Oma“, sage ich.

„Ja?“, sagt Oma.

„Weißt du, Opa“, sage ich.

„Ja, den habe ich gekannt“, sagt Oma und drückt mich ein wenig an sich.

Ich muss wieder ein bisschen nachdenken, ehe ich mehr sage. Aber Oma wartet nur. Sie hat Zeit. Und dann muss ich schlucken und schlucken. Ich spüre den Kloß in meinem Hals, der immer nur wächst und wächst, und den ich nicht hinunterschlucken kann.

Und dann fange ich an zu weinen. Aber es ist nicht peinlich oder blöd oder so. Oma drückt mich einfach an sich und streichelt meine Haare. Dann höre ich auf zu weinen. Und dann ist der Kloß in meinem Hals ein bisschen kleiner. Und ich kann wieder reden.

„Ich muss so viel an Opa denken und dass ich ihn nie im Altersheim besuchen wollte und so“, sage ich. „Und dann bin ich so traurig, weil ich ihn nicht richtig kennengelernt habe, als er noch gelebt hat, und jetzt ist es eben zu spät.“

„Nein, aber Oda, so was denkst du?“, fragt Oma und ich schlucke.
„Ja“, sage ich leise.
Ich merke, dass mein Herz wehtut.

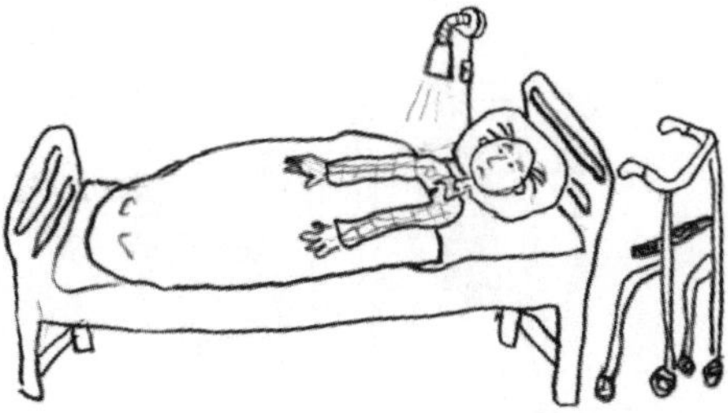

„Weißt du“, sagt Oma mit lieber Stimme. „Du hast Opa viel besser gekannt, als du glaubst, und ich weiß, dass Opa fand, dass er dich sehr gut gekannt hat“, sagt sie.

„Das fand er?“, frage ich.

„Ja“, antwortet Oma. „Wir können ja ein bisschen über Opa reden, wenn du willst“, sagt sie. „Du erinnerst dich an viel mehr, als du glaubst. Überleg einfach, dann fällt dir sicher etwas ein.“

Ich überlege. Und dann fällt mir etwas ein.

„Ja, das mit dem Telefon“, sage ich und schniefe.

„Erzähl“, sagt Oma,

Und ich erzähle.

„Wenn wir Enkelkinder zu Besuch waren, als Opa noch lebte, hat er immer vom Gang her hereingeschaut, wenn er telefonierte, und dann gefragt: *Pst, Kinder, hört ihr nicht, dass ich telefoniere?* Mit so einer lauten und entschiedenen Stimme. Aber die Stimme war gar nicht streng“, sage ich.

Und dann schaue ich zu Oma hoch. Oma lächelt mich nur an und hört mir zu.

„Wir Enkelkinder haben uns dann immer angeschaut und waren mäuschenstill und haben darauf gewartet, dass Opa sagte, wovon wir alle wussten, dass er es sagen würde. Und dann sagte er es. *Ich habe meine Enkelkinder zu Besuch, verstehst du*, sagte Opa ins Telefon. Wir konnten hören, wie stolz seine Stimme jetzt war. Und danach sagte er dann noch: *Ich habe neunzehn Stück*. Das hat er wirklich *jedes Mal* gesagt."

Ich schaue wieder zu Oma hoch.

„Da siehst du", sagt sie. „Ist das keine schöne Erinnerung?"

„Ja", sage ich und lächele Oma an.

Es ist schön, diese Erinnerung an Opa zu haben.

„Und dann war da das mit dem dünnen Knäckebrot mit Butter und Sirup", sage ich. „Jedes Mal, wenn ich an Knäckebrot mit Butter und Sirup denke, muss ich an Opa denken."

„Ja, so geht mir das auch", sagt Oma.

Und dann sprechen wir über Opa und uns fallen plötzlich viele schöne Erinnerungen ein. Und Oma erzählt, wie stolz Opa auf seine vielen Enkelkinder war und dass er immer über uns geredet hat. Das ist ein schöner Gedanke.

★

Rattenleben

Und dann kriege ich Lust, Oma von Lasse und Geir zu erzählen.

„Ich kenne noch zwei, die tot sind“, sage ich zu Oma.

„Ach, wirklich?“, fragt Oma.

„Ja, sie heißen Lasse und Geir“, sage ich. „Sie sind oder sie waren die Ratten von … ähh … Helle.“

„Von deiner netten Freundin, die vorigen Sommer mit dir hier war?“, fragt Oma.

Ich muss wieder schlucken. Und dann beantworte ich diese Frage eben nicht. Erzähle weiter von Lasse und Geir. Es gibt viel zu erzählen.

„Sei sind beide gestorben, in nur wenigen Wochen. Wir haben Lasse und Geir in der Hängematte gefunden, als wir an einem Dienstag im vorigen Winter aus der Schule kamen. Keiner kam wie sonst zur Klappe, als wir in Helles Zimmer kamen. Helle ging wie immer zum Käfig und Geir schaute zu ihr hoch. Aber Lasse schaute nicht hoch. Er kam sonst immer zur Klappe, wenn Helle aus der Schule kam. Aber an diesem Dienstag lag Lasse einfach nur da. Als Helle ihn hochhob, war er ganz schlaff. Er war auf der einen Seite kalt und auf der anderen warm. Geir hatte neben ihm gelegen und versucht, ihn warm zu halten. Geir und Lasse waren beste Freunde.“

(So wie ich und Helle, denke ich, nur waren sie viel kleiner als wir. Aber das sage ich Oma nicht.)

„Und sie wohnten da ohne ihre Eltern“, sage ich dann. „Sie brauchten nicht mal zur Schule zu gehen, weil sie ja Ratten waren.

Sie konnten den ganzen Tag spielen und Jux machen. Zum Glück durfte Lasse noch ein letztes Mal Weihnachten erleben, dachte ich an dem Tag, an dem Lasse gestorben war."

Dann höre ich auf zu erzählen. Gerade das über Lasses letztes Weihnachtsfest habe ich niemals laut zu Helle gesagt, denn ich wollte ja nichts sagen, was irgendwie falsch gewesen wäre. Ich wollte Helle nicht noch trauriger machen. Denn Helle war sehr traurig. Sie saß auf ihrem Bett und weinte und weinte und redete und redete über Lasse, weil der so wunderbar gewesen war. Und darüber, wie gern er Maiskörner und Käsechips gegessen hatte.

Darüber denke ich ein wenig nach, während Oma darauf wartet, dass ich weitererzähle.

„In den nächsten Wochen wurde Geir viel ruhiger als vorher", sage ich dann. „Sicher hatte er furchtbare Sehnsucht nach seinem besten Freund, denn am Ende mochte er dann auch nicht mehr leben."

Ich muss wieder eine Pause einlegen. Ich sehe Oma an, weil ich wissen will, ob sie noch immer zuhört. Das tut sie. Also erzähle ich weiter:

„Nur drei Wochen nach Lasses Tod konnte Geir seine Hinterbeine nicht mehr benutzen. Sie hingen nur total schlaff hinter ihm her, wenn er sich durch den Käfig schleppte, und immer wieder kippte er auf die Seite. Wenn wir aus der Schule nach Hause kamen, lag er unter einem alten T-Shirt von Helle, unten im Käfig. Er schaffte es nicht mehr in seine Hängematte! Helle musste ihn hochheben. Und da lag er dann nur und atmete, als ob das Atmen schrecklich schwer wäre oder so. Und am Ende lag er nur noch da und ließ den Kopf über den Rand hängen."

Ich merke, dass ich Tränen in den Augen habe, weil ich daran denke, wie traurig Helle war. Ich schaue wieder zu Oma hoch, und auch sie hat Tränen in den Augen.

„Ist das zu schlimm?“, frage ich Oma. „Soll ich dir den Rest ersparen?“ (Ich hoffe, dass sie den auch hören will.)

„Das geht schon“, sagt Oma. „Ich möchte gern wissen, wie es ausgegangen ist.“

„Eines Tages, als wir in der Schule waren, ist Helles Mutter mit Geir zum Tierarzt gegangen“, sage ich. „Da hat er eine Spritze bekommen, *um es ihm zu ersparen*, hat Helles Mutter gesagt. ‚Jetzt laufen Lasse und Geir zusammen durch die ewigen Jagdgründe‘, hat sie gesagt, Helles Mutter.“

Jetzt habe ich alles erzählt und ich und Oma sitzen nebeneinander in der guten Stube. Ich denke an Lasse und Geir in den ewigen Jagdgründen. Es ist schön, daran zu denken, finde ich. Wenn ich die Augen zumache, kann ich Lasse und Geir in diesen Jagdgründen sehen. Da hüpfen und springen sie herum, genau wie damals vor langer Zeit, als Helle sie bekommen hat. In den Jagdgründen können sie laufen, spielen und für immer und ewig Jagd auf Käsechips und Maiskörner machen.

Und ganz bestimmt sind sie dabei Opa begegnet. Wenn Opa – der Häuptling – überhaupt irgendwo ist, dann *muss* er doch in den ewigen Jagdgründen sein. Da ist mein Opa und passt auf Lasse und Geir auf. Da bin ich mir sicher.

„Glaubst du, Opa passt in den ewigen Jagdgründen auf Lasse und Geir auf?“, frage ich Oma.

Oma antwortet nicht sofort.

„Hmmm, ja, vielleicht“, sagt sie nach einer Weile und scheint nachzudenken. Und sie sieht ein ganz klein wenig traurig aus.

Ich denke auch. An Helle, nachdem Geir ihr weggestorben war. Helle starrte immer nur in den leeren Rattenkäfig und spielte an dem roten Faden herum, mit dem Geirs Wassernapf befestigt war. Sie redete über

Geir, der so toll gewesen war … und wie tapfer und abenteuerlustig er gewesen war. Und jetzt hatte sie innerhalb weniger Wochen *beide* Ratten verloren …

Wenn Helle sie aus dem Käfig ließ, kam Lasse immer sofort zum Schmusen zu uns. Aber Geir wollte lieber auf Abenteuer ausziehen. Immer erforschte er neue Stellen und kletterte hoch auf Dinge (wie Helles Haufen schmutziger Klamotten hinter der Tür). Er fürchtete sich vor gar nichts, nicht einmal vor dem Staubsauger!

Oma denkt sicher an Opa. Es ist gut, dass Oma auch glaubt, dass Opa auf Lasse und Geir aufpasst. Das habe ich nämlich Helle gesagt. „Opa passt jetzt auf sie auf, in diesen Jagdgründen", habe ich zu Helle gesagt, nicht lange, nachdem auch Geir gestorben war. Da sah Helle mich aus großen traurigen Augen an. Und ich fragte ganz schnell, ob wir jetzt losgehen und das Grünhaus mit Schneebällen bewerfen sollten.

Ich brüllte das fast und versuchte, wahnsinnig munter zu klingen. Ich wusste nicht so ganz, was ich sonst sagen sollte. Ich hatte noch nie ein Tier gehabt, das gestorben war. (Außer Goldfischen, meine ich.) „Glaubst du wirklich", fragte Helle da, „dass dein Opa auf sie aufpasst?" Und da nickte ich und sagte ja, das glaube ich. Und da lächelte Helle ein bisschen.

★

ALLES

„Ja, das war eine schrecklich traurige Geschichte", sagt Oma. „Wie geht es Helle denn jetzt?"

„Ich weiß nicht so ganz", sage ich und spiele wieder an meinem Fingernagel herum.

„Und wie geht es dir, Odachen?", fragt Oma mit ihrer sanften Stimme.

„Ich weiß nicht so ganz", sage ich. „Nicht so wahnsinnig gut, vielleicht …"

Und dann heule ich wieder los. (Was für ein Glück, dass nur ich und Oma hier sind!) Und dann frage ich Oma, ob sie mich für eine Flennlaus hält, aber das findet Oma überhaupt nicht. Und dann erzähle ich ihr von Helle und von Stian und wie gemein ich zu ihm war und von den DumDum Boys und von der Prügelei und von Anniken und dem gelben Mantel und dass sie in Stian verliebt war, einfach ganz plötzlich, und von den neuen Nachbarn und Diesel und den Drohzeichnungen und allem.

Ich erzähle Oma ALLES. Alles, was mir einfällt. (Oder fast alles. Ich erzähle ihr nichts von Arne Svingen. Das ist einfach zu peinlich, um es einer *Oma* zu erzählen. Und außerdem ist es ja auch aus und vorbei.)

Und Oma hört zu. Sie streichelt meinen Arm und ist einfach nur lieb. Und dann laufe ich hoch ins Rotkissenzimmer und hole die dritte Drohzeichnung und zeige sie ihr. Die, die nur von mir ist. Und ich kriege eine Gänsehaut und denke an Omas arme Batterie, die ertragen muss, dass ihr eigenes Enkelkind doch tatsächlich mit dem Tod bedroht wird.

Hass und Liebe

„Hmmmm“, sagt Oma, als ich ihr alles erzählt habe. „Ja, das war ja ganz schön viel“, sagt sie, und dann sagt sie wieder „hmmmmm“.

Ich sehe Oma an und hoffe, dass sie jetzt nicht denkt, was sie da doch für ein megafieses Enkelkind hat.

„Es heißt ja, dass es nur eine schmale Grenze zwischen Hass und Liebe gibt“, sagt Oma.

Ich runzele die Stirn.

„Hä?“, frage ich.

„Manchmal, oder nein, ziemlich oft“, sagt Oma, „sind wir am gemeinsten zu denen, die wir am allerliebsten haben. Und zwar oft, weil die, die uns so wichtig sind, auch die meisten Gefühle in uns auslösen, gute und schlechte. Verstehst du, was ich meine?“

Ich denke ein wenig darüber nach.

„Also … wenn ich nicht … sehr nett war. Zu Helle und … und Erlend – ich meine, Erle – und … Stian … dann, dann liegt das sozusagen daran, dass ich sie so gern habe?“, frage ich und merke, dass es mir peinlich ist, zu sagen, dass ich Helle und Erlend und Stian … gern haben könnte …

„Ja, vielleicht?“, fragt Oma und sieht mich mit so einem *schlauen* Blick an.

„Hm“, sage ich. Und dann sage ich ganz schnell. „Aber verrat das ja nicht Erlend.“

„Und eure neuen Nachbarn“, sagt Oma, „ich glaube, um die brauchst du dir nicht solche Sorgen zu machen …“

„Aber was ist denn mit den Drohzeichnungen?“, frage ich erschrocken.

„Bist du ganz sicher, dass die Nachbarn die gezeichnet haben?“, fragt Oma.

„Und dieser Benzin“, sagt Oma. (Und ich begreife nicht, wovon sie da redet. Benzin???) „Der bellt viel, sagst du, und man erschrickt leicht, wenn gebellt wird, aber hat er schon irgendwen von euch gebissen?“

„Aaaah, *Diesel*“, sage ich. „Der heißt Diesel, Oma, nicht Benzin. Nein, er hat uns nie gebissen oder so. Er hat nur gebellt. Aber er bellt wirklich schrecklich viel.“

„Schon, aber es ist noch nie jemand totgebellt worden“, sagt Oma. „Und die Nachbarn, haben die euch etwas getan?“, fragt sie.

„Nein“, sage ich. „Noch nicht, jedenfalls.“

Oma fragt mich noch ein bisschen mehr über das Slumpaar aus (aber ich verrate ihren geheimen Codenamen kein einziges Mal), und dann sagt sie, sie glaube, dass vielleicht unsere Fantasie ein wenig „mit uns durchgegangen“ sei. Aber sie kann es ja nicht sicher wissen und da fragt sie, ob es mir recht ist, wenn sie auch mit Mama und Papa über das Slumpaar spricht. Und mir ist das recht. (Ich glaube ja doch, dass das Slumpaar ganz schön Dreck am Stecken hat.)

★

„Aber, du, Oma“, sage ich zu Oma. „Wie kannst du sterben, wenn die Batterie dein Herz wieder anspringen lässt, wenn es stehen bleibt?“

„Auch Batterien sind irgendwann verschlissen, weißt du“, antwortet Oma. „Und dann müssen sie ausgetauscht werden.“

Alle fünf Jahre muss Oma die Batterie wechseln, erzählt sie. Einmal hat sie eine Batterie, die ausgetauscht werden musste, ein halbes Jahr zu lange behalten. Oma fand es seltsam, dass das Krankenhaus nicht anrief. Und die Monate vergingen. Aber sie wollte dem Krankenhaus nicht auf die Nerven gehen, sie dachte, die Ärzte wüssten sicher, was sie täten. Die sind doch so tüchtig. Aber sie wussten es eben nicht.

Denn die Ärzte hatten vergessen, dass Oma eine neue Batterie brauchte!

Ich sitze auf dem Sofa in der guten Stube und bin ganz schön geschockt. Wenn die Ärzte etwas so Wichtiges vergessen können, was mögen sie dann noch alles vergessen!

Jetzt kommen Erlend und die Zwillinge in die gute Stube. Sie sind mit Martin Traktor gefahren und durften Hannas Trommeln ausprobieren. Oma fragt, ob wir Hunger haben, und das haben wir. Und dann gehen wir in die Küche und Oma hatte schon mit Kochen angefangen, ehe sie in die gute Stube gekommen ist, um mit mir zu sprechen. Deshalb hat sie das Essen in Null Komma nix fertig und ich helfe ihr bei allem Möglichen.

Ich sitze am Küchentisch bei Oma und denke an die Ärzte, die Omas Batterie vergessen haben, während Oma Stockfischklöße mit Speckfüllung kocht und die Milchsuppe mit Reis und Rosinen aufwärmt. Ich finde es schön, daran zu denken, dass Oma den Tod ausgetrickst hat. Ein halbes Jahr war sie quicklebendig, ganz ohne Batterie! Sie ist sicher nicht so verschlissen, wie sie selbst glaubt.

Ich frage sie, warum Opa keine Batterie bekommen hat. Dann hätte er doch nicht zu sterben brauchen! Aber Oma antwortet, dass es leider nicht so einfach ist.

„Nicht alles kann man mit einer Batterie in Ordnung bringen", sagt sie.

Sie ist so eine kluge, ~~alte, nein~~, ältere Dame, meine Oma.

★

Danke

Später sitzen ich und Erlend bei Hanna und Martin und den Zwillingen. Halvard und Dag sind mit den Erwachsenen in Omas Wohnzimmer. Sie sehen sich einen Fernsehkrimi an. Wir sitzen am Anderen Ende in der Küche und zeichnen. Oder eigentlich, ich schreibe. Etwas Geheimes.

„Lass mal sehen", sagt Erlend immer wieder und will sehen, was ich schreibe, weil ich es mit der Hand verdecke.

„Nein! Das ist geheim!", sage ich. (Und da will Erlend es erst recht sehen. Aber das darf sie nicht.)

Aber dann, als ich und Erlend schlafen gehen wollen, nehme ich das Blatt hervor, auf das ich das Geheime geschrieben habe.

„Du warst gestern ja ziemlich in Ordnung, als ich …", sage ich zu Erlend. „Gestern, als du das zu Halvard und Dag gesagt hast und raufgekommen bist und …"

Erlend schaut mich mit Verwunderung im Blick an oder wie das heißt.

„Du warst … einfach stark", sage ich.

„Findest du?", fragt Erlend und hört sich froh an.

„Ja", sage ich. „Megastark."

„Megastark", sagt Erlend und sieht aus, als ob sie damit total zufrieden wäre. „Stark", sagt sie.

„Und deshalb habe ich das hier für dich geschrieben", sage ich und gebe ihr das Blatt. „Das ist ein Gedicht."

Ich frage, ob sie es selbst lesen will oder ob ich es vorlesen soll. Sei will, dass ich es ihr vorlese, und also lese ich:

DER TRAUM VOM TRAKTOR

Wenn Erlend groß ist,
wird sie Traktor fahren,
das ist ihr größter Traum.

Traktor zu fahren,
nur das macht sie froh.
Ein Traktor ist
so viel mehr als ein Auto!

Manche sind grün, andere grau,
noch andere dunkelblau.

Denk, tausend Kartoffeln zu heben?
Oder hundert Milcheimmer zu ziehen!
Das kann man nur mit ’nem Traktor erleben!

Erlend will ihren eigenen Traktor.
Mit Hinterrädern, die größer sind als sie.
Deshalb träumt sie nur von Traktoren –
jede Nacht – und wie.

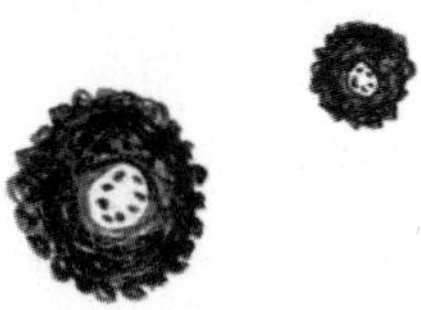

„WOW, superstark, Oda“, ruft Erlend, als ich das Gedicht vorgelesen habe. „Ein ganzes echtes Gedicht über mich! UND Traktoren!“

Erlend hat sich so über das Gedicht gefreut. Ich musste es ihr ganz oft vorlesen und sie las es auch selbst. Und als Mama und Papa zum Gute-Nacht-Sagen nach oben kamen, sollten sie es auch lesen. Das taten sie dann. (Am Ende hatte ich das ganze Gedicht fast ein bisschen satt, aber ich habe mir nichts anmerken lassen. Es war doch gut, dass Erlend sich so gefreut hat!)

„Stark, was?“, fragte Erlend Mama und Papa zum tausendsten Mal, nachdem beide nacheinander das Gedicht zweimal vorgelesen hatten. (Sie hat wahnsinnig mit ihrem Gedicht geprotzt.)

Meine Schuld

Liebes Tagebuch,

heute ist unser letzter Tag bei Oma. Morgen fahren wir wieder nach Hause in die Krokkleiva. Hier sind einige Dinge, die ich in letzter Zeit herausgefunden habe:

1. Ich und Opa haben uns besser gekannt, als wir geglaubt haben. (Ich werde froh, wenn ich daran denke.)

2. Ich will nicht gemein sein.

3. Helle war meine allerbeste Freundin auf der ganzen Welt und ich muss alles versuchen, damit sie wieder meine Freundin wird.

4. Halvard und Dag sind eigentlich in Ordnung. (Dag ist vielleicht ein bisschen mehr in Ordnung als Halvard. Jedenfalls ist er witziger.)

5. Erlend ist eigentlich ganz schön stark. Und dafür, dass sie so klein ist, hat sie wirklich Mut. Sie ist irgendwie nicht mehr so kindisch. Wenn wir wieder zu Hause sind, kann sie vielleicht beim Spionageklub mitmachen. (Aber nur vielleicht! Und wenn das auch Helle recht ist. PS: Wenn es den Spionageklub überhaupt noch gibt.)

6. Oma ist SUPER IN ORDNUNG! Sie ist die beste Oma auf der ganzen Welt. Ich bin froh, weil wir uns kennen und Freundinnen sind.

7. Stian ist nicht so schlimm. Ich war vielleicht ein bisschen ZU gemein zu ihm. Ich werde vielleicht versuchen, mich zu entschuldigen oder so. Ich will versuchen, nicht so gemein zu sein.

8. Ich muss Helle vor dem Slumpaar warnen!!!!!

9. Mir graust ein ganz klein bisschen davor, nach Hause zu kommen. (Was, wenn Helle sich eine NEUE beste Freundin zugelegt hat????)

Ich schreibe Helle eine SMS:

„Hallo, ich muss dich warnen. Bleib ja weg vom Slumpaar. Die haben wieder gedroht. Aber nicht dir. Bin morgen wieder da. Treffen wir uns auf der Bohrinsel?“

Ich schicke die SMS ab und warte auf Antwort. Helle antwortet doch immer ganz schnell.

Aber es kommt keine Antwort. Ich habe das Telefon in der Tasche und schaue alle fünf Minuten nach. Aber Helle antwortet nicht … Dann fällt mir ein, dass sie vielleicht nicht antwortet, weil das Slumpaar sie schon geholt hat!!! Also erzähle ich das Papa. Aber der sagt, er glaubt nicht, dass sie Helle geholt haben. Er sagt, er ist „ganz sicher“, dass die neuen Nachbarn sie nicht geholt haben. Aber wie kann er da so sicher sein?

Ich muss das genau wissen. Ich muss Stian eine SMS schicken. Es gibt keine andere Möglichkeit. (PS: Ich habe seine Nummer vor ewigen Zeiten unter NERD gespeichert. Nur für den Fall, dass ich ihm plötzlich schreiben muss, wie blöd er ist und so. Und weil ich die meisten Nummern in der ganzen Klasse haben wollte. Nur Sondre hat noch mehr als ich, aber er hat die Nummern von (allen möglichen) Leuten gespeichert, die er nicht mal kennt. Und das zählt eigentlich nicht.) Ich schicke Stian eine SMS:

„Huhu, hier ist Oda. Bitte, antworte. Hat das Slumpaar Helle geholt?“

Ich warte und habe schreckliche Angst. Ich hoffe, dass Stian antwortet, auch wenn er sich ja wünscht, dass es mich überhaupt nicht gäbe … und dann piepst mein Handy! Da ist eine SMS gekommen. Sie kommt von Stian. „Nein“, steht nur in der Nachricht.

Zuerst bin ich erleichtert. Das Slumpaar hat Helle nicht geholt. Ein Glück! Aber dann fällt mir ein, dass das daran liegt, dass sie mich zuerst holen wollen!!! Mir graust vor dem Nach-Hause-Kommen.

Und dann geht mir auf, dass ich nicht vor dem Slumpaar den ärgsten Schiss habe. Den ärgsten Schiss habe ich davor, Helle zu sehen! Oder – davor, sie NICHT zu sehen.

Ich habe Angst, weil sie findet, dass ich mich so verändert habe.

Ich habe Angst, weil sie meine Nachricht nicht beantwortet hat.

Und ich habe Angst, dass sie nicht mehr meine Freundin sein will. Weil sie findet, dass ich gemein bin.

Ich habe meine allerbeste beste Freundin verloren und ich allein bin schuld daran.

Morgen fahren wir nach Hause. Und mir graust.

„Komm doch mit rauf in die Gelbkammer, Oda“, sagt Martin und ich fahre zusammen. „Wir sind alle da oben.“

Also gehe ich mit hoch und da sitzen die Vettern und Kusinen (und Erlend) und quatschen.

★

Ein Engel

In den kleinen Fenstern gibt es nur eine dünne Schicht aus Buckelglas. (Zu Hause haben wir zwei Glasschichten in den Fenstern.) Draußen ist es ganz dunkel und der Wind heult in den Wänden. Die weiß angestrichenen Fensterrahmen sind nicht ganz dicht. (Das allermeiste in solchen alten Häusern ist schief.) Es ist kalt hier oben in Omas Schlafzimmern.

„Kalte Zimmer, aber voller warmer Geschichten und Charme“, sagt Mama immer.

Ich kann mich an viele Geschichten erinnern. Schöne Geschichten. Und es wird ganz sicher noch viele andere geben. Selbst wenn nicht mehr alle hier sind … Hanna erzählt gerade eine Geschichte. Martin, Halvard, Dag, Erlend und die Zwillinge sitzen mäuschenstill da und hören zu.

Es muss eine spannende Geschichte sein. Aber ich höre nicht, was Hanna sagt, denn ich denke nur an *ihn*. An Opa. Ich sehe ihn so deutlich vor mir, hier, in seinem Haus, auf seiner Insel. Seine Hände an dem Tag waren so kalt. Am letzten Tag, als ich ihn gesehen habe.

Ich merke, wie kalt meine Hände sind.

„Wenn du frierst, dann zieh noch einen Pullover an", sagt Papa immer.

Er sagt das genauso wie Opa es gesagt hätte. In demselben Tonfall. Mit demselben Akzent. Sanft und zugleich energisch. Papa hebt sogar genauso die Augenbrauen, wie Opa das immer gemacht hat. Ein bisschen hoch, in runden lieben Bögen. (Ich bin so froh, weil ich mich gerade daran so deutlich erinnern kann. Ich bin froh, weil ich Opa in Papa ein bisschen sehen kann!)

Ich ziehe meine Hände in die Pulloverärmel und balle die Fäuste um die Ärmelenden. Mache die Öffnungen dicht, damit die kalte Luft nicht hereinkann. Das hilft ein bisschen. Aus Hannas Mund quillt Frostrauch, wenn sie spricht. Wir sitzen hier wie ein Indianerstamm um ein Lagerfeuer. Nur ohne Lagerfeuer. (Ich hätte jetzt gern ein Lagerfeuer, an dem ich mich wärmen könnte. Oder wenigstens einen kleinen Heizstrahler.) Ich höre, wie die Erwachsenen im Wohnzimmer unter uns reden und lachen. Wenn ich das Ohr auf den Boden presse, kann ich verstehen, was sie sagen. Aber ich bewege mich nicht.

Die Erwachsenen sitzen da unten und essen Käse und Kekse. Fiese stinkende Käse mit so Zeugs darin. Obst, Kräuter und Nelken … alte Käse, die wie saure Zehen und schimmelige Socken stinken. Nein, da nehme ich lieber ganz normalen Kuhkäse!

Ich träume so gern. (Abgesehen davon, wenn ich Albträume habe.) Ich versuche immer, so viel zu träumen wie möglich. „In so einem Haus braucht man keinen Käse zu essen, um seltsame Träume zu haben“, hat Mama einmal gesagt. „Hier kommen die Träume von selbst“, hat sie gesagt, „weil das Haus so alt ist und so viel Seele hat.“ Mama hat in England studiert, ehe sie Papa kennengelernt und mit ihm mich und Erlend bekommen hat. In England hat Mama gelernt, dass man viele seltsame und verrückte Träume kriegt, wenn man direkt vor dem Schlafengehen Käse isst. (Mama hat da drüben in England sehr viele nützliche Dinge gelernt.) Und deshalb esse ich beim Abendessen jetzt immer ein Käsebrot. Und ich bin ganz sicher, dass es klappt.

Die Tapete hier in der Gelbkammer hat übrigens die gleiche Farbe wie Kuhkäse. (Wenn du ein Bild von der Wand nimmst, siehst du, dass die früher viel weißer war.) Die Tapete war hier immer dieselbe, solange ich mich zurückerinnern kann. Sie besteht aus vielen dünnen Fäden in Streifen, dicht an dicht nebeneinander, vom Boden bis zur Decke. Als ob die Tapete aus Stoff wäre. Wenn du mit den Fingernägeln an der Wand kratzt, dann hört es sich so an wie wenn man über eine Cordhose kratzt.

Der Teppichboden, auf dem wir hier sitzen, war auch schon immer hier. Wir haben oft darauf gespielt. Er ist braun und einige Teppichhaare sind ein bisschen länger als die anderen, in einer Art Karomuster. So, als ob Barbie oder jemand in ihrer Größe mit dem Rasenmäher über den Teppich gefahren wäre, kreuz und quer, immer wieder. Die Senken im Teppich sind wie Straßen (für solche Miniautos, noch kleiner als Legoautos) und die längeren Teppichhaare sind sozusagen der Bürgersteig. Wir brauchten nicht einmal richtige Spielzeug-

autos, wir konnten einfach so tun als ob. Unsere Finger waren Autos und Fußgänger zugleich.

Ich merke, dass das Zimmer ein bisschen wärmer wird und dass ich lächele. *Kalte Zimmer, aber voller warmer Geschichten und Charme*, denke ich. Warme Geschichten, die das Zimmer warm machen und mich froh.

Ich schaue mich um. Jetzt redet nicht nur Hanna. Die anderen reden auch alle. Und lachen. Das ist schön, auch wenn ich nicht mitgekriegt habe, worüber sie reden. Die Zimmertür ist geschlossen und Hanna und die anderen reden so viel, dass die Fensterscheiben von innen beschlagen. Ich zeichne gern auf beschlagenen Fensterscheiben. Oder schreibe geheime Nachrichten, die verschwinden, wenn das Fenster nicht mehr beschlagen ist. Und dann entdeckt jemand vielleicht die Nachricht, wenn er zufällig die Scheibe anhaucht. Oder wenn die Scheibe wieder beschlägt, weil alle so viel reden. So wie jetzt.

Die Vorhänge hier im Zimmer sind dunkelblau. (Genau wie der Himmel draußen.) Die Vorhänge waren auch schon immer hier. Das gefällt mir. So bleiben die Geschichten sozusagen länger hängen. In den beschlagenen Fensterscheiben. In den Bildern an den Wänden und den Wänden selbst, mit der gelben Tapete, die irgendwann weiß war. In der Decke und im Boden. Im Teppichboden. In den Vorhängen. Und in der Luft. Die jetzt nicht mehr kalt ist.

Ich stelle fest, dass die Fenster nicht mehr beschlagen sind. Ich strecke die Hände aus den Pulloverärmeln. Ich schaue mich im Zimmer um – sehe die Gesichter um das unsichtbare wärmende Lagerfeuer an.

„Oda?“, fragt jemand.
„Hm?“, frage ich.
Das war Hanna, die gefragt hatte.
„Woran denkst du?“, fragt Dag.
Plötzlich sehen mich alle an.

„An Opa“, sage ich. „Daran, dass er vielleicht hier ist, irgendwie …“

Und dann ist es plötzlich ganz still im Zimmer. Niemand sagt etwas. (Nicht einmal die Zwillinge.) Alle sitzen mäuschenstill da, alle denken. An *ihn* vielleicht?

Den Häuptling. Unseren Häuptling.

Und jetzt flattern die blauen Vorhänge ein ganz klein wenig (obwohl Tür und Fenster geschlossen sind). Vielleicht ist ein Häuptling durch das Zimmer geflogen? Vielleicht ist er gerade jetzt hier, zusammen mit uns? Zusammen mit seinen Enkelkindern, die er so gern gehabt hat und auf die er so stolz war? Vielleicht ist er gekommen, um uns „Lebwohl“ zu sagen und für unseren Besuch zu danken, an diesem letzten Abend der Winterferien? Ich lächele. Lächele die Vorhänge an, das Fenster, die Bilder, die Wände, die Decke und den Boden, die Luft im Zimmer. Ich lächele Opa an.

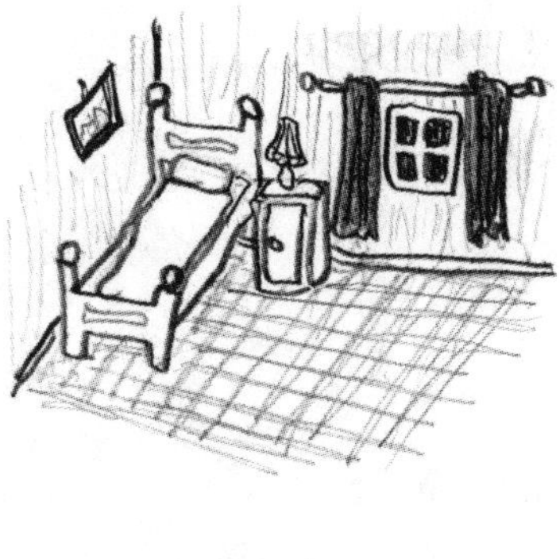

Es ist noch immer ganz still. Ich wüsste gern, ob alle an dasselbe denken wie ich.

„Da ist ein Engel durch das Zimmer geflogen“, sagt Oma immer, wenn es in einem Zimmer voller Leute plötzlich ganz still wird.

Und noch ehe jemand etwas darauf antwortete, lächelte Opa immer und sagte:

„Und da war ja gleich noch einer!“

Und dann zwinkerte er uns lustig zu.

„Da ist ein Engel durch das Zimmer geflogen“, sage ich plötzlich.

„Und da war ja gleich noch einer“, sagt Halvard gleich nach mir.

Und dann lächelt er mich an und dann zwinkert er listig. Genau wie Opa immer gezwinkert hat.

Opa ist überall, denke ich. Ein Häuptling in den ewigen Jagdgründen, ein Engel hier bei uns im Zimmer, in Oma, in Papa, sogar in Halvard. Und in meinen Gedanken. *Dann pass für Helle auf Lasse und Geir auf,* sage ich in Gedanken zu Opa.

Und ich weiß, dass er mich hört.

★

Abschied

Es ist traurig, zu Oma „auf Wiedersehen“ zu sagen.

„Besuch mich bald wieder, Odachen“, sagt Oma, und ich drücke sie ganz fest.

„Ja“, sagen Hanna und Martin im Chor. Sie stehen neben Oma, in der Reihe der Verwandten, die sich zum Auf-Wiedersehen-Sagen aufgestellt haben.

Und alle werden von mir umarmt. Sogar Halvard und Dag. Es ist ein bisschen peinlich, Halvard und Dag zu umarmen, aber nachher bin ich irgendwie stolz und froh. Ich bin zu ihnen gegangen und habe sie umarmt. Ich komme mir irgendwie stark vor, ein bisschen erwachsen.

„Sehn wir uns Ostern, oder was?“, frage ich und sie nicken.

„Klar doch“, sagen Halvard und Dag und Hanna und Martin im Chor und lächeln.

„Yesssss!“, sagen die Zwillinge. „Erle kommt zu Ostern!“

Erlend und Mama und Papa umarmen auch alle und sagen, „Wiedersehn“ und „bis dann“ und „danke für alles“ und „es war nett“ und den ganzen Kram. Halvard und Dag fahren auch heute, aber sie nehmen später die Schnellfähre und dann das Flugzeug. Sie wohnen viel weiter weg als wir. Ganz im Süden.

Dann müssen wir plötzlich unbedingt die Fähre erreichen und zum Auto rennen. Auf der Fahrt zum Fähranleger packt Mama wie immer die Türklinke und singt den einzigen Choral, den sie kann. Aber wir erwischen die Fähre gerade noch und haben keine Zeit für ein Eis …

Aber dann kriegen wir auf der Fähre Eis! Erlend sucht sich das allergrößte aus. Und ich nehme das mit der meisten Schokolade.

★

Die Fahrt nach Hause

Es ist einfach unmöglich, mit Erlend Auto zu fahren … im Ernst, nicht mal mein MP3-Player kann sie übertönen. So hört es sich hinten in unserem Auto jedes Mal an, wenn wir irgendwohin fahren:

„Sind wir bald da? Ich muss Pipi machen. Mir war noch nie so schlecht! Ich hab ja solchen Durst. Muss jetzt was trinken! Sonst sterb ich bestimmt!!! Ich zähle bis 10 – weiter nicht, denn danach werde ich krepieren!

EEEEins ... zweiiiii .... dreiiii ... viiiiier ... fünnnnef ...

säääächs .... siehieben ...Ahacht ... neujeujeun ... ZEHN!

JETZT STERB ICH!!!!!“

Und danach kein einziges Wort.

Und schwupp – schon sind wir dort.

(PS: Hier hab ich dort statt da geschrieben, weil sich dort auf Wort reimt. Wir haben in der Schule nämlich die NOTREIME gelernt, so ist das!)

★

WIEDER DAHEIM

(und ich weiß nicht so ganz, wo ich anfangen soll.)

Zu Hause am Besten ...?

Liebes Tagebuch,

wir sind wieder zu Hause! Ich habe Helle nicht gesehen, als wir durch die Krokkleiva gefahren sind. Ich habe auch das Slumpaar oder Diesel nicht gesehen. Das Slumpaar schien überhaupt nicht zu Hause zu sein, denn die Fenster unten links im Grünhaus sind ganz dunkel. Wo die wohl stecken? Wo Helle wohl steckt? Ich wüsste gern, was sie jetzt gerade macht! Und ich wüsste gern, ob sie gesehen hat, dass wir nach Hause gekommen sind. Ich wüsste gern, ob sie jetzt auf dem Weg zur Bohrinsel ist, um sich mit mir zu treffen, wie immer, wenn ich von Oma nach Hause komme (oder von woanders). So, wie ich immer auf der Bohrinsel warte, wenn sie bei ihrem Vater in Bergen war oder so. Soll ich hingehen oder nicht ...?

Ich sitze in meinem Zimmer. Wir sind vor circa einer halben Stunde nach Hause gekommen. Ich gehe sonst sofort los, um Helle auf der Bohrinsel zu treffen, wenn ich von irgendwo nach Hause komme. Aber heute bin ich nicht losgegangen. Ich hab irgendwie ein bisschen Schiss. Denn was, wenn sie nicht da ist? Was, wenn sie sich nicht mit mir treffen will? Was soll ich dann machen? Sie hat meine SMS ja nicht beantwortet … (Vielleicht hat sie die nicht gekriegt?)

Ich nehme ein zerknittertes zusammengefaltetes Blatt Papier aus meinem Tagebuch. Ich falte es auseinander. Es ist die dritte Drohzeichnung. Die, die nur mich zeigt. Aber ich muss Helle trotzdem warnen! Unbedingt! Auch wenn das Slumpaar mich zuerst holen will und auch, wenn Helle nicht mehr meine Freundin sein will.

Also stecke ich die Zeichnung ein und laufe die Treppe zur Haustür hinunter.

EINE ÜBERRASCHUNG

Ich laufe aus der Haustür und gehe zum Wäldchen hinauf. Aber ehe ich die Bohrinsel erreicht habe, bleibe ich stehen und verstecke mich ganz schnell hinter einem Baum. Denn da oben sitzt jemand – und das ist NICHT Helle!!!

Ich spinxe zur Bohrinsel hoch. Der Mensch, der dort sitzt, kehrt mir den Rücken zu und ist mit irgendetwas beschäftigt. Ich bespioniere die Person, die mich noch nicht entdeckt hat. Sie oder er scheint in irgendetwas total vertieft zu sein. Ich schleiche mich zwischen den Bäumen nach oben, so leise ich kann. Als ich den Affenbaum erreicht habe, kann ich die Bohrinsel besser sehen.

Es ist STIAN!

Ich werde nervös, mir wird fast ein bisschen schlecht. (Kommt das noch von der Autofahrt von Oma her? JETZT? Erst später??? Als „Nachhall“ oder wie das heißt? Ich kapier hier gar nichts mehr.) Aber ich bespioniere Stian jetzt weiter. Seltsam eigentlich, dass er mich nicht gehört hat. Aber dann sehe ich, dass er Ohrstöpsel trägt. Natürlich. Er hört Musik. Welches Lied er wohl gerade hört? „Blind“ vielleicht oder „Blutiger Ernst“ oder auch „Könnte schlimmer sein“? Ich kann sie jetzt fast auswendig. Allesamt.

Was macht Stian eigentlich da oben? Er scheint zu schreiben. Sicher Hausaufgaben, wie immer. (Einfach krank, wie viel Aufgaben die in der Mittelstufe aufkriegen, denke ich, während ich hinter dem Affenbaum stehe und spinxe.) Ich mustere Stians Gesicht. Er lächelt ein bisschen. Das, was er da macht, scheint ihm zu gefallen. Dass ihm die Hausaufgaben *gefallen!!!* Nicht zu fassen. Ich kann Aufgaben jedenfalls nicht leiden.

Plötzlich legt Stian das hin, womit er beschäftigt war, und steht auf. Ich ducke mich ins Gestrüpp beim Affenbaum. Ich halte den Atem an und beobachte Stian. Er geht zum Geländer der Bohrinsel und schaut über das Wäldchen. Er sieht zu meinem Haus hinüber. Was er da wohl sucht. Und dann nimmt Stian die Mütze ab.

Engelsgesicht, denke ich plötzlich. (PS: Das ist ein Lied der DumDum Boys. Ich habe keine Ahnung, warum mir dieses Wort gerade jetzt eingefallen ist. Gerade in dem Moment, in dem Stian die Mütze abgenommen hat. Das muss der pure Zufall sein.) Aber dann merke ich, dass ich rot werde, komisch! Warum finde ich das hier jetzt peinlich?! Ich schaue Stian an. Etwas stimmt nicht so ganz. Er sieht ein bisschen anders aus und …

Er hat sich die Haare schneiden lassen! Ganz kurz! Weniger als einen Zentimeter Haare auf dem Kopf. Und seine Haare sind doch so hell, dass er fast kahl aussieht. Er sieht fast ein bisschen aus wie … Arne Svingen! Nur viel jünger. Ach, ich seufze, mein Herz … denke ich, aber ich denke nicht an Arne Svingen. Ich denke an … Stian?

STIAN!!! Was ist das denn? Ich fühle mich ganz komisch. Stian ist doch eigentlich ein Trottel, aber ich finde ihn ein bisschen … hübsch? (Und als ich denke, dass Stian hübsch ist, werde ich nur noch röter.) Was ist passiert, überlege ich? Hat Stian sich in einer einzigen Woche so sehr verändert? Er ist gewachsen, oder? Stian war doch ein Nerd, aber ich finde, er sieht … *heftig* aus?! (Es liegt ja nur an den Haaren, der neuen Frisur. Die ist heftig. Nur heftige Jungs haben solche Haare, oder, ich meine, solche *Nicht*-Haare.)

Plötzlich taucht der Anfang eines Gedichts in meinem Kopf auf, genau hier und jetzt: „Du warst da auf der Bohrinsel, nahmst deine Mütze ab. STIAN – wer hier COOL ist, das bist DU!“ O verflixt, das muss ich aufschreiben, ehe ich es vergesse, denke ich. (Auch wenn es sich nicht reimt.) Aber ich habe doch kein Papier und keinen Stift bei mir. Papier und Stift gibt es oben auf der Bohrinsel. Da, wo er auch ist …

Traue ich mich, hochzugehen? Wird er mir ansehen, was ich über ihn denke? Ist er noch immer wütend auf mich? Wird er lachen? Wünscht er noch immer, dass es mich gar nicht gäbe? (Aber es gibt mich doch …) Und ich kann ihm ja auch nicht für alle Ewigkeit aus dem Weg gehen. Wir wohnen doch in derselben Straße, vermutlich noch für etliche Jahre. Ich habe ja beschlossen, nicht mehr gemein zu sein. Ich habe mich ja entschlossen, etwas wie … äh … Entschuldigung zu sagen. Zu Stian. Dazu hatte ich mich entschlossen.

Und plötzlich fühle ich mich ein bisschen mutig. Ich trete hinter dem Gestrüpp beim Affenbaum vor und gehe auf die Bohrinsel zu. *Jetzt oder nie*, denke ich, und klettere die Leiter hoch.

★

Eine Begegnung

„Hallo“, sage ich.

Aber Stian dreht sich nicht um. Er hat mich noch nicht gesehen oder gehört. Also gehe ich über die Bohrinsel, bis zu ihm. Ich stehe direkt hinter ihm und berühre seinen einen Arm mit dem Fäustling. Und da zuckt Stian zusammen und fährt herum. Und er starrt mich an. Und da merke, ich, dass ich rot werde und meine Schuhe anstarre. Aber dann blickte ich wieder hoch und da sehe ich, dass auch Stian rot geworden ist. Da muss ich ein bisschen lächeln. Und da lächelt auch Stian ein bisschen.

„Hallo“, sage ich noch einmal.

Stian nimmt die Ohrstöpsel heraus und steckt sie in die Tasche seiner Daunenjacke.

„Öööh, hallo“, sagt er.

Dann räuspert er sich ein bisschen und schaut nach unten. Und da sieht er die Zeichnung, die ich in den Händen halte. Die Drohzeichnung, die das Slumpaar mir gegeben hat.

„Wo hast du die gefunden?“, fragt Stian.

„Die hab ich von der Slumpaarfrau“, sage ich.

„Ach?“, sagt Stian, als ob er das seltsam fände.

„Hä?“, sage ich. (Etwas Besseres fällt mir nicht ein.)

„Ich hatte sie weggeworfen“, sagt Stian jetzt.

„Hä?“, sage ich noch einmal und jetzt begreife ich nicht, was Stian da faselt.

Sie weggeworfen …? Was denn? Und dann denke ich plötzlich, dass Stian vielleicht glaubt, ich wüsste kein anderes Wort als „hä", und deshalb sage ich schnell noch mehr.

„Ich .. die … das Slumpaar …äh … hä?"

Und dann werde ich noch röter. (Falls das überhaupt möglich ist …)

Mir will plötzlich rein gar nichts einfallen, was ich sagen könnte. (Hab ich den Verstand verloren, oder was?) Ich sehe Stian wieder an. Stian schaut zu etwas hinüber. (Das, womit er sich her oben beschäftigt hatte. Den Hausaufgaben …) Ich schaue in die gleiche Richtung. Aber es sind keine Hausaufgaben, die Stian gemacht hat. Da liegt nämlich ein Zeichenblock.

„Zeichnest du? Lass mal sehen!", sage ich und gehe zu dem Zeichenblock, der auf dem Boden der Bohrinsel liegt.

„Nein …", sagt Stian und packt meinen Arm.

Aber er fasst nicht fest an und dann lässt er los. Ich bücke mich und hebe den Zeichenblock hoch.

„Wogende Wolkenkratzer! Eine Drohzeichnung!!!", sage ich entsetzt. „Noch eine von mir. Wir müssen …"

„Das ist keine Drohzeichnung", sagt Stian schnell. „Das ist ..."

Ich sehe ihn wieder an und kapiere noch immer nicht. Und dann sehe ich die Zeichnung in Stians Zeichenblock an und die Drohzeichnung, die ich bei mir habe, und dann denke ich an die ersten beiden Drohzeichnungen, die ich und Helle hier oben gefunden haben. Die stammen von derselben Person! War das Stian, der ... Hä???

„Warst du das, der ...?", frage ich.

„Ja", antwortet Stian genauso schnell wie vorhin, „aber das sind keine Drohzeichnungen, das sind ... ich wollte ... die waren ... für dich."

Stian starrt zu Boden und scharrt mit der Schuhspitze im Schnee auf der Bohrinsel. So, als wäre ihm beim Reden die Luft weggeblieben. Als hätte er zwischen den Wörtern das Atmen vergessen.

„Ach", sage ich.

„Weil du so ... ich fand dich so ... aber dann, und dann ... du weißt schon." Wieder geht Stian die Luft aus.

„Ja", sage ich nur. Auch wenn ich nicht ganz kapiere, was er meint.

„Aber, auch wenn du ... da fand ich doch, du ...", sagt Stian. (Und ich *versuche* zu verstehen, wovon er redet.)

„Ich ... entschuldige", sage ich schnell und nicht sehr laut, ungefähr in dem Moment, in dem Stian sagt:

„Ich wünsch mir nicht, dass es dich gar nicht gäbe."

Und dann sagen wir beide „danke, ich ..." im Chor.

„Schuldest mir 'ne Cola!", rufe ich, so schnell ich kann, und stupse ihn mit dem Fäustling an und lache so ein kleines „hehe". (Wir haben ja im selben Moment „danke" gesagt, und wenn man im selben Moment etwas sagt, muss man ganz schnell als Erste „schuldest mir 'ne Cola" rufen. Und ich war zuerst, deshalb schuldet er mir. Eine Cola.)

„Oder am liebsten eine Cola light, wenn das geht, ich trink eigentlich nicht gern Cola. Man kriegt so einen fiesen Belag auf den Zähnen …“, sage ich jetzt, als Stian nichts sagt. (Uff, nein, jetzt plappere ich wie eine blöde Nuss … es sollte doch fetzig und witzig klingen, aber ich komme mir ganz schön doof vor … *schuldest mir ne Cola* … wie kindisch!)

„Du kannst ja so gut zeichnen“, sage ich. „Aber warum hast du … *mich* gezeichnet?“

Kaum habe ich das gesagt, wird Stian geradezu wahnsinnig rot. Ich habe echt noch nie jemanden so dunkelrot werden sehen. Und ich finde ihn niedlich, wenn er rot wird. (Uäääh! Was ist bloß in mich gefahren?)

„Ich … ich finde es bloß … gut, dass du da bist“, sagt Stian und ich sehe und höre, dass ihm das ganz unwahrscheinlich peinlich ist.

Und plötzlich will ich nur, dass Stian nicht der Einzige hier ist, dem etwas peinlich ist. Mir soll auch etwas peinlich sein, damit ihm nicht ganz alleine etwas peinlich sein muss! (Oder so.)

„Ähem, mir ist eben ein Gedicht eingefallen“, sage ich. „Oder, jedenfalls der Anfang zu einem Gedicht. Möchtest du das hören?“

Ich schaue ganz kurz zu Stian hoch und der nickt.

„Du warst da auf der Bohrinsel, nahmst deine Mütze ab“, sage ich und jetzt finde ich das alles nur noch *megapeinlich!*

Stian sieht mich ein bisschen komisch an und wartet auf den Rest. Und jetzt finde ich das Gedicht plötzlich strohdoof und blöd. Aber nein, denke ich. Jetzt gibt es kein Zurück mehr. Ich MUSS es fertig aufsagen.

Das ist das Mindeste, was ich tun kann, nachdem ich so oft so viele Gemeinheiten über ihn gesagt habe. Also sage ich das Gedicht ganz schnell fertig auf. Ich sage es ganz leise und hoffe ein ganz klein wenig, dass er es doch nicht hört.

„Stian, und wer hier cool ist, das bist du", sage ich. (Und merke, dass mein Herz mir bis in den Hals schlägt.)

„Findest du?", fragt Stian.

„Hä?", frage ich.

Und dann sieht Stian plötzlich gar nicht mehr aus, als ob ihm alles peinlich wäre. Er sieht ganz schön heftig aus. Denn er lächelt ein megafeines Lächeln und er hat so tolle Haare und er hat eine coole Daunenjacke. Und er zeichnet so gut. Und er hat *mich* gezeichnet. *Mehrmals.* (Wow.)

„Dass ich coool bin?", fragt Stian.

„Äh, ja", sage ich. „Ein bisschen. Oder … ja."

„Bleibst du ein bisschen hier?", fragt Stian.

„Bei dir?", frage ich.

„Ja", antwortet Stian.

„Okay", sage ich.

Und dann setzen wir uns auf die Bohrinsel.

★

Yesss!!!

Ich glaube, Stian mag mich! Da bin ich mir fast sicher. Es ist ein Wunder. Ich bin mir ja nicht ganz bombensicher. Denn das kann man ja nie sein. Aber er scheint mich zu mögen. Auch wenn ich so oft gemein zu ihm war. Und ich mag ihn auch ein bisschen.

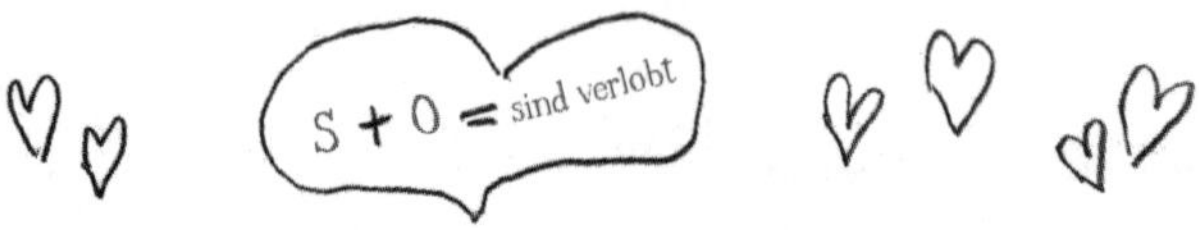

Früher konnten wir uns gegenseitig überhaupt nicht ausstehen und jetzt ist es plötzlich genau umgekehrt! Vielleicht hat Oma recht und man ist zu denen besonders gemein, die man am liebsten hat. Jetzt weiß ich genau, wie sie das gemeint hat.

Und die Drohzeichnungen vom Slumpaar waren keine Drohzeichnungen. Sie waren nicht mal vom Slumpaar. Sie waren von Stian! Stian hat eine Menge Zeichnungen von mir gemacht! Ich habe Stian auch gezeichnet, aber das waren fiese Zeichnungen und es ist lange her. Als ich nicht wusste, dass Stian eigentlich gar kein Blödmann ist. Ich werde eine neue Zeichnung von Stian machen. Und die wird ganz supertoll. Damit das klar ist.

Ich und Stian saßen ganz lange auf der Bohrinsel und haben geredet. Zwei Stunden oder so. Bis uns total eiskalt war und wir mit den Zähnen klapperten und überhaupt. Stian hat erzählt, dass das Slumpaar nicht mehr hier ist! Sie sind an einem Tag in den Winterferien ausgezogen. Und Helle und Stian haben ihnen geholfen. Tone und Andreas heißen sie. Und sie waren offenbar gar keine Kinderhasser. Und Diesel war offenbar auch kein Killerhund. Er war noch ein Hundebaby (ein ganz schön großes Hundebaby, wenn ihr mich fragt) und total eifrig und wollte offenbar nur spielen. Helle hat ganz viel mit Diesel gespielt, während Stian dem Slum… – ich meine, Tone und Andreas bei dem großen Sofa geholfen hat. Und dann wurden Helle und Stian ins Grünhaus geholt und bekamen Tee und Marmeladenbrote, weil sie so nett gewesen waren. Es ist unglaublich, dass in der kurzen Zeit, in der ich weg war, hier so viel passiert ist!

Ich habe Stian von dem furchtbar unheimlichen und geheimnisvollen Ereignis an dem Tag am Küchenfenster erzählt, als dieser Andreas so zitterte und aus unserer Zuckerschüssel Zucker gegessen hat und wie viel Angst ich hatte und wie schrecklich Diesel gebellt hat.

„Hunde kennen ihre Besitzer ziemlich gut“, sagte Stian. (Und mit Hunden kennt Stian sich aus, sie haben ja einen ganzen Haufen Hunde!) „Als Diesel also gemerkt hat, dass Andreas wegen seiner Zuckerkrankheit Zucker brauchte“, fügte er hinzu (und da ging mir ein winzig kleines peinliches Licht auf), „da hat er vielleicht gebellt, weil er Angst hatte oder um auf sein Herrchen aufzupassen.“

„Ja, ja, so ungefähr habe ich mir das ja gedacht“, sagte ich, aber ich merkte, dass meine Ohren schon wieder glühendheiß waren (und ich dankte den höheren Mächten, weil ich eine Mütze aufhatte). „Dass Diesel deshalb gebellt hat, ja“, fügte ich hinzu und versuchte, das ganz normal klingen zu lassen. (Manchmal muss es erlaubt sein, zu einer kleinen Notlüge zu greifen, wenn man sich den guten Namen und die Ehre bewahren will. Ich wusste ja, dass Diabetes dasselbe ist wie Zuckerkrankheit. Ich hatte es nur ein bisschen vergessen. Und ich wusste, dass Andreas zuckerkrank war und nicht Diesel. Großes Indianerehrenwort!)

Stian sah mich an und lächelte sein feines Lächeln und da musste ich einfach zurücklächeln. Dann erzählte er, dass Hunde so an die achtzig Prozent ihrer Gehirnkapazität auf ihren Geruchssinn konzentrieren, deshalb hatte Diesel sicher gerochen, dass es Andreas nicht gut ging und dass er Hilfe brauchte. Dass Hunde Angst wirklich riechen können! Stian weiß wirklich ganz schön viel über Hunde!

So war das also. Schon wieder ist jemand vom Grünhaus und aus der Krokkleiva weggezogen, aber das ist ja eigentlich kein Wunder. Im Grünhaus ziehen dauernd Leute aus und ein.

Als wir genug über Tone, Andreas und Diesel geredet hatten, redeten wir über Helle. (Das ließ sich ja nicht vermeiden.) Stian wusste schon ganz schön viel, aber ich erzählte ihm ein bisschen davon, was ich bei Oma herausgefunden hatte. Dass ich nicht so gemein sein will und dass Helle meine allerbeste Freundin ist und ich wieder ihre Freundin sein will. Stian begriff, was ich meinte, und er wusste, dass Helle meine SMS nicht beantwortet hatte. Er sagte, das sei, weil sie fast die ganzen Winterferien hindurch wütend und traurig gewesen sei.

Und dann hat er gesagt, dass Helle sich keine neue beste Freundin zugelegt hat, während ich weg war.

Und dann ging ich mit Stian nach Hause, um mit Helle zu sprechen.

★

Neiiiiiin!!!!!

Aber Helle hatte sich in ihrem Zimmer eingeschlossen. Ich klopfte an die Tür und fragte, ob ich hereinkommen dürfte, aber Helle antwortete nicht einmal … sie sagte nicht einen Mucks. Also klopfte ich weiter an ihre Tür und fragte, ob ich reinkommen dürfte, und da sagte Helle endlich etwas.

„Geh lieber nach Hause, Oda, ich will nicht mit dir reden", sagte sie.

Und da gab ich doch auf und ging nach Hause …

„Glaubst du, dass wir je wieder Freundinnen sein können?", fragte ich Stian, schon in der Terrassentür, ehe ich ging.

„Ich weiß nicht", sagte Stian. „Aber ich kann versuchen, mit ihr zu reden. Und ich schick dir eine SMS, wenn du sie anrufen kannst. Okay?"

„Okay", sagte ich und lächelte ihn ein wenig an.

Und ich sagte auch „danke", fast in dem Moment, als ich mich umdrehte, um die Terrassentreppe hinunterzugehen. (Es ist irgendwie ein komisches Gefühl, dass wir so ganz plötzlich so nett zueinander sind.)

Dann ging ich nach Hause.

★

Zu spät

Zu Hause in meinem Zimmer sitze ich mit dem Telefon in den Händen da und warte.

Und warte …

… und warte.

Aber von Stian kommt keine Nachricht.

★

Jetzt gibt es keine Hoffnung mehr …

Ich nehme mir das Tagebuch und versuche, ein bisschen darin zu schreiben.

Liebes Tagebuch,

ich …

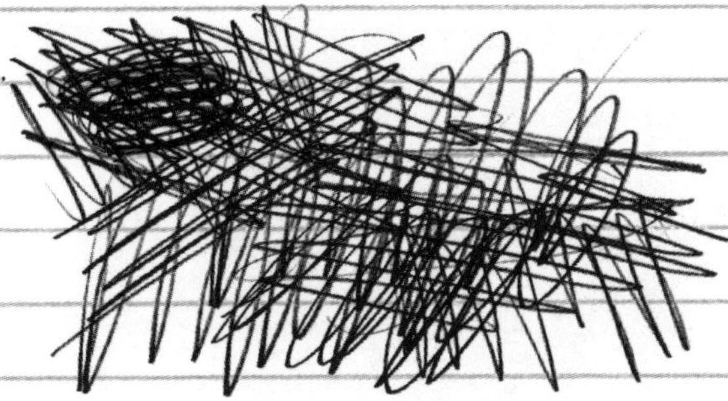

… aber mir fällt nichts ein.
Ich fühle mich ganz leer.
Allein.
Freundelos.
…

★

Die Zeit

Und die Minuten ticken und gehen.
Jetzt ist mehr als eine Stunde vergangen!!!

Nein, es ist zu spät …

Mitten in der Nacht

Liebes Tagebuch,

es ist wahnsinnig spät mitten in der Nacht und alle schlafen schon. Ich liege mit meinem Tagebuch im Bett. Ich kann nicht schlafen. Mein Herz scheint platzen zu wollen.

Ich vermisse Helle so!!!

★

NACHRICHT

Ich fahre aus dem Schlaf hoch und setze mich im Bett auf. Mein Handy piept!

Es ist Sonntagmorgen und gestern war der beste und zugleich der schlimmste Tag in meinem ganzen Leben.

Es war der beste Tag in meinem Leben, weil ich nun weiß, dass Stian mich mag (und dass ich ihn auch mag) und wir Freunde geworden sind.

Es war der schlimmste Tag, weil ich meine allerbeste beste Freundin ganz offiziell verloren habe. Stian wollte mir Bescheid sagen, wenn ich Helle anrufen könnte, aber es kam keine Nachricht. Und am Ende bin ich dann doch ins Bett gegangen.

Aber ich konnte nicht schlafen. Also schrieb ich ganz viel Kram in mein Tagebuch und bereitete mich darauf vor, mit Helle zu reden, aber das war eigentlich sinnlos. Denn Stians Nachricht kam ja nie.

Und am Ende schlief ich ein … (Ich weinte mich in den Schlaf und es ist mir nicht peinlich, das zuzugeben.)

Aber jetzt ist Sonntagmorgen und es ist eine Nachricht gekommen – von Stian! Und als ich sie lese, merke ich, wie wahnsinnig nervös ich bin.

„Hallo, sorry, hat gedauert, kannst sie jetzt anrufen, S", steht da.

Stian hat mit Helle gesprochen.

Und ich kann sie anrufen!

Helle wird antworten, wenn ich anrufe.

Was hat Stian ihr gesagt?

Wie wütend ist sie?

Wird sie mir verzeihen???

Ach, Helle! Wenn wir doch nur wieder Freundinnen sein könnten! Du bist die beste Freundin, die ich auf der ganzen Welt, ja, im ganzen Universum gehabt habe!!!, denke ich, während ich in meinem Zimmer sitze und mein Handy ansehe, ihre Nummer ansehe.

Mir graust so vor diesem Anruf.

Aber ich rufe an. Ich rufe Helle an.

★

Das Gespräch

Sie meldet sich nach dem dritten Klingeln.

„Hallo", sagt Helle.

„Hallo", sage ich. „Ich bin's."

Helle sagt nichts. Ich weiß nicht, wo ich anfangen soll. *Wie* ich anfangen soll.

„Ich … ich habe ein Lied für dich geschrieben", sage ich. „Oder besser, ich hab ein altes Lied genommen. Und das habe ich ein bisschen verändert und jetzt handelt es irgendwie von dir und mir."

Helle ist ganz still. Aber ich höre, dass sie da ist. Ich kann hören, dass sie atmet. Sie wartet vielleicht. Darauf, dass ich noch mehr sage.

„Helle und Odachen, heißt das Lied", sage ich. „Auch wenn ich eigentlich gar nicht mehr so klein bin …"

Ich versuche, ein bisschen zu lachen, aber es klingt nur komisch. Und Helle lacht nicht …

„Aber ich kann es dir vorsingen", sage ich.

Helle sagt noch immer nichts. Aber sie hat auch nicht aufgelegt. Ich räuspere mich zuerst, damit meine Stimme klar klingt.

Und dann singe ich:

Helle und Odachen wohnen Wand an Wand,
beide sind für ihre Augen und ihre Haare bekannt,
Gummi in den Haaren, Klettverschluss am Schuh,
Jeans und Kapuzenpullover gehören auch dazu.

Nach Hause aus der Schule, Buskarte in der Hand,
jeden Tag knüpfen wir ein neues Freundschaftsband.
Aber plötzlich eines Tages gibt es Streit
und seit diesem Tag da sind wir total entzweit.

Du darfst nicht mehr bei uns spielen
und deine Freundin bin ich auch nicht mehr.
Ich spiele auf der Bohrinsel, doch komm du ja nicht her.
Du darfst nicht mehr auf den Affenbaum.
Denn ich kann dich nicht mehr leiden.
Du warst einfach zu gemein,
ach, Helle, ich glaub es kaum ...

Ich halte an und hole Atem. Und schlucke. Warum bin ich so nervös? Das ist doch bloß Helle am anderen Ende der Leitung. Helle, die ich schon mein ganzes Leben lang kenne!

Sie sagt noch immer nichts und ich singe weiter:

Der Heimweg von der Schule war ganz schrecklich lang,
als wir zum ersten Mal nicht zusammen im Bus saßen.
Stunde um Stunde verging – kein Wort!
Ich hätte gern geweint. Ich wollte nur noch fort.
Aber in der letzten Pause
hält Odachen es nicht mehr aus.
Helle! Es tut mir so schrecklich leid.
Und ohne dich bin ich eine arme Laus!

Komm mit mir zu unserem Haus!
Sei nicht mehr böse auf mich.
Wir können auf der Bohrinsel spielen
und die anderen sehen zu.

Du kannst auf unseren Affenbaum klettern
und es gibt nur dich und mich,
komm mit zu unserem Haus,
denn so sehr lieb ich dich!

(Ich hoffe, sie hat nicht gehört, wie sehr beim Singen meine Stimme gezittert hat.)

„Ui“, sagt Helle. „Das war aber schön.“

„Nö“, sage ich.

„Doch“, sagt Helle.

„Nöhö“, sage ich.

„Dohoch“, sagt Helle.

„Entschuldige“, sage ich. Ich sage es, so schnell ich kann. (Komisch, dass es so schwer ist, gerade dieses Wort zu sagen!)

„Danke“, sagt Helle und jetzt ist sie wieder fröhlich. „Bohrinsel in zwei Minuten?“, fragt sie.

Ich kann hören, dass sie lächelt. Ich lächele auch.

„Wer zuerst da ist!“, rufe ich und bin schon auf der Treppe.

Es ist leicht, Helle munter zu machen. Sie ist *nie* nachtragend.
Helle ist meine BESTE FREUNDIN!

★

Und die Sonne schaut herein

Und während ich, so schnell ich kann, meine Daunenjacke anziehe, fällt mir ein Lied von den DumDum Boys ein. Und ich denke, dass ich jetzt begreife, warum Stian sie die ganze Zeit hört. Ich denke, dass mir die Lieder der DumDum Boys eigentlich wahnsinnig gut gefallen. Sie passen einfach so gut!

Im Himmel ist ein Loch
und die Sonne scheint herein,
Im Himmel ist ein Loch,
echt wahr,
es wird warm
für dich und mich.

Und draußen scheint wirklich die Sonne. Und ich laufe, so schnell ich nur kann, zur Bohrinsel, um meine allerbeste Freundin von der ganzen Welt zu treffen.

★

SORGENFREI
HURRA!
HURRA!
13

ICH BIN ERSTE!
KAKAO
MEHL
BACKPAPIE

Und wenn sie nicht gestorben sind …

Du hast geglaubt, jetzt wäre Schluss, was? So ein kitschiger, zuckersüßer Schluss, wo wir glücklich in der Krokkleiva leben, und wenn wir nicht gestorben sind, dann leben wir noch heute. Und da hast du wirklich TOTAL RECHT!

THE END

PS: Fortsetzung folgt VIELLEICHT; im nächsten Tagebuch.

♡liche Grüße

Oda Andrea

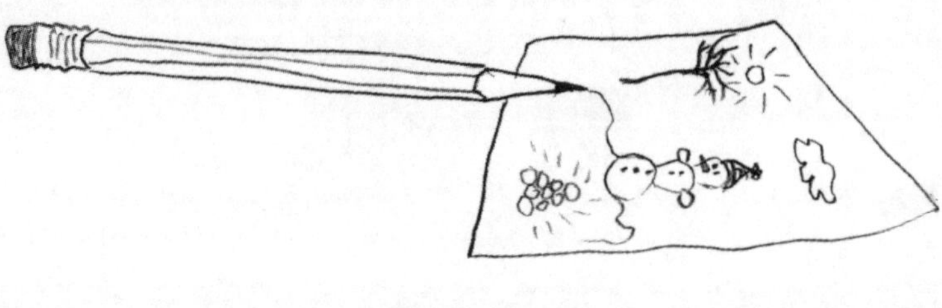

Die im Buch erwähnten Texte der DumDum Boys
stammen von Aslak Dørum und Kjartan Kristiansen.

Tausend Dank
an Arne Svingen, weil du für einen Witz zu haben warst!
(Aber jetzt mal ganz im Ernst: Was *ist* nun deine Lieblingsaugenfarbe?)

Nina Elisabeth Grøntvedt, geb. 1979 in Oslo, lebt in Trondheim. Sie studierte zunächst Graphik-Design und Illustration in Southampton, England. Danach besuchte sie das Norwegische Institut für Kinderliteratur (Norsk Barnebokinstitutt). Sie arbeitete in einer Buchhandlung und als Marketing-Assistentin in einem Verlag, bevor sie sich ganz dem Schreiben widmete. *Hallo, ich bin's, Oda!* ist ihr erstes Buch.

Dr. Gabriele Haefs, geboren 1953 in Wachtendonk/Niederrhein, lebt mit ihrer Familie in Hamburg. Sie studierte in Bonn und Hamburg Sprachwissenschaften und übersetzt seit 1983 aus dem Norwegischen, Dänischen, Schwedischen, Gälischen und Englischen. Für ihre Übersetzungen wurde sie mehrfach ausgezeichnet, u. a. mit dem Gustav-Heinemann-Friedenspreis und dem Deutschen Jugendliteraturpreis. 2008 erhielt sie zudem den Sonderpreis des Deutschen Jugendliteraturpreises für ihr kinderliterarisches Gesamtwerk.

Nina E. Grøntvedt

Oda, absolut ungeküsst Das ist keine kitschige Liebesgeschichte

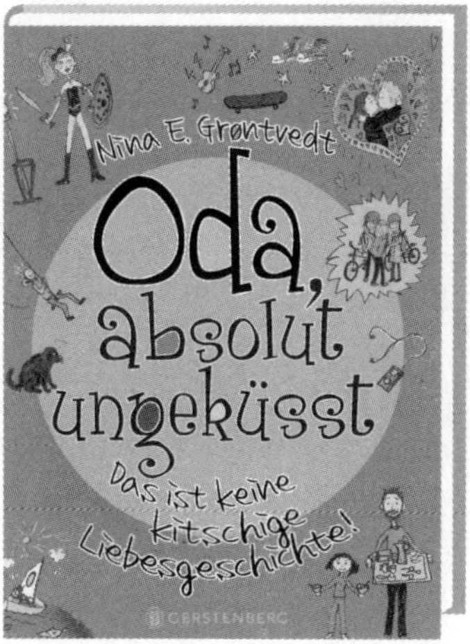

Aus dem Norwegischen von Gabriele Haefs
320 Seiten, gebunden
ISBN 978-3-8369-5781-6

Das Leben ist herrlich!!! Es ist Frühling, Oda hat sich mit ihrer besten Freundin Helle versöhnt und dann ist da ja noch ein gewisser Jemand, dessen Name mit S (dem schönsten Buchstaben auf der ganzen Welt!) beginnt: total cool und ein super Gitarrenspieler. Und das Beste – er scheint Oda auch zu mögen. Nur geküsst haben sie sich noch nicht …

Witziges und rasantes Buch.

KiKA quergelesen

Aus dem Niederländischen
von Verena Kiefer
176 Seiten, gebunden
ISBN 978-3-8369-5457-0

Truus Matti

Apfelsinen für Mister Orange

New York 1943. Linus streift mit seinem Obst- und Gemüsekarren durch die Straßen von Manhattan. Er mag seinen neuen Job, den er von seinem älteren Bruder geerbt hat. Alle zwei Wochen liefert Linus eine Kiste Apfelsinen an Mister Orange, dessen wirklichen Namen er sich nicht merken kann. In der Wohnung des Malers sieht es ganz anders aus als bei Linus zu Hause ...

Statt Weltuntergang lichte Moderne: In ihrem Roman erweckt die niederländische Autorin Truus Matti nicht nur Piet Mondrian zu neuem Leben. Die Welt

www.gerstenberg-verlag.de

Lilli Thal

Joran Nordwind

368 Seiten, gebunden
ISBN 978-3-8369-5318-4

Ausgerechnet Joran, der tollkühnste und frechste der jungen Bläulinge, hat Pech: Auf dem Weg zum großen Schmetterlingstreff wird er ins Steinerne Reich hinter dem Wasserfall verschleppt. In einer Welt, in der Käfer die Herren und Falter ihre Diener sind, soll er der Käferkönigin als Schmuckstück dienen. Aber Joran hat mehr zu bieten als vier hübsche Flügel, und so wird er rasch der Vertraute von Prinz Leonil, der den Widerstand gegen den tyrannischen Käferkönig anführt …

Ein tolles Buch über Mut und Freundschaft! National Geographic World

Überaus spannend! Deutschlandfunk/Focus, Die besten 7

Fantastisches Abenteuer der Extra-Klasse: beflügelnd. Eltern family

www.gerstenberg-verlag.de

Wir danken NORLA für die Förderung
der Übersetzung ins Deutsche.

3. Auflage 2016 (1. Auflage der Broschurausgabe)

Die Originalausgabe erschien erstmals in Norwegen unter dem Titel *Hei, det er meg!*
im Imprintforlaget.

Aus dem Norwegischen von Gabriele Haefs
Umschlaggestaltung: init, Büro für Gestaltung
Satz: Anna-Maria Klages, Wuppertal
Druck und Bindung: Westermann Druck, Zwickau
Printed in Germany

www.gerstenberg-verlag.de

ISBN 978-3-8369-5886-8

Willkommen im Zirkus
AERDNA ADO!
Ich bin Ihre Zirkusdirektorin Aerdna Ado!
TÜT TÜT
Lasse und Geir
Häuptling
Stokkheim
Stian + Oda
Stian Henriksen Stokkheim
Oda Andrea Stokkheim Henriksen
Stian Stokkheim Henriksen